AF204057

www.tredition.de

Autorin und Buch

Johanna E. Cosack, geboren 1958 in Bingen am Rhein, studierte zunächst Fremdsprachen, bevor sie bei einer Bank in Frankfurt arbeitete. Schon während der Erziehung ihrer beiden Kinder begann sie mit dem Schreiben von Kurzgeschichten, in denen sie Eindrücke aus den vielen humorvollen und auch schwierigen Begebenheiten ihres abwechslungsreichen Lebens festhielt.

„Unsere Lebenszeit ist eine sehr begrenzte Ressource und in unserer schnelllebigen Welt nimmt deren Qualität und Quantität leider rapide ab. Aber was kommt danach? Auch wenn die Wissenschaftler inzwischen viele Eigenschaften und Emotionen bereits bestimmten Gehirnarealen zuordnen können, bleibt dennoch eine Menge übermenschlicher Energien übrig." Johanna E. Cosack.

Nach mehreren Stationen im Ausland, in Hamburg, Bad Vilbel und Dreieich lebt die Autorin heute in Frankfurt am Main.

Dieses Buch hat keinen wissenschaftlichen und auch keinen esoterischen Hintergrund, aber es beruht auf der festen Überzeugung, dass es nach dem Tod in einer für uns noch unbekannten Form weitergeht. Vielleicht sollten wir uns nicht vor dem Tod fürchten, sondern neugierig darauf sein und im Leben aufmerksam bleiben, denn oft reden sie mit uns – die Engel

Johanna E. Cosack

Weiter ...

eine fantastische Geschichte über unsere
Unvergänglichkeit

www.tredition.de

© 2017 Johanna E. Cosack

Verlag und Druck: tredition GmbH, Halenreie 42, 22359 Hamburg
Umschlaggestaltung: J.E.Cosack
Bilder: Istock
Lektorat: ProLitera Friederike E. Schmitz

Druck in Deutschland und weiteren Ländern

ISBN

Paperback: 978-3-7439-6648-2

Hardcover: 978-3-7439-6649-9

e-Book: 978-3-7439-6650-5

Das Werk, einschließlich seiner Teile, ist urheberrechtlich geschützt. Jede Verwertung ist ohne Zustimmung des Verlages und des Autors unzulässig. Dies gilt insbesondere für die elektronische oder sonstige Vervielfältigung, Übersetzung, Verbreitung und öffentliche Zugänglichmachung.

*Das Nicht-Wahrnehmen
von etwas bedeutet nicht dessen
Nicht-Existenz.*

Dalai Lama

Für Corinna und Florian

Kapitel 1

„Natürlich habe ich Monikas Einladung nicht vergessen."
Ärgerlich über die Unterbrechung klappte Susanne den Aktenordner zu. Sie hasste es, bei der Arbeit gestört zu werden. Termine in der Kanzlei und ihre Familie bestimmten ihren Lebensrhythmus, und wie immer, wenn dieser Takt unterbrochen wurde, fing sie an, ungeduldig mit den Füßen zu wippen.

Ausweichend antwortete sie ihrem Mann: „Du, lass uns doch bitte später darüber reden. Ich muss noch ein paar dringende Schriftsätze erledigen, aber ich verspreche dir, ich fahre in einer Stunde los. Auf dem Heimweg bringe ich uns etwas Leckeres zum Abendessen mit."

Während Susanne mit einer energischen Bewegung eine Strähne ihrer dunklen Haare aus der Stirn strich, fiel ihr Blick das Familienfoto auf ihrem Schreibtisch.

„Bevor ich es vergesse, Martin, Sebastian kommt heute Abend zum Essen nach Hause. Stellst du einen Wein kalt? Ich beeile mich. Küsschen ..."

Ohne eine Antwort abzuwarten, legte Susanne den schwarzen Telefonhörer zurück auf die Halterung. Die Regelmäßigkeit, mit der ihre frühere Kommilitonin zu einem Treffen einlud, offenbarte deren hartnäckigen Versuch, eine Verbindung aufrechtzuerhalten. Diese lästige Person veranstaltete diese zweifelhaften Abendessen doch nur, um Martin anzuhimmeln, dachte Susanne gereizt, während ihre Pumps den Staub aus dem dicken Teppich klopften. Sie betrachtete einen Moment die Aufnahme im Silberrahmen. Monika, Martin und sie spielten zusammen mit Basti in seinem Kinderzimmer. Damals waren die beiden Freundinnen nach langer verständnisloser Trennung glücklich, wieder jede freie Minute gemeinsam zu verbringen.

Ich werde dir leider absagen, liebe Monika, denn du gehst mir deutlich auf die Nerven, missgelaunt schlug Susanne die Akte wieder auf. Doch das monotone Summen des Telefons unterbrach ihre Aufmerksamkeit erneut.

„Hallo Peter", begrüßte sie ihren Vorgesetzten. „Wieso bist du um diese Uhrzeit noch im Büro?"

„Ich wollte ein paar unangenehme private Anrufe erledigen. Frau Wiemer hat heute Nachmittag frei. Ein paar Geschäftspartner von mir werden aufdringlich, aber ..." Seine tiefe Stimme machte eine kurze Pause. „Ach nichts, was mit der Kanzlei zu tun hat. Mach dir keine Sorgen. Der eigentliche Grund meines Anrufs ist, dass ich mit dir noch über den Stolze-Fall sprechen muss."

Peter Unger, einer der Partner der Anwaltskanzlei Schmidt Herborn und Unger war ihr persönlicher Mentor und nicht nur ein beruflicher Berater. Er und Martins Vater Friedrich waren Schulkameraden an der Humboldt Schule in Bad Homburg und trotz eines Altersunterschieds und verschiedener Studienwege blieben sie mehr als 50 Jahren eng befreundet.

Peter Unger hatte Susanne schon während ihres Jura-Studiums begleitet und ihr nach dem zweiten Staatsexamen den Eintritt in die bekannte Frankfurter Kanzlei ermöglicht.

„Hast du Probleme mit einem Mandanten?", fragte Susanne

beunruhigt. „Soll ich kurz zu dir rüberkommen?"

„Nein, nein ... schon gut. Glücklicherweise gibt es keine Mandanten, die uns wirklich Probleme bereiten. Den Stolze-Vertrag können wir im Grunde auch morgen nach dem Meeting besprechen. Vielleicht sollte ich lieber Schluss machen für heute und mit Helga einen Wein auf der Terrasse trinken."

„Bist du sicher?" Susanne spürte, dass irgendetwas ihren väterlichen Freund sehr belastete. „Ich überprüfe gerade noch ein paar Schriftsätze, aber dann können wir uns in Ruhe über den Stolze-Vertrag unterhalten – und über deine Geschäftspartner, die dich offensichtlich ärgern."

Einen Augenblick zögerte Peter, dann fuhr er fort:

„Nein, mein Liebes, schon gut. Das hat Zeit. Du solltest ebenfalls nach Hause zu deiner lieben Familie fahren. Du arbeitest schon wieder viel zu lange."

„Ich mag meinen Beruf", protestierte Susanne. „Martin hat durch seine Schüler auch zuhause immer viel zu tun."

„Ja, ja, ich weiß, Liebes. Aber der Stolze-Vertrag läuft nicht weg. Ich wette mit dir um 50 Euro, dass unser Entwurf sowieso nicht akzeptiert wird. Lass uns morgen darüber reden. Genug für heute. Aber da fällt mir ein, habt ihr schon Pläne für das Wochenende oder mal wieder Lust auf eine gemeinsame Golfrunde?"

„Ja sicher, das Wetter ist zu schön! Sonntag vielleicht? Du zockst doch so gerne, also spielen wir ein Lochwettspiel, du und Helga gegen Martin und mich. Der Verlierer lädt hinterher zum Essen ein. Was hältst du davon?"

„Das klingt sehr gut. Ich glaube, Helga wird begeistert sein."

Susannes schob den soeben bearbeiteten Fall endgültig resignierend zur Seite und verschloss das Schreibtischfach mit

Unterlagen diverser Treuhandkonten sorgfältig.

„Ich freue mich auch. Wir sehen uns morgen gegen 11 Uhr? Ich komme mit den Stolze-Unterlagen in dein Büro."

„Einverstanden, mein fleißiges Mädchen. Dann vereinbaren wir ebenfalls die Tee-time fürs Wochenende. Bis morgen, Susanne," beendete Peter das Telefongespräch.

Durch den frühen Tod von Martins Vater Friedrich wurde Peter zu einem väterlichen Freund für das junge Paar. „Schusterjungen haben selbst immer die schlechtesten Schuhe", versuchte Friedrich zu scherzen, als er auf der Krebsstation lag. Monatelang hatten sie gehofft, dass die Chemotherapie endlich den ersehnten Erfolg erzielen und der Tumor in seinem Magen nicht weiterwachsen würde. Friedrich hatte lange gekämpft und mit seinen Arztkollegen über die geeignete Behandlungsweise gestritten, doch am Ende verloren sie alle.

Nachmittägliche, warme Sonnenstrahlen waren schon weit über den dunklen Parkettboden ihres Büros gewandert und die Geräusche vorbeifahrender Autos drangen durch die geöffneten Fenster in den Raum. Susanne, die noch schnell ein paar Mails beantwortet hatte, sah erschrocken auf ihre Armbanduhr.

„Meine Güte, ich sollte los." Sie heftete mehrere bedruckte Seiten in einen bereits übervollen Mandantenordner und legte ihn griffbereit neben ihre Handtasche, bevor sie die kurze dunkelblaue Kostümjacke überstreifte.

Das Büro bedeutete ein zweites Zuhause für Susanne. Sie liebte die Ruhe und die hohen, stuckverzierten Decken der Kanzlei, die seit mehr als einem halben Jahrhundert in einer alten Villa im

Frankfurter Westend residierte. Vor ein paar Jahren hatten die Eigentümer sehr viel Geld in die fachgerechte Renovierung und Modernisierung der Räume investiert. Handwerker mit Farbeimern, Stoff- und Holzbahnen waren wie eine Schar weißer Mäuse durch die Räume und hinter die alten Holzvertäfelungen geklettert, um Leitungen für moderne Telefon- und Internetanschlüsse sowie neue Heizungsrohre zu verlegen. Erst Monate später war der Geruch von Farbe und Holzlack wieder einer Mischung aus Aktenstaub, Kaffee und dem Zigarrenrauch einer der Partner-Anwälte gewichen.

Susanne eilte in den Empfangsflur, an den teilweise geöffneten Bürotüren der Assessoren und Mitarbeiter sowie den zahlreichen Besprechungszimmern vorbei. Der Flur, durch wenige Wandlampen kaum erleuchtet, schien ihr merkwürdig still und selbst ihre lautlosen Schritte auf dem dicken Teppich fühlten sich anders an als sonst.

Vielleicht war es die dämmrige Ruhe des Raumes oder auch eine merkwürdige undefinierbare Angst, die Susanne trotz ihrer Jacke plötzlich frösteln ließ. Aufmerksam angespannt hielt sie einen Moment inne.

„Seltsam, als ob ich das heute zum letzten Mal sehen würde …", schoss es ihr durch den Kopf. Susanne blickte verwirrt in den verlassenen Flur zurück.

„So ein Unsinn", schimpfte sie sofort. „Morgen geht die Arbeit wieder richtig los! Und um das vergessene Treuhandvermögen kümmere ich mich auch mal wieder in den nächsten Tagen."

Susanne legte den schweren Aktenordner auf den Tresen des Empfangsdesks.

„Wie bitte? Kann ich Ihnen behilflich sein?"

Eine junge Blondine, die offensichtlich die Spätschicht am Empfang und in der Telefonzentrale übernommen hatte, eilte ihr entgegen.

„Nein, danke … ich komme schon klar", entschuldigte sich Susanne zerstreut. „Ich hab nur laut gedacht und bin vermutlich etwas überarbeitet."

Der rot geschminkte Mund der Dame verzog sich zu einem verständnisvollen Lächeln.

„Oh, ja. Dann wünsche ich Ihnen einen schönen und entspannten Feierabend."

Sie wandte sich wieder dem dicken Buch auf ihrem Schreibtisch zu und Susanne ging durch die massive Holztür und die Marmortreppenstufen hinab in den Vorhof der Villa. Auf dem Parkplatz verstaute sie die Unterlagen auf dem Beifahrersitz und öffnete das Verdeck des BMW-Cabrios. Für einen kurzen Moment hob sie den Kopf, um die wärmende Frühlingssonne im Gesicht zu spüren, bevor sie den Motor startete.

Auf dem Platz vor der Alten Oper herrschte bereits die gewohnte Feierabendstimmung: Junge Menschen saßen auf den Treppenstufen vor dem Gebäude oder spazierten umher. Aus den Einfahrten der umliegenden Hochhäuser und Parkgaragen sprudelten Autos wie glänzende Wassertropfen aus einer Leitung, um von mehrspurigen Straßen aufgesogen zu werden, und auf den Bürgersteigen hasteten Menschen in Bürokleidung vorbei an einzelnen Bettlern, die es sich auf schäbigen Decken bequem gemacht hatten. Fette Tauben probten ihre vernachlässigten Flugkünste im schwachen Wind oder versammelten sich in der Taunusanlage, um an den Müllbehältern ein Festmahl zu veranstalten.

In der Schweizer Straße erledigte Susanne bei Meyers schnell ein paar Einkäufe und als sie in die Darmstädter Landstraße einbog, klingelte ihr Handy.

„Hi Mum, bist du auf dem Heimweg?", hörte sie die vertraute Stimme Bastians.

„Ja, mein Lieber, ich bin in spätestens 30 Minuten zu Hause. Kommst du zum Essen?", entgegnete Susanne fragend.

Ihr Sohn zögerte etwas: „Hm, Mum, das würde ich gerne", er atmete deutlich hörbar ein und machte eine kleine Pause. „Aber mein Auto steht noch bei Carolin … es wurde gestern Abend ziemlich spät mit ein paar Bierchen. Ich hatte heute keine Vorlesung und bin jetzt im Tennisclub. Könntest du mich ausnahmsweise in Neu-Isenburg abholen?" Schnell fügte er hinzu: „Caro holt mich später mit dem Golf von zuhause ab. Ich wollte sowieso nochmals zu ihr."

„Schon wieder keine Vorlesung?", wunderte sich Susanne. „Okay, ich bin gleich da, und beim Essen reden wir mal über deine Arbeitsmotivation, was dein Studium angeht. Ich finde, du verbringst mehr Zeit auf dem Tennisplatz als in der Uni. Ich rufe kurz durch, wenn ich auf dem Parkplatz bin."

„Danke, Mum …" Bastians Stimme klang schuldbewusst: „Bis gleich."

Was für ein wunderbarer Abend, dachte Susanne und bog, froh auf dem Nachhauseweg zu sein, an der Sachsenhäuser Warte in Richtung Neu-Isenburg ab. Die Luft hier draußen war frisch, angenehmer als in der Innenstadt. Der Frankfurter Stadtwald bildete eine grüne Schleuse zum fast ländlichen Süden der Großstadt.

In der schattigen Kühle der Straße setzte sie ihre Sonnenbrille ab und registrierte entfernt auf Höhe der Abzweigung zur Oberschweinstiege eine kleine Gruppe von Fahrradfahrern.

Man müsste wirklich öfter mal mit dem Rad fahren, überhaupt sollte ich mehr Sport machen, dachte Susanne schuldbewusst. Aber woher sollte sie die Zeit auch noch dafür nehmen?

Ärgerlich lenkte sie den BMW auf die Gegenspur, um die Radfahrer zu überholen, und warf einen kurzen Blick in den Seitenspiegel. Dann erkannte sie plötzlich eine Bedrohung, die in der Realität des Augenblicks eigentlich unmöglich erschien: Aus der Senke der geraden Straße direkt vor ihr tauchte ein LKW auf, der mit hoher Geschwindigkeit auf sie zufuhr.

„NEIN ... Ich doch nicht!"

Bilder von Sebastian und Martin schossen ihr durch den Kopf, während sie das Lenkrad herumriss, um der massigen Front des LKW zu entkommen. Mit ohrenbetäubendem Quietschen versuchten Reifen festen Halt zu finden. Ein schrilles Kreischen, Metall, das sich brutal knirschend ineinanderbohrte. Glas splitterte hell auf dem Asphalt der Straße. Ein schreckliches, absurdes Stakkato Unheil verkündender Geräusche krachte durch die Ruhe des Stadtwalds. Ein paar Vögel flatterten mit lautem Geschrei aus den Tannen auf, um dem Unglück zu entfliehen.

Für einen kurzen, unwirklichen Augenblick stand die Zeit still.

Auf dem Waldboden richtete einer der beiden Radfahrer sich stöhnend auf. „Oh nein. Mike, schnell, ruf Hilfe ..."

„Schon geschehen, mein Freund. Wir sind nicht die Einzigen hier." Der junge Mann im bunten Rad-Dress saß, den Rücken von einem Baum gestützt, auf der Erde und deutete mit dem Kopf in Richtung Straße. Etliche Menschen waren aus nachfolgenden Fahrzeugen gestiegen und eilten herbei.

„Aber ich glaube, die Frau ist hin." Sein Blick fiel wieder auf Susannes BMW.

Susanne war vollkommen ruhig.

Eine angenehme Wärme umgab sie, weich, schwerelos.
Ist das mein Blut? – Wie in einem Spiegel sah sie sich selbst in den Trümmern ihres Wagens liegend. Aus einer riesigen Kopfwunde lief Blut über ihr Gesicht durch den weißen Staub des geplatzten Airbags.

Moment mal, wieso sehe ich mich eigentlich selbst? Wo bin ich?

Stille.

„Willkommen, Susanne", antwortete eine Stimme, „die Menschen würden sagen, du bist im Himmel."

„Unsinn, und du bist der liebe Gott, ja? Ich muss nach Hause. Martin macht sich sicher Sorgen und Sebastian wartet im Tennisclub."

Wieder antwortete die sympathische Stimme: „Nein, mein Name ist Gabriel, und Gott wirst du bestimmt noch kennenlernen – hab keine Angst."

Susanne war verwirrt, wieso stand sie schmerzfrei und

unbeschadet neben ihrem Wagen, aus dem ihr Körper geborgen wurde? Ihre Schulter war seltsam verdreht und aufgerissen, ihre Beine zu einer blutigen Masse zerquetscht. Weiße Papierblätter aus dem Aktenordner in Susannes demoliertem Wagen flatterten über die Straße. Die grellen Blinklichter der Rettungs- und Polizeiwagen tauchten die grauenvolle Verwüstung in ein gespenstisch pulsierendes Licht.

Susannes Körper lag auf einer Trage, Notärzte versuchten hektisch, die zahlreichen Blutungen zu stoppen, und legten Infusionen.

Eine helle Gestalt kam auf Susanne zu: „Jetzt hast du noch eine kleine Chance, wieder zu den Menschen zurückzukehren. Wenn die Ärzte es schaffen, dich zurückzuholen, muss ich dich gehen lassen."

Susanne blickte verständnislos zu dem hellen Wesen und dann zu den Rettungsleuten, die sich um ihr Leben bemühten. Hektisch wurden weitere Medikamente in die Braunüle auf ihrem Arm gespritzt. Ein Stromstoß, kurz darauf ein zweiter ... nichts.

Einer der Ärzte schüttelte den Kopf.

„Was ist denn jetzt?", fragte Susanne hilflos und wandte sich von der entsetzlichen Szenerie ab.

„Jetzt bist du eine von uns", antwortete Gabriel beruhigend und reichte ihr seine Hand. „Wir waren uns nicht sicher, ob es richtig ist, aber sei beruhigt, dir wird nichts geschehen. Auf dem Weg erkläre ich dir alles."

Schweigend lief sie neben ihrem Begleiter durch den Frankfurter Stadtwald.

Seltsam, stellte Susanne überrascht fest, sie fühlte sich weder traurig noch hatte sie irgendein Gefühl von Schmerz. Es war alles so gut. Ein Nebel ungewohnter Gelassenheit projizierte Momentaufnahmen ihres Lebens: Bilder von ihrem Sohn als Baby, von Martin, wie er in der Küche stand, von Mandanten aus der Kanzlei. Ungläubig schaute sie zu Gabriel hinüber.

Der ging mit sanften, geschmeidigen Schritten neben ihr. Seine Leichtfüßigkeit erweckte fast den Anschein, als schwebe er. Die Füße in den hellen Sneakers berührten den Waldboden so vorsichtig, als könnten sie ihn durch die Schritte verletzten. Nach einer Weile blieb er stehen. Seine Haare waren länger, als es vielleicht momentan in Mode war, und umrahmen ein makelloses, jugendliches Gesicht, dessen Augen Susanne liebevoll ansahen. Trotz der Dunkelheit nahm Susanne wahr, dass ihr Begleiter ein weißes Shirt und eine ebensolche Hose trug.

Von Gabriels Blick ging so viel Wärme und Verständnis aus, als könnte er Susannes Gedanken verstehen. Seine dunklen, gütigen Augen schienen geradewegs durch sie hindurchblicken zu können. Susanne fühlte sich vollkommen schwerelos, sie versuchte, sich die Berührung ihrer Hände vorzustellen, aber da war überhaupt nichts. Kein Schmerz, kein verletzter Körper – nur eine unvorstellbare Leichtigkeit.

Ohne dass die Stille unterbrochen wurde, hörte sie seine ruhige Stimme:

„Es ist schwierig am Anfang, lass dir Zeit, alles zu verstehen. Du hast deinen irdischen Körper verlassen."

Zweifelnd, ob sie ihren neuen Eindrücken vertrauen sollte, blieb Susanne stehen und lauschte fassungslos in die Nacht. Nein, er hatte wirklich nichts gesagt, aber sie hörte offensichtlich seine Gedanken.

Wie von einer Art Taubheit befreit, registrierte sie plötzlich das leise Stimmengewirr um sie herum. Weit entfernt und doch deutlich genug erkannte sie menschliche Stimmen.

Ist das überhaupt noch meine Welt oder doch schon der Himmel? Wo bin ich jetzt und vor allem wer bin ich jetzt? Immer wieder lauschte Susanne in die Nacht.

„Es ist dieselbe Welt, nur erlebst du sie jetzt nicht mehr als Mensch. – Komm, lass uns weitergehen", sagte Gabriel. „Es gibt einiges, was du noch nicht weißt, du bist ja gerade erst angekommen."

„Schwer zu verstehen. Wieso kann ich dich überhaupt sehen, wenn ich doch gar nicht mehr bin? Und wo bin ich angekommen?"

„Du siehst und hörst jetzt Dinge, die nur wir Engel verstehen. Obwohl wir unsere Körper auf der Erde lassen, verstehen wir die Gedanken der Menschen." Warnend fügte Gabriel hinzu: „Leider sind nicht alle Engel gut. Es war Vorsehung, dass ich dich abholen sollte."

„Vorsehung? Von wem, Gott etwa?"

„Auch wenn du es noch nicht glaubst und auch wir nicht alle überzeugt waren: Ja, von unserem Chef."

Verwirrt lief Susanne eine Weile still neben Gabriel her.

„Wie geht es weiter? Ich meine, wenn ich jetzt ein Engel bin, wer kümmert sich um mein zurückgelassenes Leben und besonders um meine Familie? Kann ich zu ihnen?"

Gabriel schaute mit beruhigendem Blick zu Susanne herüber.

„Alles wird sich finden, Susanne, und deine Lieben brauchen dich sicher sehr – aber in deiner neuen Funktion als Engel."

Susanne, noch immer verwundert, dass Gabriel ihre Gedanken hören konnte, registrierte jetzt auch entfernte, schmerzvolle

Stimmen, die ihr so vertraut waren. Sie verspürte plötzlich den überwältigenden Drang, bei ihrer Familie zu sein. Aber wie sollte sie ihnen erklären, dass es ihr gut ginge? Gabriel bemerkte ihre Zweifel.

„Du weißt, wie du zu deinem Haus kommst, aber sei vorsichtig! Es kann sein, dass deine Familie dich momentan nicht versteht."

„Danke, Gabriel, es wird sicher merkwürdig." Nach ein paar Schritten fügte sie fragend hinzu: „Wenn ich Hilfe brauche, wirst du mich finden?"

„Ich werde in deiner Nähe sein – geh nur", nickte Gabriel ihr aufmunternd zu.

2. Kapitel

„Susanne? Wir müssen …" Martin schaute verdutzt auf den kleinen schwarzen Telefonhörer, „reden …", fügte er hinzu.

Doch die Anzeige auf dem Display „Verbindung unterbrochen" zeigte ihm, dass seine Frau das Gespräch längst beendet hatte. Enttäuscht setzte er das Telefon in die Halterung und blieb unschlüssig eine Weile an dem alten Schreibtisch sitzen. Er zog seine Lesebrille ab und klappte das soeben korrigierte Arbeitsheft eines Schülers resigniert zu.

Mechanisch griff er zu seinem Handy, um die Nummer seines Sohnes zu wählen.

„Basti?"

„Ja, Paps. Bin noch auf dem Tennisplatz", antwortete sein Sohn offensichtlich außer Atem und etwas erstaunt.

„Mami hat mir gerade gesagt, dass du zum Essen kommst, soll ich dich abholen?"

„Brauchst du nicht, Paps, ich rufe nach dem Match bei Mum an. Sie kann bestimmt auf dem Nachhauseweg im Tennisclub vorbeikommen. Carolin holt mich dann später mit meinem Wagen von zuhause ab."

„Okay, das ist gut, dann bis später, Basti."

„Bis dann, lieber Paps!"

Martin stellte sein Handy auf lautlos und verstaute es vorsorglich in der Hosentasche seiner Jeans. Missmutig ging er in den Keller, um einen Weißwein für das Abendessen in den Kühlschrank zu legen.

Susanne hatte dieses Haus in einer der besten Wohngegenden

Götzenhains unbedingt kaufen wollen. Es war für das junge Paar im Grunde genommen zu groß und ungeeignet. Martin, der auch nach seiner Referendariatszeit an der Schillerschule in Frankfurt geblieben war, hätte viel lieber eine etwas größere Wohnung in Sachsenhausen gesucht.

Nach end- und erfolglosen Diskussionen hatte er schließlich dem stetigen Druck seiner Frau und den elterlichen Freunden Peter und Helga Unger nachgegeben. Diese wohnten ganz in der Nähe und freuten sich, als Babysitter und Großeltern-Ersatz für Basti zur Verfügung stehen zu können.

Im Weinkeller stand er einen Moment unschlüssig vor dem Weinregal und überlegte, ob er den Grauburgunder vom Badischen Weingut Gleichenstein oder doch eher den französischen Sancerre nehmen sollte. Widerwillig griff er zum Grauburgunder, wobei er die kühle Flasche so fest mit den Händen umklammerte, als könne er seinen Entschluss, heute Abend endlich ein klärendes Gespräch mit seiner Frau zu führen, durch den Druck noch verstärken.

Er legte zwei Flaschen in den Kühlschrank der geräumigen Küche und ging ins Schlafzimmer, um sein verwaschenes blaues Lieblingsshirt gegen ein helles Freizeithemd auszutauschen.

Wie sehr sie sich doch verändert hatten – nachdenklich verharrte Martin einen Moment vor den geöffneten Kleiderschranktüren. Früher hatte Susanne sich oft einen seiner gemütlichen Pullover ausgeliehen und sie verbrachten die Abende gemeinsam vor dem Kamin oder spielten mit Basti. Jetzt waren all ihre Kleidungsstücke von Markenherstellern und Susanne ständig in der Kanzlei.

Im Ankleidezimmer roch es nach frisch gewaschener Wäsche und das Badezimmer blitzte vor Sauberkeit. Anna, ihre Haushälterin, hatte das ganze Haus wie üblich sauber und ordentlich hinterlassen.

Alles wunderbar – einfach perfekt, dachte er, als sein Blick das frisch bezogene Bett in ihrem Schlafzimmer streifte. Sie hatten letzte Nacht miteinander geschlafen, und er hatte die Augen dabei geschlossen, da er in Gedanken nicht mit Susanne zusammen war.

Der melodische Klingelton des Festnetztelefons zog Martins Aufmerksamkeit zurück in die Realität seines Zuhauses.

„Hallo mein Guter, ich habe gerade mit deiner lieben Frau telefoniert. Sie arbeitet mal wieder zu viel."

Die tiefe Stimme Peter Ungers klang so laut durch das Telefon, dass Martin den Hörer ein Stück vom Ohr weghalten musste.

„Mein Gott, Peter, du telefonierst mit mir und musst nicht zu uns rüberrufen. Stell dein Hörgerät etwas zurück. Mir wäre eben fast der Hörer aus der Hand gefallen." Martin redete absichtlich leiser mit seinem väterlichen Freund: „Ja, ich weiß, Susanne ist mit der Arbeit verheiratet und nicht mehr mit mir." Obwohl Martin versuchte, das Gesagte lustig klingen zu lassen, konnte er doch einen etwas verbitterten Unterton nicht verhindern, was Peter, der seinen „Ziehsohn" seit Geburt kannte, sofort hellhörig werden ließ:

„Martin", fragte er vorsichtig und nunmehr leiser", „ist alles okay bei euch?"

„Ja klar, alles bestens", antwortete Martin sofort und ballte mit der freien Hand insgeheim eine Faust, denn er hätte seinem Freund gerne schon längst von seinen Wünschen erzählt.

„Susanne kommt sicher bald, Bastian hat sich zum Essen angekündigt und das Wetter lädt dazu ein, den Abend auf der Terrasse zu verbringen."

Er atmete tief ein, aber seine Stimme klang trotzdem brüchig:

„Wie wär's, habt ihr Lust, später auf ein Glas Wein zu uns rüberzukommen? Ich habe einen guten Grauburgunder vom Kaiserstuhl im Kühlschrank."

Sein Kopf, sein ganzer Körper rebellierte gegen diese Worte, doch routiniert kam die Einladung aus dem Mund, obwohl er inständig hoffte, dass sein Freund das Angebot ablehnen würde.

„Das ist eine gute Idee", hörte er die laute Stimme am Telefon.

Sein Herz klopfte bis zum Hals. Nein! Sag bitte nein!

„Aber Helga war heute den ganzen Tag mit ihren Golffreundinnen unterwegs und ist jetzt müde. Ich bin auch ziemlich platt von der Kanzlei. Möglicherweise sollte ich doch endlich meinen Ruhestand beginnen und mich nur noch um meine Helga kümmern." Peter zögerte kurz. „Wir holen das aber schnellstmöglich nach, mein Freund. Lass uns doch mal einen Männerabend verbringen, denn ich glaube, wir sollten ein paar Dinge in Ruhe besprechen. Ich habe einen Wein für besondere Anlässe im Keller, von dem der Winzer behauptet, er löse die Zunge und die Probleme der Menschen."

Martin musste schmunzeln.

„Und den gibt's höchstwahrscheinlich nicht auf Rezept, sondern nur auf ausdrückliche Empfehlung vom Weinbauern. Die Ärzte sollten das Gesundheitssystem nicht in die Hände von Politikern geben, sondern an den Winzerverband."

„Ja, mein Sohn. Ein gutes Glas Wein hat schon manche Medizin überflüssig gemacht."

Peter Unger war in Mainz geboren und mit seinen Eltern später nach Bad Homburg umgezogen, wo er zusammen mit Martins Vater Friedrich die Schule besucht hatte. Sein Leben lang hatte er sich für gute Weine begeistert und neben seinem anstrengenden Beruf ein umfassendes Wissen über Reben und die diversen Weinlagen sowie Jahrgänge erworben. Im Laufe der Jahre hatte Peter Unger den Ruf bekommen, nicht nur einer der besten Anwälte Frankfurts zu sein, sondern auch ein großartiger Weinkenner und Weinsachverständiger. Bei Gericht waren seine Vergleiche zwischen dem Anbau von Weinen und der Führung eines Unternehmens allseits beliebt und aufgrund seiner messerscharfen Schlussfolgerungen ebenso gefürchtet.

Einer der Richter hatte ihn nach der Verhandlung einmal gefragt, ob er sich als besseren Anwalt oder eher besseren Winzer sähe.

„Wie so oft im Leben musste ich einen Kompromiss eingehen", hatte er damals lachend geantwortet, denn auch die vorausgegangene Verhandlung war durch einen Vergleich der Parteien beendet worden.

„Da fällt mir noch was ein, Martin", führte Peter Unger das Gespräch fort „Wir sind am Sonntag zu einer gemeinsamen Golfrunde verabredet. Deine liebe Frau hat telefonisch bereits zugestimmt. Helga reserviert die Tee-Time und anschließend einen Tisch im Restaurant für uns vier. Der Verlierer zahlt die Rechnung."

Martin hatte das Gefühl, eingesperrt zu sein. Wieder keine Chance, dachte er, und die Aussicht auf ein weiteres verplantes Wochenende schnürte ihm fast die Kehle zu.

„Ja klar, gern. Dann weiß ich schon, wer den Wein aussuchen

wird ... und es wird bestimmt wieder ein ganz besonderer Jahrgang."

Peters Stimme wurde vor Aufregung erneut lauter.

„Wir wollen ein Wettspielchen machen und ich habe mir überlegt, dass wir am Sonntag die Damen zusammenspielen lassen und wir Herren versuchen charmant, unterlegen zu sein. Wie wär das?"

„Das ist vermutlich eine gute Idee, Susanne freut sich sicher, von Helgas golferischem Können profitieren zu können. Allerdings sind wir Samstagabend bei Kurt und Monika eingeladen, lass uns daher nicht zu früh abschlagen."

„Fein, dann soll meine Helga eine Zeit zwischen 12 und 13 Uhr reservieren. Ich kann vorher in Ruhe die Sonntagszeitungen lesen. Wir treffen uns direkt im Golfclub. Das passt super ... oh, ich muss Schluss machen. Helga signalisiert mir ziemlich energisch, dass das Abendessen fertig ist. Du kennst sie ja, Kochen ist ihre Leidenschaft, und die sollte man nicht warten lassen. Bis später, mein Sohn."

Abrupt beendete Peter das Telefongespräch.

Martins Gedanken waren schon nicht mehr bei Peter und Helga. Eine tiefe Wärme strömte durch seinen Körper und die Vorfreude auf eine heimliche Umarmung kribbelte in seinem Bauch.

Sein schlechtes Gewissen durch den Klang seiner Worte beruhigend sagte er laut zu sich selbst: „Ach, die Zeit reicht bestimmt noch, Susanne muss ja einen Umweg über Neu-Isenburg fahren und wird so schnell nicht nach Hause kommen." Schnell zog er das Handy aus der Tasche und wählte Monikas Nummer.

„Martin ..." Ein einziges Wort von ihr klang wie eine komplette

Liebeserklärung. Ihre Stimme umarmte ihn sanft: „Schön, dass du anrufst. Ich habe heute für die Einladung am Wochenende eingekauft und mir dabei überlegt, was du wohl am liebsten magst."

„Am liebsten mag ich dich alleine, ohne Beilagen." Martins Verlangen nach der Umarmung seiner Geliebten war nicht zu überhören.

„Wir sehen uns morgen?" Monika redete leiser. „Kurt ist vor ein paar Minuten nach Hause gekommen und gerade in der Garage. – Wie immer am Scheerpark, Joggingstrecke? … Ach, da kommt Kurt ja, möchtest du ihn noch sprechen?"

Monikas Stimme klang plötzlich kühl, fast unpersönlich.

„Kurt, Martin ist gerade am Telefon. Er wollte wissen, ob er dir beim Zusammenbauen des Gartengrills helfen kann."

Im Hintergrund hörte Martin die undeutliche Antwort Kurts und sagte leise: „Okay, verstehe. Mein Gott, hoffentlich kann ich dich bald ganz für mich haben. Ich rede mit Susanne, bestimmt!"

„Oh ja, das wäre schön!" Monika antwortete schnell und fröhlich, doch Martin hörte den traurigen Unterton in ihrer Stimme. „Dann bis Samstag. Kurt und ich freuen uns. Liebe Grüße an Susanne."

Aufgewühlt von dem Gespräch und unzufrieden mit seiner Situation ging Martin mit energischen Schritten zur Bar im Wohnzimmer. Wütend warf er ein paar Eiswürfel in ein Glas und füllte es mit Whisky auf.

„Nein!", bekräftigte er laut seinen Entschluss. „Das geht so nicht weiter! Wir müssen eine Lösung finden."

Fast zornig stürzte er den Whisky hinunter. Martin setzte sich in einen der bequemen Sessel im Wintergarten und schaute auf die gepflegte Rasenfläche mit den riesigen alten Bäumen im Garten. Erschöpft von dem Wunsch, der anstrengenden Schauspielerei ein Ende zu setzten, schloss er die Augen. Martin träumte von seiner Geliebten. Berauscht von der Vorstellung, mit Monika bald ein gemeinsames Leben führen zu können, schlief er ein.

Ein Knall? Oder war es nur ein leises Klingeln oder ein übernatürlicher Ton? Irgendetwas weckte ihn aus einem tiefen Schlaf. Verwirrt öffnete Martin die Augen, er konnte nicht feststellen, was die Ursache für sein Erwachen war und ob er fünf Minuten oder fünf Stunden geschlafen hatte. Draußen im Garten war es mittlerweile dunkel geworden. Kein Licht brannte im Haus.

Ruckartig erhob er sich aus dem Sessel und schaute auf seine Armbanduhr.

Das kann doch gar nicht sein, dachte er. Verständnislos rieb er sich die Augen, er hatte fast zwei Stunden geschlafen. Martin ging ins Wohnzimmer und schaltete die Stehleuchten an.

Wo blieben Basti und Susanne nur? Irgendetwas stimmte hier doch nicht. Angstvoll und angetrieben von einer ungewissen Vorahnung rannte er zurück in den Wintergarten, um nach seinem Handy zu suchen. Es war ihm aus der Hosentasche gerutscht, auf dem schwarzen Display leuchteten „5 Anrufe Basti" „1 SMS Basti: ... Wo bleibt Mum? Habe mehrfach angerufen, geht aber keiner ran bei euch und Mamis Handy ist ganz aus. Fahre jetzt mit dem Bus zu Carolin und komme nicht zum Essen. Bin gegen 10 Uhr zu Hause, um ein paar Sachen zu holen. CU."

Ungläubig sah Martin nochmals auf die Uhr: neun Uhr fünfundvierzig. Dann müsste wenigstens Basti bald hier eintreffen.

Die Ungewissheit zerrte quälend an seinen Nerven. Er versuchte, die aufkommende Verzweiflung und Schuldgefühle zu verdrängen, indem er sich mit der Vorstellung beruhigte, dass Susanne bestimmt eine Freundin getroffen hatte, oder dass der Wagen liegen geblieben war. Vielleicht hatte sie auch einfach keine Lust, ans Handy zu gehen ...

Und dennoch war da eine merkwürdige Vorahnung in ihm. Martin glaubte plötzlich zu wissen, dass keiner der erwähnten Gründe zutraf.

Mit zitternden Händen wählte er Susannes Handynummer. Während der unendlich langen Sekunde, in der die Verbindung hergestellt wurde, hoffte er, dass seine Frau sich gleich am Telefon melden würde, um ihm mit um Entschuldigung bittender Stimme mitzuteilen, dass sie bei einer Freundin war und sich verspätet hatte.

Ein Klingelton ... gefolgt von der nüchternen Ansage des Netzbetreibers: „Dieser Anschluss ist vorübergehend nicht erreichbar."

Ärgerlich knallte Martin das Telefon auf den Esszimmertisch und setzte sich. Wütende Enttäuschung über den Verlauf des Abends sowie die quälende Ungewissheit und Sorge fesselten seine Bewegungen und zwangen ihn zur Untätigkeit. Er hörte das Ticken einer Uhr im Raum.

Die Klingel der Eingangstüre beendete das schier unerträgliche Warten.

„Na endlich!", erleichtert sprang er auf. „Alles ist okay, Susanne hat bestimmt ihren Schlüssel verloren. Oder sie hat Basti bei Caro abgeholt und seine Tennistasche oder Aktenordner in der Hand."

Hoffnungsvoll riss er die Eingangstür auf – und versuchte im selben Augenblick, sie wieder zu schließen. Zwei fremde Herren standen vor der Tür.

„Herr Heinsius? Bitte nicht erschrecken. Wir sind Polizisten, hier sind unsere Dienstausweise. Dürfen wir kurz zu Ihnen reinkommen?"

Martin öffnete die Tür misstrauisch. „Ja natürlich ... bitte."

Die beiden Polizisten folgten ihm schweigend ins Wohnzimmer.

In diesem Augenblick hörte er, dass die Eingangstür leise erneut geöffnet wurde.

„Na endlich, das werden meine Frau und mein Sohn sein." Er wandte sich kurz an die beiden Polizisten: „Bitte setzen Sie sich doch. Ich bin gleich wieder bei Ihnen. Möchten Sie etwas trinken?"

Martin wartete keine Antwort ab und rannte zurück in den Flur.

„Was ist denn los? Mum wollte mich abholen, ihr Handy ist aus, und dann kommt Opa Peter und holt mich bei Caro ab. Will mir mal einer sagen, was hier los ist?" Basti, noch immer in Tenniskleidung, stand mit Peter Unger im Eingang.

Peters Mimik sagte Martin, dass etwas sehr Schlimmes passiert sein musste. Einer der Polizisten war ihm in den Flur gefolgt und tippte leicht auf seine Schulter.

„Kommen Sie, setzen wir uns – Herr Unger, nehme ich an? Wir haben vorhin telefoniert."

29

„Herr Heinsius, wir konnten Sie telefonisch nicht erreichen und haben daher anhand von ein paar Unterlagen aus dem Wagen Ihrer Frau zunächst Herrn Unger informiert. Es tut mir sehr leid", er machte eine kleine Pause, bevor er weitersprach. „Ihre Frau hatte einen schweren Unfall, an dessen Folgen sie verstorben ist."

Schweigen. Für einen Moment stand die Erde still.

Martin hatte nur einen Gedanken. Nein … das konnte nicht sein.

Ungläubig blickte er in die Runde. „Nein … sie kann doch nicht … das ist nicht wahr!"

Er sah die Tränen in Peters faltigem Gesicht und den Gesichtsausdruck der Polizisten. Die Zeit blieb stehen. Ende.

Bilder von Susanne flogen durch seinen Kopf. Ein Schrei drang in sein Bewusstsein.

„Mama, nein! Das darf nicht … du kannst doch nicht!", schluchzte Sebastian.

Er zitterte in der verschwitzten Tenniskleidung und Tränen bahnten sich ihren Weg durch den Staub auf den geröteten Wangen. Martin nahm seinen Sohn in den Arm, doch er vermochte den zitternden jungen Mann kaum zu halten.

Peter Unger stand fassungslos weinend neben den beiden Polizisten.

3. Kapitel

Susanne war bei den Ihren, auch wenn die Menschen sie nicht sehen konnten.

Martin fühlte sich wie begraben unter einer tonnenschweren Lawine von Schmerzen, die ihm den Atem raubte.

Er wollte sprechen, doch konnte er den Mund nicht öffnen, er wollte schreien, einen verzweifelten, ohrenbetäubenden Urschrei des Entsetzens, doch nur ein Gurgeln kam über seine Lippen.

Nein, das war alles nur ein böser Traum. Gleich würde er aufwachen und Susanne wäre da. Schwindlig, als würde ihm der Boden unter den Füßen weggezogen, wollte er sich fallen lassen, weglaufen, schreien. Sein Bewusstsein rebellierte gegen das, was er gehört hatte. Reflexartig blickte er zur Uhr – zurückdrehen, schoss es ihm in den Sinn, als könnte der die letzten Stunden ungeschehen machen. Quälend langsam realisierte er die Ausweglosigkeit der Situation.

Bastian, der sich aus der Umarmung seines Vaters gelöst hatte, saß apathisch auf der Vorderkante eines Sessels. Die Arme auf die nackten Knie gestützt und das Gesicht in den Händen vergraben, Schutz suchend in sich zusammengesunken, glich er einem verzweifelten Häufchen Elend. Wütend schob er den Arm von Peter Unger weg, der sich zu ihm gesetzt hatte.

„Mein Junge …" Der Trostversuch seines Nenn-Opas scheiterte kläglich an einer Wand aus Aggression und Hilflosigkeit.

Nachdem die beiden Polizisten das Haus verlassen hatten, klingelte Helga an der Tür. Ihre grauen Haare waren zerzaust und das sonst so gepflegte Make-up tränenverschmiert. Fassungslos und mühevoll nach den richtigen Worten suchend drückte sich Martin an ihre große Brust.

„Es tut mir so leid … ich mache euch jetzt mal einen Tee." Mit einem sorgenvollen Blick auf Bastian verschwand sie in der Küche.

Gabriel hatte Susanne vor dem traurigen Unverständnis ihrer Familie gewarnt. Unmerklich streichelte sie über die blonden Haare Bastians und versuchte ihm mitzuteilen, dass es ihr gut ging.

„Ich bin doch hier – bei dir, mein Sohn – du siehst mich nicht, aber ich bin da."

Die Stimme des Engels erreichte den jungen Mann noch nicht.

Zutiefst verunsichert hörte sie Bruchstücke der verzweifelten Gedanken Martins: „Ich wollte doch mit dir reden, jetzt werde ich nie wieder Gelegenheit dazu haben. Wie soll ich jetzt weiterleben? Monika – was soll ich jetzt tun – warum nur – ich liebe sie doch – auch."

Susanne sah ihren Mann, der mit gesenktem Kopf neben Peter saß, verblüfft an. „Das ist verrückt, meine lästige Freundin

Monika und DU? Das hab ich fast gedacht. Allerdings konntest du meinen Tod nicht verhindern, und auch wenn ich vorher von deiner Beziehung zu ihr gewusst hätte, wäre alles genauso geschehen. Monika wird dafür noch büßen."

Susanne war voller Sorge um ihre verlassene Familie und doch auch wütend, dass sie Monika nicht mehr zur Rede stellen konnte.

„Das ist eine ziemlich schwierige Aufgabe für uns Engel, die du gleich zu Beginn meistern sollst."

Unbemerkt von den Menschen und auch von Susanne war ihre eigene Mutter plötzlich im Raum erschienen.

„Mama, mein Gott, ich habe gar nicht damit gerechnet, dich hier wiederzusehen! Du hast mir so sehr gefehlt, dabei warst du vermutlich die ganze Zeit in meiner Nähe, nur ich konnte es nicht erkennen."

Therese lächelte: „Ja, ich habe oft auf dich aufgepasst, aber leider konnte ich dich nicht so leiten, wie ich es gerne getan hätte. Gabriel hat uns übermittelt, dass du deine Familie trösten möchtest. Genau das Gleiche haben wir damals auch bei dir getan, aber es ist schwer, die geliebten Menschen in ihrem Schmerz zu erreichen. Ich dachte, du brauchst vielleicht meine Hilfe." Therese umarmte ihre Tochter und fügte bedeutungsvoll hinzu: „... und unseren Chef wirst du bald kennenlernen."

Susannes Eltern waren vor vielen Jahren in den Bergen tödlich verunglückt. Sie hatten an einer Senioren-Busreise nach Berchtesgaden teilgenommen. Während einer leichten

Wanderung durch ein Ausflugstal wollten sich die beiden ein wenig ausruhen, als sich plötzlich eine Gerölllawine oben am Hang löste und sie unter Felsbrocken und Erde verschüttete.

Dieser Unfall hatte für großes Aufsehen gesorgt, man rätselte wochenlang, wodurch die Lawine am Berghang wohl ausgelöst wurde. Susanne hatte Sachverständige und Gerichte beauftragt, aber alle Bemühungen waren umsonst, niemand konnte den Erdrutsch erklären.

Therese nahm ihre Tochter etwas zur Seite.

„Lass sie eine Weile in ihrer Trauer verweilen. Sie müssen deinen Weggang erst begreifen. Du kannst sie momentan nicht erreichen mit deinen Worten. Hör einfach zu, was dir deine Familie zu sagen hat."

„Aber ich bin doch hier, um sie zu trösten. Ich kann die beiden doch nicht im Stich lassen, auch wenn Martin mich mit Monika betrügt", entrüstete sich Susanne.

„Doch, du kannst, du musst es sogar, denn in ihren Augen hast du sie bereits verlassen. Das Einzige, was deiner Familie helfen würde, wäre dein Weiterleben in ihrer Welt, und das ist nicht mehr möglich."

Einen kurzen Augenblick erinnerte Susanne sich an ihren Unfall und wie Gabriel mit ihr von dem Unfallort an der Isenburger Schneise fortging. War da nicht doch ein Rest Bedauern oder Traurigkeit in ihr? Nein – sie war erfüllt von Ruhe und Zuversicht ... nur das mit Monika würde sicher noch ein Nachspiel haben.

„Ja, du hast recht, Mama." Schnell fügte sie hinzu: „Aber ich möchte hierbleiben und auf meinen Mann und meinen Sohn aufpassen."

Therese lächelte verständnisvoll.

„Ja, das ist gut und richtig, tu jedoch nichts Unüberlegtes. Ich werde in der Nähe sein und auf *dich* aufpassen."

Genauso plötzlich, wie ihre Mutter gekommen war, war sie wieder verschwunden.

Susanne saß im Dunkeln an Bastis Bett. Er hatte auf Empfehlung seines Vaters eine Schlaftablette genommen und übernachtete in seinem alten Kinderzimmer. Jetzt wälzte er sich unruhig hin und her und träumte von Autos, die über ihn hinwegbrausten. Martin hatte lange mit seinem Sohn geredet.

„Ich bin schuld an Mamas Tod ..." Immer wieder liefen dicke Tränen über die schmalen Wangen des jungen Mannes, „wenn ich sie nicht gebeten hatte, mich im Tennisclub abzuholen, wäre sie nie diese Straße gefahren. Dann wäre sie heute Abend hier bei uns und alles wäre gut."

„Nein, Basti", beruhigte Martin den verzweifelten Sohn. „Solche Ereignisse, mögen sie auch noch so entsetzlich sein, sind vorherbestimmt und wir können nichts daran ändern. Vielleicht hätte sie auf der Autobahn einen Unfall gehabt oder sonst etwas wäre passiert. Manchmal gibt man sich selbst die Schuld für etwas, nur um es verstehen zu können."

„Aber ich werde es nie verstehen ..." Schließlich schlief Basti ein.

Der neue Tag dämmerte bereits, als Martin endlich zu Bett ging. Unfähig zu schlafen, vergrub er den Kopf ins Susannes Kissen und weinte lautlos.

„Hilf mir, Susanne, es tut mir so sehr leid."

Wie in einem Blitzlichtgewitter tauchten Bilder von Susanne aus vergangenen Jahren auf. Erfüllt von den unwirklichen Wunsch, alles Geschehene rückgängig zu machen, protestierte sein Herz gegen die schmerzliche Realität. Er wollte nicht daran denken, dass er nun frei war für seine heimliche Liebe Monika, er verachtete sich zutiefst für diesen Gedanken – der ihn aber gleichzeitig auch etwas beruhigte.

„Was tut dir leid? Du kannst jetzt mit Monika zusammen sein, das hast du dir doch gewünscht." Susanne hörte eine fast unheimliche Stimme hinter dem schlafenden Martin.

„Hallo Susanne, ist es nicht ein bisschen früh für dich, hier zu sein?"

Susanne schaute unsicher auf einen Engel, der sich mit gelassener Vertrautheit ins Schlafzimmer geschlichen hatte. Der Raum schien mit einem Mal noch dunkler zu sein und Susanne spürte eine Bedrohung.

„Wer bist du? Und warum sagst du so etwas zu meinem Mann?"

„Haha, dein Mann? Ich bin ein Teil der dunklen Macht, der bösen Gedanken der Menschen, denen du selbst in deinem Leben gerne Folge geleistet hast. Also lass ihm doch den Spaß."

„Du bist ein böser Engel! Was soll das? Wie kannst du es wagen, hier zu erscheinen?"

„Meine liebe kleine Susanne, ich kann nicht verstehen, wieso ausgerechnet du zu den guten Engeln gehören möchtest. Martin, hör nicht auf sie. Du wirst sehen, wie gut es dir jetzt geht, wo Susanne tot ist."

Hilflos überlegte Susanne, ob sie ihren Mann durch einen kleinen Hinweis auf ihre Anwesenheit aufmerksam machen sollte. Wie konnte sie ihm nur signalisieren, dass sie bei ihm und eigentlich auch ziemlich wütend auf ihn war?

In diesem Augenblick erschien Gabriel neben ihr am Bett.

„Sandro, lass das! Verschwinde! Susanne kann dir noch nichts entgegnen."

„Oje, der gute Gabriel. Dieses Mal überlasse ich euch Martin. Aber Susanne – wir sehen uns bestimmt bald wieder."

Sandro verschwand genauso unbemerkt, wie er gekommen war.

Gabriel wandte sich wieder an Susanne.

„Du musst noch viel lernen. Das war eine jener unglücklichen Seelen, die selbst als Engel noch ihren Spaß daran haben, Menschen zu ihrem Nachteil zu beeinflussen. Deine Mutter wacht jetzt über Martin und deinen Sohn. Du kannst später wieder zu ihnen, aber zurzeit hilfst du ihnen eher nicht."

Susanne bemerkte, dass sie offensichtlich kurz davor war, einen großen Fehler zu begehen, und nickte verlegen.

„Was können wir denn diesen Engeln entgegnen und wie sollen die Menschen ihnen widerstehen?"

„Es ist unsere Aufgabe, sie dabei zu unterstützen, allerdings sind wir leider nicht immer erfolgreich. Sandro ist einer der dunklen Engel, aber er ist noch okay, nicht so hartnäckig wie viele andere von ihnen."

Susanne warf einen letzten Blick auf den schlafenden Martin und folgte Gabriel hinaus in die Nacht.

„Ich würde dir gern etwas Besonderes zeigen. Komm mal mit." Gabriel lachte Susanne unternehmungslustig an, „es ist schön dort so früh morgens."

Susanne fühlte sich ungewohnt unsicher: „Ja, warum nicht – ich habe sowieso keine Ahnung, wie es jetzt weitergeht", fügte sie nachdenklich hinzu.

Im nächsten Moment standen die beiden Engel auf einem Dachvorsprung des Eurotowers in Frankfurt.

„Wow, das ist ja atemberaubend!" Susanne war überrascht und begeistert.

Verschlafen erhob sich im Osten die Sonne aus ihrem Bett hinter dem Häusermeer und ihre silbrigen Strahlen tauchten die Stadt in ein verheißungsvolles Licht. Über dem Taunus schwebten kleine weiße Watte-Wölkchen, angetrieben von einem schwachen Wind, und ein Stückchen weiter zog ein großes Passagierflugzeug seine Bahn durch den tiefblauen Himmel.

Weit unten in der Stadt rasselten Müllwagen durch die noch leeren Straßen, um stöhnend ein paar Meter weiter erneut anzuhalten. Schwere Tonnen holperten über den vom Morgentau schwarz glänzenden Asphalt. Kleine gedrungene Gestalten, die von oben wie orangefarbene Käfer aussahen, zogen mit starken Armen die Behälter und leerten den Inhalt in die großen Wagen.

Langsam begann das pulsierende Leben in der Stadt.

Lange verharrten Susanne und Gabriel dort oben und lauschten den Gedanken und Geräuschen der irdischen Wesen.

„Ein wunderbarer Fleck", begann Susanne, etwas zögerlich, ob sie weiterreden sollte. „Aber was ist das Besondere hier? Ich meine, warum wolltest du mir gerade diesen Ort zeigen?"

Gabriels jugendliches Gesicht war ernst geworden.

„Ich wollte dir etwas verdeutlichen Susanne. Schau nach unten, die Welt, wie du sie als Mensch erlebt hast, ist dort: Neid, Gier,

Lügen, Krankheiten. Hier oben sind all die Emotionen und Schwächen der Lebenden weit entfernt. Doch gleichzeitig sind sie auch für uns sehr präsent, weil wir die Menschen begleiten und ihnen helfen müssen, damit zu leben. Wir geben ihnen Hoffnung, wenn sie selbst verzweifelt sind, und versuchen, ihre Seelen zum Glück zu führen."

„Das klingt kompliziert", dachte Susanne „ich meine, wirklich Ruhe finden sie doch erst nach ihrem Tod, und selbst das scheint schwierig zu sein."

„Es ist dank unserer Hilfe für einige Menschen möglich, schon zu Lebzeiten eine Art Frieden zu finden. Sie haben wesentliche Dinge ihres kurzen Lebens erkannt, ruhen in sich und rennen nicht mehr unerreichbaren Fantasien hinterher."

„Aber die Menschen kämpfen doch dafür, sich ihre Wünsche erfüllen zu können."

„Sind es nicht die Gier nach überwiegend materiellen Dingen oder momentane Ziele, die sofort wieder den Wunsch nach Neuem hervorrufen?", unterbrach Gabriel.

„Du hast sicher recht, aber kranke Menschen zum Beispiel wünschen sich einzig und allein, gesund zu werden, oder die Hungernden einen satten Magen. Das sind doch keine Fantasien, sondern Grundbedürfnisse ihres Lebens."

„Stimmt, Susanne. Das sind Bedürfnisse ihres schwachen irdischen Körpers. Oft müssen wir sie leider viel zu früh von diesen erlösen und sie abholen, wenn ihre Zeit gekommen ist. Schau die Dame dort drüben, sie lag bis vor einer Stunde todkrank im Bürgerhospital. Petra hat sie gerade geleitet, und jetzt ist sie eine von uns Engeln."

Susanne blickte zu der Stelle, auf die Gabriel gewiesen hatte, und sah zwei Frauen in weißer Kleidung, die sich angeregt unterhielten.

„Wieso kann ich euch, ich meine uns, eigentlich sehen? Wir haben doch alle keine Körper mehr."

„Nur wir Engel können uns gegenseitig sehen, wir bewohnen eine Art Hülle, die der Einfachheit halber menschliche Formen, aber keine Materie hat."

„So einfach ist das also ..." Susanne dachte darüber nach, dass sie als Mensch ganz andere Vorstellungen vom Tod hatte. Seltsam. Warum hatten die Menschen Angst? Es war doch schön, und absolut kein Ende.

„Was ist nun so besonders auf diesem Dach? Ich meine, warum sind wir auf dieses gekommen und nicht auf eines der andern Hochhäuser?", nahm sie das Gespräch neugierig wieder auf.

„Nun", antwortet Gabriel zögerlich, „vor einer ganzen Weile habe ich als Mensch hier oben gestanden, mit der Absicht, mein damaliges Leben zu beenden."

Betroffen ließ Susanne das eben Gehörte verklingen, bevor sie fragte: „Und bist du dann gesprungen? Warum wolltest du das tun?"

„Ich war einer von denen da unten in den Büros. Perfekt angepasst an die Voraussetzungen der Gesellschaft für eine erfolgreiche Karriere. Hervorragendes Abitur, BWL-Studium mit

Auslandssemestern in den USA und Japan, meine Eltern hatten mir sämtliche Ausbildungswege und den Einstieg in ein großes Unternehmen geebnet. Alles lief so vollkommen reibungslos, ich hatte meine Beförderung vor Augen, eine fantastische Freundin und wir machten Heiratspläne. Bis plötzlich der Break kam und ich mein schönes und von den vielen Verpflichtungen durchgetaktetes Leben nicht länger in den Griff bekam. Ich wollte morgens nicht mehr aufstehen und ins Büro gehen. Verstehst du? Ich konnte einfach nicht. Ich konnte den Anforderungen meiner Mitmenschen und meiner Vorgesetzten nicht mehr gerecht werden. Zu Beginn nahm ich Tabletten, motivierte mich mit der Aussicht auf die finanzielle Sicherheit und darauf, vielleicht sogar Kinder zu bekommen. Als der Druck jedoch schlimmer wurde, ging ich abends nur noch in die Bars und ließ mich volllaufen.

Wie du dir vorstellen kannst, war dann bald meine Freundin weg und kurz darauf auch der Job. Ich selbst fühlte mich nur noch leer und war meistens alkoholisiert.

Freunde und ehemalige Kollegen kamen vorbei und boten mir ihre Hilfe an, Gespräche, die meistens mit vielen leeren Whiskyflaschen endeten oder Gelegenheitsjobs, um, wie sie sagten, wieder auf die Beine zu kommen.

Nichts ging mehr bei mir – und dann stand ich eines Nachts hier oben – ich wusste nicht, wie ich trotz der vielen Sicherheitsmitarbeiter überhaupt raufkommen konnte – und dachte, dass mein Weiterleben sinnlos wäre."

„Aber es gibt doch Ärzte oder Therapeuten für solche Fälle", unterbrach Susanne.

„Dafür war ich zu stolz oder zu dumm. Egal, es war mein Schicksal. Ich bin gesprungen. Ich meine, im Grunde genommen wollte ich das nicht wirklich, ich weiß eigentlich nicht, was ich überhaupt wollte. Mein damaliger Schutzengel Michael muss wirklich geschuftet haben, um mich von dieser Idee abzubringen, aber ich habe nicht auf ihn gehört, oder vielleicht habe ich ihn auch nicht verstanden.

Als mein Körper dann zerschmettert auf der Straße lag, begrüßte Michael mich mit den Worten: „Du bist wirklich ein Riesenidiot, aber jetzt bist du glücklicherweise bei uns. Du wirst hier deinen Frieden finden."

Gabriel lächelte etwas: „Er hatte recht, ich habe eine unendliche Ruhe und Liebe zu allen Menschen gefunden. Michael ist mittlerweile ein guter Freund. Du wirst ihn bestimmt noch kennenlernen. Er arbeitet noch als Begleiter."

„Es muss schlimm gewesen sein für Michael, dass er dich nicht retten konnte. Warst du eigentlich mein Begleiter oder so etwas wie ein Schutzengel, als ich noch gelebt habe?"

„Nein, Liebes, ich bin momentan eigentlich nur ein ‚Abholer'. Das heißt, ich hole die Seelen ab und geleite sie zu den anderen Engeln. Bis du deine künftige Aufgabe erhältst, passe ich eine Weile auf dich auf."

„Was werde ich denn tun?" Susannes neugieriger Blick ruhte auf ihrem Begleiter.

„Das weiß ich jetzt noch nicht, aber wenn es so weit ist, wirst du es merken. Vielleicht wirst du jemand aus deiner Familie eine Zeit begleiten, vielleicht auch einen anderen Menschen."

„Und ich dachte immer, Engel sind alle gut und sitzen bequem im Himmel auf einer Wolke", scherzte Susanne.

„Nein", unterbrach Gabriel, „es ist eine sehr verantwortungsvolle Aufgabe. Leider wird sie durch die dunklen Engel noch erschwert. Es sind böse Seelen toter Menschen, die nur darauf warten, anderen Menschen zu schaden, um sich für das zu Lebzeiten erlittene Unrecht zu rächen. Sie versuchen sogar, andere Engel zu manipulieren, um Böses zu tun. Halte dich von ihnen fern. Selbst ,ältere' Engel aus früheren Jahrzehnten, die eigentlich ruhen dürfen, helfen uns manchmal in diesen Situationen aus."

„Sandro ist einer dieser dunklen Engel – nicht wahr?", fragte Susanne unsicher.

„Du hast ihn schon erkannt. Aber hab keine Angst, du wirst sofort merken, wenn sie in Erscheinung treten. Außerdem sind wir immer da, wo wir gebraucht werden oder jemand in seinen Gedanken nach uns ruft. Michael oder ich werden immer in deiner Nähe sein."

Bei diesen Worten fiel Susanne ihre eigene Familie ein. „Ich würde gerne nochmals an den Ort zurückkehren, wo ich gestorben bin."

Gabriel nickte verständnisvoll: „Ja klar, geh nur. Wenn du es willst, bist du sofort dort."

Als hätte die warme Frühlingsbrise sie hergeweht, stand Susanne Sekundenbruchteile später an ihrer Unfallstelle im Isenburger Wald.

Autos rauschten mit meist hoher Geschwindigkeit vorbei und Susanne hörte vereinzelte Gedankenfetzen der Insassen. Vor ihr tauchten Bilder ihres demolierten Autos und ihr eigener toter Körper auf. Dicke schwarze Bremsspuren auf dem Straßenbelag und die immer noch herumliegenden Glas- und Metallsplitter am Straßenrand deuteten auf den schweren Unfall hin.

Susanne überlegte, wie der Tag verlaufen wäre, wenn dieser Unfall nicht passiert und sie jetzt noch ein Mensch wäre. Martin liebt Monika, das weiß sie jetzt. Ob er ihr das irgendwann einmal gesagt hätte? Ob sie sich getrennt hätten? Monika, diese gemeine Person. Wie hätte Bastian, ihr Sohn, überhaupt auf so eine Nachricht reagiert?

Ein frischer Wind wirbelte ein paar trockene Blätter auf, als ein vertrauter Wagen am Straßenrand ausrollte und die Wagentüren langsam geöffnet wurden. Martin und Sebastian stiegen aus, Köpfe und Schultern gesenkt, immer noch unfähig, das Geschehene zu begreifen. Im Bemühen, sich gegenseitigen Halt zu geben, legte Martin den Arm um seinen Sohn und nahm einen riesigen Blumenstrauß vom Rücksitz.

Es waren rote Rosen mit weißen Margeriten, Susannes Lieblingsblumen. Wie aus dem Nichts, für Martin und Sebastian unsichtbar, erschienen plötzlich Susannes Mutter und Vater.

„Mama! Papa!"

Für einen Moment vergaß Susanne den traurigen Anblick und ging zu ihren Eltern. „Ich danke euch so sehr, dass ihr auf meine Familie aufpasst!"

Therese umarmte ihre Tochter.

„Das ist doch unsere Aufgabe. Allerdings konnten wir ihnen nicht wirklich helfen. Ihre Seelen sind so traurig, und daher haben Franz und ich eigentlich nur zugehört, was sie zu sagen hatten. Es gab vieles, das dich betrifft, aber im Augenblick kannst du nichts für sie tun. Lass sie ein paar Tage Ruhe finden. Sebastian gibt sich die Schuld an deinem Tod und Martin ist verzweifelt, weil er keine Gelegenheit mehr hatte, mit dir zu reden – wegen Monika."

„Ja, ich weiß, Mama, ich hoffe nur, dass ich Gelegenheit finde …" Aber sie beendete den Gedanken nicht, weil ihre Mutter sie vorwurfsvoll ansah.

„Du wirst Gelegenheit finden und ihr verzeihen müssen!"

Mit versteinertem Gesicht, die Augen leer und übermüdet von der nächtlichen Schlaflosigkeit und Trauer, versuchte Martin, den Blumenstrauß in einer einfachen Vase auf dem Waldboden zu befestigen. Bastian hielt ein kleines Kreuz in den Händen mit einem in Folie geschweißten Foto von Susanne.

Er unterdrückte einen Schluchzer, als er den hölzernen Sockel in die Erde steckte. Wortlos, jeder in seine eigenen Gedanken versunken und doch in der schmerzlichen Emotion vereint, standen Vater und Sohn eine Weile verloren am Straßenrand, während der zunehmende Feierabendverkehr unbeeindruckt vorbeifloss.

Schließlich beendete Bastian das Schweigen.

„Paps, was glaubst du, wo Mami jetzt ist? Ich weiß, sie ist tot, aber glaubst du wirklich, dass sie nicht mehr bei uns ist?"

Martin rang für einen Moment mit den Tränen, bevor er mit brüchiger Stimme antwortete:

„Nein, Bastian, sie ist zwar tot, aber sie wird immer in unserem Herzen sein und wir dürfen die Erinnerung an deine Mutter niemals verblassen lassen. Opa Peter wird nachher noch vorbeikommen. Er hat heute mit dem Beerdigungsunternehmen gesprochen und wir müssen uns jetzt um die Beisetzung kümmern."

„Ja, Paps – wir werden Mama eine schöne Begräbnisfeier machen. Ich frage Carolin, ob sie uns auf der Gitarre etwas spielt … vielleicht ‚Stairway to heaven'? Das war doch einer von Mamis Lieblingssongs."

Nachdenklich und zugleich überrascht von der pragmatischen Denkweise seines Sohnes, tippt Martin auf Bastians Schulter:

„Darüber reden wir dann später. Komm, wir müssen heim."

Unsichtbar begleitet von Susannes Eltern stiegen die beiden wieder in den Wagen, der sich schnell in den Strom der vorbeifahrenden Autos einreihte.

Bewegt von den Eindrücken ruhte Susanne im Gras am Straßenrand und überlegte, wie sich die feuchte Erde und die kitzelnden Grashalme angefühlt hatten, als sie ein Mensch war.

Autos fuhren schnell vorbei. Ihre Scheinwerfer tauchten das kleine Kreuz kurz in ein gespenstisches Licht. Es war eine der vielen mahnenden Erinnerungen, wie Susanne sie oft am Straßenrand gesehen hatte. Sie versuchte, sich den Duft der wunderschönen Rosen vorzustellen, und ihre Finger tasteten vorsichtig an den Blumen, ohne jedoch das Geringste zu spüren. Unsicher stellte Susanne fest, dass es ihr nicht mehr gelang, sich das Gefühl einer Berührung oder auch nur die geringste Empfindung in Erinnerung zu rufen.

Sie fühlte sich einfach nur schwerelos und wohl.

Erst in der Dunkelheit des späten Abends verließ sie den Unfallort und ging ziellos ein Stückchen in den Wald hinein. Lautlos, als schwebte sie über den Waldboden, wanderte Susanne immer weiter. Keine Äste zerbrachen knackend unter ihren Schritten und kein einziges Blatt bewegte sich unter der Berührung ihrer hellen Sneakers.

Ein Eichhörnchen huschte vorbei und blickte erschrocken in Susannes Richtung. Über herumliegendes Bruchholz und moosbedeckten Steinen trieben Nebelschwaden, ausgeatmet vom feuchten, lebendigen Waldboden.

Durch das dunkle Blätterdach der alten Bäume sah sie die fast kreisrunde Scheibe des Mondes. Sein helles Licht schien wie ein Mosaik zwischen den Ästen hindurch, um sich kaleidoskopartig durch die Bewegungen der Äste neu zusammenzufügen. Sterne tauchten in den Baumlücken auf und verschwanden wieder hinter dunklen Wolkenfetzen des Nachthimmels.

„Ist das eigentlich der Himmel?" Ruhig und leicht glitt Susanne weiter.

„Nein, Susanne, das ist nur der irdische Himmel, der wirkliche Himmel liegt in uns selbst", antwortete eine Stimme direkt neben ihr.

„Ich bin Michael. Gabriel meinte, ich sollte dich lieber wieder abholen. Es wird Zeit, dass du unseren Chef kennenlernst."

4. Kapitel

Michael führte Susanne in einen lichtdurchfluteten Raum, der unendlich groß zu sein schien. Kissen lagen verstreut umher und Susanne ging, unschlüssig, was sie hier erwartete, ein Stück auf die weiße Sitzlandschaft zu.

„Setz dich ruhig", sagte ein unscheinbar wirkender Herr und ließ sich gleichfalls auf eines der Kissen nieder.

Susanne schaute ihn überrascht an. Er war nicht sehr groß und schien älter zu sein als die Engel, die ihr bisher begegnet waren. Wenngleich er sich ebenso leichtfüßig bewegte wie die anderen, wirkte er irgendwie niedergeschlagen, ja, fast sorgenvoll. Und doch umgab die gebeugte Gestalt etwas Erhabenes. Sein Blick war gütig, abwartend und gleichzeitig neugierig auf Susanne gerichtet, wobei sie den Eindruck hatte, dass er geradewegs durch sie hindurchschaute. Er lehnte sich in den Kissen zurück und sah sie einfach an, als wären alle Worte vollkommen überflüssig.

„Wer bist du?", fragte Susanne unsicher.

„Nenn mich Jes", antwortete der Herr.

„Jes oder Yes wie im Englischen?"

„Das kannst du machen, wie du willst. Hier spielt das keine Rolle mehr."

„Michael sagte, ich sollte den Chef kennenlernen."

„Du hast ihn getroffen."

„Also bist du der Chef hier?"

„Wenn das so sein soll, dann ist es so."

„Ich dachte, du heißt Gott?"

„Als du ein Mensch warst."

„Ah, und jetzt heißt du Jes und bist Gott?"

„Ich habe viele Namen."

Jes schaute zu der nicht vorhandenen Decke des Raumes.

„Gott habe ich mir immer anders vorgestellt", antwortete Susanne.

„So? Wie denn?" Jes richtete sich interessiert auf.

„Nun ... älter halt und ..."

„... und mit langem Gewand und weißem Bart. Ich weiß", unterbrach Jes sie fast gelangweilt.

„Ja, so stellen sich wohl viele Menschen Gott vor."

„Und jetzt bist du enttäuscht?"

„Nein, vielleicht überrascht."

„Das sind sie alle."

„Ich hatte keine Ahnung, was mich hier erwartet."

„Das konntest du auch nicht."

„Du musst sehr alt sein."

„Meinst du?"

„Entschuldigung, eigentlich sehen ja alle gleich aus."

„Wie denn? Alle Engel sehen alt aus? Haha ... die Menschen glauben also, wir sind eine Truppe von Senioren, die im Himmel noch ein bisschen Spaß haben? Das gefällt mir."

„Entschuldigung, ich wollte dich nicht verärgern."

„Wieso entschuldigst du dich dauernd?"

„Ich möchte nichts Falsches sagen."

„Was ist denn schon falsch und was richtig?"

„Das musst *du* mir doch erklären – oder?"

„Muss ich? Du solltest das schon längst wissen."

„Ähm, ich weiß vielleicht, was falsch auf der Erde war, aber hier – ich bin Gott noch nie begegnet."

„Schon klar! Es gibt leider nur den einen Posten hier, allerdings mit unterschiedlichen Bezeichnungen. Zu Beginn allen irdischen Lebens hatten die Menschen viele Götter, die sie anbeteten konnten, das war ruhiger und ich hatte weniger Stress."

„Entschuldigung."

„Du wolltest dich doch nicht mehr dauernd entschuldigen! Also Lektion 1: Engel entschuldigen sich nicht vor dem Herrn."

„Ent... – ich werde es nicht wieder tun. Ich bin vielleicht verunsichert. Es gab so viele verschiedene Legenden in den Religionen, und glaubhaft waren im Grunde genommen nur sehr wenige."

„Viel zu viele Religionen und Glaubensauffassungen, und alle letztendlich ziemlich gleich in ihrer Zielsetzung, die Menschen zu innerer Ruhe und Zufriedenheit zu führen. Mochtest du denn die Erzählungen über mich oder gab es etwas, das dir besonders gut gefallen hat?"

„Nein, ich meine, ich hatte nie einen Grund oder die Zeit, darüber nachzudenken."

„Du meinst, du hast dir nie die Mühe gemacht – oder? Typisch für die Menschen, größtenteils schlucken sie die Informationen, die ihnen vorgesetzt werden, und ihre Neugier ist befriedigt. Die wenigen, die sich Gedanken machen, werden als Fantasten oder Spinner abgetan."

„Die Menschen haben doch keine Gelegenheit, dich kennenzulernen. Sie haben Angst vor dem Tod, weil sie nicht wissen, wie und ob es danach weitergeht. Und nach ihrem Tod haben sie keine Möglichkeit, den anderen Lebewesen von dir zu erzählen."

„Na ja. Wir sind eigentlich überall, hin und wieder erkennt man unser Tun. Hast du nie versucht, dir ein eigenes Bild von mir zu machen?"

„Ja doch, schon, aber das war schwierig. In den Kirchen gab es nur diese Überlieferungen von dir."

„Ach ja die Kirchen." Jes' Stimme klang nun sehr traurig. „Die Kirchen verkaufen Hoffnung und die Religionen predigen Fanatismus oder bestenfalls Nächstenliebe – und wer hält sich dran?"

Susanne schaute fassungslos auf den Herrn, der niedergeschlagen in sich zusammengesunken schien.

„Wieso, wer hält sich dran? Du meinst, was die Menschen einerseits glauben und was sie andererseits tun?"

„Was glaubst du denn, was wir hier alles machen sollen. Es gibt rund sieben Milliarden Menschen auf der Erde und alle bitten mich täglich um irgendetwas. Die einen möchten, dass ich ihnen eine Gehaltserhöhung verschaffe, die anderen wollen Glückseligkeit oder die Wiedergeburt in ein besseres Leben. Ich soll sogar dafür sorgen, dass sie Kinder bekommen. Du lieber Himmel, noch nicht mal das bekommen sie ohne Hilfe hin. Wir haben bereits alle Hände voll zu tun, um zu verhindern, dass sie sich gegenseitig umbringen oder ihrer Umwelt schaden."

„Ich bin überzeugt ...," begann Susanne verständnisvoll.

„Gar nichts wissen die Menschen von uns! Das ist ja das Problem. Jeder denkt, er braucht nur eines seiner Gebete zu sprechen oder ‚bitte, lieber Gott' zu sagen, und schon ist es gut. Als ob wir hier oben alles, was die Menschen sich gegenseitig antun, ungeschehen machen könnten."

Der Herr lehnte sich still zurück und Susanne zog es daher vor, eine Weile zu schweigen.

„Nun, Susanne", nahm er das Gespräch versöhnlicher wieder auf. „Ich wollte dich nicht erschrecken. Es ist halt ziemlich viel Arbeit und Verantwortung auf meinen Schultern." Jes wartete eine Weile, bevor er fortfuhr: „Momentan läuft leider sehr vieles falsch. Wir schaffen es einfach nicht, bei den Menschen so etwas wie Einsicht zu wecken. Es gibt viel zu viel von diesen profitorientierten Individuen und Egozentrikern, die nur auf ihr persönliches Wohlergehen aus sind. Jeder von ihnen hat seine eigene Welt und seine eigene Wahrheit, was richtig und was falsch ist. Viele kleine irdische Götter, die sich gegenseitig nicht dulden. Haben die Menschen Macht, wollen sie die ganze Welt beherrschen oder von ihren Ideen überzeugen. Haben sie das, was sie als Geld bezeichnen, so wollen sie immer mehr. Als Kinder wollten sie die Sandschaufel ihrer Spielkameraden, als Erwachsene wollen sie den Job oder die Frau ihres besten Freundes haben. Selbst wenn sie einen gesunden Körper besitzen, stopfen sie diesen so voll mit Gift, dass sie letztendlich bei uns hier oben landen. Schau dir die Tiere an, die nichts anderes tun als fressen, schlafen und für Nachwuchs sorgen. Selbst sie werden kommerzialisiert und ausgerottet. Das nennen die Menschen Fortschritt, aber es ist ein Schritt in Richtung Untergang, wenn sie nicht lernen, miteinander zu teilen. Und das nicht nur bei Facebook.“

Wieder ließ sich der Herr traurig in die Kissen sinken.

„Ich verstehe“, Susanne versuchte, beruhigend weiterzusprechen: „Und an dieser Situation sind die dunklen Engel schuld?“

„Das ist ein großes Problem. Sie sind überall ...“

„... und wollen die Menschen zum Bösen überreden?“

„So ungefähr. Das Gute kann ohne das Böse nicht existieren. Der Mensch vereint leider beide Eigenschaften in sich.“

Verständnislos schaute Susanne den Herrn an.

„Dann sind die dunklen Schatten also unsere Freunde?“

„Nein!"

„Sondern?"

„Wir müssen uns gegenseitig tolerieren. Mal gewinnt das Gute – mal das Böse. Wie eine Waage, die nie im Gleichgewicht ist."

„Aber momentan sind die dunklen Engel wie Sandro sozusagen in der Überzahl? Die Menschen glauben doch, dass Gott gut ist, und gnädig, indem er ihnen vergibt."

„Voilà, da haben wir's. Die dunklen Schatten bringen die Menschen dazu, böse Dinge zu tun. Wir helfen ihnen, indem wir versuchen, sie wieder auf den richtigen Weg zu geleiten."

„Und damit sind dann alle glücklich?"

„Mehr oder weniger, für eine kurze Zeit zumindest."

„Also, wenn ich einem Menschen Schaden zufüge und hinterher irgendetwas Positives tue, das der Gerechtigkeit dient und im Sinne der guten Engel ist, dann ist alles wieder in Ordnung?"

„Du denkst immer noch wie ein Mensch! Natürlich nicht."

„Du beschwerst dich doch, dass du alle von Menschen verursachten Katastrophen gerne häufiger verhindern würdest, und jetzt sagst du, das funktioniert, indem ihr ihnen anschließend vergebt, auch wenn das Unglück schon geschehen ist?"

„Ganz so einfach ist das nicht. Vergeben ist nicht gleich vergessen oder Dinge ungeschehen machen. Unsere Hauptaufgabe ist es, die Menschen zum Nachdenken zu bringen, sodass sie sich ihrer Handlungsweise bewusst werden. Manchmal bereuen sie die Taten wirklich und wir können sie davon überzeugen, diese Frevel künftig zu vermeiden. Nur leider machen sie die gleichen blöden Dinge immer wieder, weil die bösen Engel großen Einfluss auf sie ausüben. So läuft das andauernd."

„Wenn solch ein Mensch stirbt, wird er dann selbst zu einem dunklen Engel?"

„Das kommt darauf an, welche Seele in dem Menschen steckt und ist nicht so einfach vorherzusagen. Wir sind ja überall – genauso leider auch die weniger guten Kollegen."

„Da habe ich aber Glück gehabt!"

„Sagen wir es mal so, wir haben überlegt, wen wir senden sollen, und uns dann für Gabriel entschieden."

„Willst du damit behaupten, dass ich fast einer von den dunklen Engeln geworden wäre?"

„Hast du in deinem Leben nie etwas Böses angestellt?"

Susanne versuchte, sich an einige Mandanten der Kanzlei zu erinnern. Tatsächlich hatte sie in einigen Fällen, entgegen ihrer persönlichen Überzeugung, dafür gesorgt, dass ihre Mandanten ohne große finanzielle Verluste aus dem Gerichtssaal marschieren konnten. Den Schaden hatten die Unterlegenen, die oft noch ihre berufliche Existenz verloren.

„Siehst du?" Der Herr lächelte verständnisvoll. „Du hast zwar nicht um Vergebung gebeten, aber immerhin wusstest du, dass das, wofür du gekämpft hast, im Grunde genommen falsch war."

„Es war mein Beruf, und er hat mir Freude bereitet."

„Du wurdest dafür bezahlt zu lügen, oder hast dir einfach selbst Geld genommen. Was hattest du denn mit dem Treuhandkonto vor? Und war es das wirklich wert? Du hast viel Zeit damit verbracht, Leuten zu helfen, die dir im Grunde nichts bedeuteten. Es war, wie du selbst erkannt hast, dein Job. Aber was war mit deinem Leben? Deine ehemals beste Freundin Monika zum Beispiel hätte dich sehr gebraucht. Selbst deinen Sohn und Martin hast du nicht mehr mit dem Herzen gesehen. Du hast Martins Liebe damit fast verloren."

„Monika ist doch sicher von bösen Engeln beeinflusst worden. Was hätte ich also tun können?"

„Nichts, daher sagte ich ja bereits, beide Seiten sind in den Menschen vorhanden, das Gute und das Böse."

Susanne machte eine nachdenkliche Pause.

„Na, das ist ja lustig, gute Engel – böse Engel, und alle mehr oder weniger friedlich vereint? Ich dachte immer, Engel ruhen auf einer Wolke und ..."

„... und singen fromme Lieder?", ergänzte Jes.

Seinen müden, niedergeschlagenen Eindruck widerlegend, erhob sich Jes mit einer schwungvollen Bewegung und klopfte Susanne auf die Schulter.

„Nun, Liebes, genug für jetzt. Komm, ich stelle dich ein paar Engeln vor, die schon sehr lange bei uns sind. Du wirst erstaunt sein."

Wie aus dem Nichts erschienen in der Ferne mehrere helle Gestalten.

Der Herr winkte ihnen fröhlich zu.

„Unglaublich, die müssen ja mehrere tausend Jahre alt sein."

„Nicht ganz, Susanne, wir haben kein Alter. Das lassen wir auf der Erde zurück. Diese Engel hier sind allerdings schon etwas länger bei uns und ruhen sich ein wenig aus. Meinst du, ein Engel aus dem 17. Jahrhundert würde die heutigen Menschen noch verstehen? Schon beim Anblick der vielen Autos würde er hilflos davonschweben."

„Jes, warum tragen einige Engel so prunkvolle Gewänder?"

Der Herr lachte: „Sie wollten unbedingt ihre Kleidung von damals behalten und haben es abgelehnt, so ein ,neumodisches und unbequemes Zeug' anzulegen. Und unsere weiße Arbeitskleidung sehen sowieso nur wir Engel."

„Ich hab schon bemerkt, dass wir alle gleich aussehen. Ganz schön langweilig."

„Findest du? Ich finde das praktisch, außerdem gibt es keine Diskussionen darüber."

„Schon gut, ich wollte mich nicht beschweren."

„Na ja, vielleicht möchtest du mir mitteilen, was dir sonst so alles missfällt hier?"

Die gebeugte Gestalt des Herrn richtete sich auf und ließ nunmehr Macht und Stärke erkennen. Susanne stellte erschrocken fest, dass er viel größer war, als sie vermutet hatte.

„Das ist typisch für unsere Neuzugänge. Kaum sind sie in der Ewigkeit angekommen, wollen sie auch diese noch verändern."

„Entschuldigung ... nein möchte ich nicht ... ich hätte doch nur einen Verbesserungsvorschlag", fügte Susanne unsicher hinzu.

„Schluss für heute!"

Gebieterisch und jede weitere Antwort unterbindend, blickte der Herr auf Susanne herab.

„Ich glaube, ich habe soeben die richtige Aufgabe für dich gefunden. Du wirst eine Weile auf deine Freundin Monika aufpassen. Das hast du im irdischen Leben irgendwann vergessen und kannst es jetzt nachholen. Sie hat dich schon immer bewundert."

Oh nein, schoss es Susanne in den Sinn. Ausgerechnet Monika, soll ich vielleicht zusehen, wie sie sich mit Martin vergnügt?

„Wie bitte?" Der Herr schien jetzt wirklich verärgert.

Schnell antwortete sie: „Ich meinte natürlich, oh ja. Ich freue mich auf diese Aufgabe. Aber es ist nicht nur Monika, ich glaube, ich habe noch eine Reihe Probleme in der Welt zurückgelassen."

„Du wirst als Engel Gelegenheit haben, sie zu lösen."

Damit verschwand der Herr.

Susanne stand in dem großen Raum und überlegte, ob sie jetzt gleich zu Monika gehen oder zunächst anderen Begleitern zuschauen sollte.

Sie hoffte, dass Gabriel ihr weiterhelfen würde. Plötzlich stand er neben ihr:

„Hallo Susanne, du hast mich gerufen? Wie war's beim Chef? War er wieder gestresst?"

„Gabriel, gut, dass du da bist! Ich hatte schon vergessen, dass du gerufen wirst, wenn man an dich denkt. Ich glaube, ich habe den Herrn verärgert."

„Jes verärgern?" Gabriel lachte. „Das schafft keiner. Er hat nur ziemlich viel zu tun. Wir tun alle unser Möglichstes, aber der Herr ist für alles verantwortlich und es ist schwer, die vielen Aufgaben zu koordinieren."

„Ich soll ab sofort auf Monika aufpassen."

„Susanne, du und Monika: Das ist doch hervorragend. Du bist immer in der Nähe deiner Familie."

„Genau darin liegt mein Problem. Ich habe so vieles in deren Welt zurückgelassen, nicht nur Monika. Soll ich zuschauen, wie sie mit Martin glücklich wird? Ich bin ziemlich wütend auf sie."

„Susanne! Empfindest du wirklich noch Eifersucht oder möchtest du vielmehr Schaden und Gefahren von Martin und Monika abwenden?"

„Vielleicht schon, aber möglicherweise auch nicht. Martin hat mich schließlich mit ihr betrogen."

Gabriel blickte sie strafend an, worauf Susanne schnell hinzufügte: „Schon gut, vermutlich kann ich jetzt nichts ändern in deren Welt – oder gibt es doch eine Möglichkeit? Vielleicht fürchte ich mich auch etwas vor dieser Aufgabe."

Gabriels Stimme klang sanft und beruhigend.

„Du hörst ihre Gedanken und siehst, was sie tun. Du kannst mit ihnen reden, wenn du ihr Gewissen erreichst. Wovor fürchtest du dich also?"

„Ich weiß es nicht. Ich fühle noch keinen Frieden, sondern nur Leichtigkeit, weil ich meinen Körper zurückgelassen habe."

Gabriel lächelte, aber seine Augen schienen durch sie hindurchzusehen: „Es ist noch ein weiter Weg, aber du wirst Ruhe finden und hoffentlich bei den guten Engeln bleiben."

Susanne blickte Gabriel unsicher an. Plötzlich hatte sie das Gefühl, er verheimlichte etwas.

„Gabriel, glaubst du, dass ich ein guter Engel sein kann?"

„Wenn du es schaffst, dich von den bösen Gefühlen in dir zu lösen, und du dir Mühe gibst: ja."

„Ich hoffe trotzdem, dass Martin diese blöde Monika wieder vergisst."

„Susanne!"

5. Kapitel

Monika stand im Flur ihres Hauses in der Friedensallee in Neu-Isenburg und sah sich suchend um. Die zierliche, schwarz gekleidete Gestalt wirkte fremd zwischen den hellen Kiefernmöbeln; irgendwie deplatziert wie ein Schneemann auf einer Blumenwiese. Das Knarren der alten Holztreppe signalisierte ihr, dass Kurt aus dem Ankleidezimmer im ersten Stock kam.

„Hast du meine schwarze Tasche oben gesehen?" Nervös schaute Monika auf die schmale Uhr an ihrem Handgelenk.

„Nein, im Schlafzimmer lag sie nicht. Schau mal im Wohnzimmer", antwortete Kurt mit bebender Stimme, seine dunklen Augen waren tränenverschleiert.

„Wir müssen in einer halben Stunde am Friedhof sein. Hoffentlich hat Buddy die Tasche nicht versteckt. Wo ist der Hund eigentlich?"

Monika öffnete die hölzerne Eingangstür ihres Hauses.

„Buddy! Wo steckst du? Buddy, hierher!", rief sie in den Vorgarten.

Kurt stieß einen scharfen Pfiff aus, worauf der Hund mit Erdklümpchen an den blonden Pfoten zur Tür hereingestürmt kam und schwanzwedelnd stehen blieb.

„Buddy! Kurt, halt ihn bitte fest, sonst habe ich wieder Hundehaare auf meinem Kleid." Monika machte einen Bogen um ihren Vierbeiner und verschloss sorgfältig den mit Ornamenten verzierten Schuhschrank. Buddy liebte Frisbee Scheiben und Monikas Pumps, die er stolz zu seinen Schätzen im Hundekörbchen trug.

„Schon gut, Liebes." Kurt hob die Hand und flüsterte fast unhörbar „Platz!" Buddy fiel wie vom Blitz getroffen auf den dunkelroten Teppich und seine braunen Hundeaugen schauten aufmerksam auf sein Herrchen.

„Buddy, mein Guter." Kurt kraulte das blonde Fell. „Wir können dich leider nicht mitnehmen. Du bleibst hier und bewachst das Haus."

Als ob er den geliebten Menschen verstehen könnte, trabte Buddy zu seinem Platz in der Küche.

Nachdem sie lange Zeit vergeblich versucht hatten, ein Baby zu bekommen, stellten Kurts Ärzte fest, dass er keine Kinder zeugen konnte. Für Monika, die alleine bei ihrer geschiedenen Mutter aufgewachsen war und nichts mehr ersehnte, als eine richtige Familie zu haben, brach durch diese Tatsache eine Welt zusammen. Schon der Anblick von spielenden Kindern verursachte einen tiefen Schmerz und sie weinte oft, wenn Kurt ahnungslos neben ihr schlief. Ein Arzt hatte ihr daraufhin ein Medikament gegen die immer wiederkehrenden Depressionen empfohlen.

Im Bestreben, sein Unvermögen auszugleichen, brachte Kurt eines Tages einen kleinen Hundewelpen mit, den einer seiner Kollegen nicht mehr behalten konnte. Da Monika wieder in der Apotheke arbeitete, nahm Kurt ihn morgens mit in sein Büro in der Hanauer Landstraße.

„Kurt, ich weiß nicht, wie ich die nächsten Stunden überstehen soll." Monika hatte ihre Handtasche im Wohnzimmer entdeckt und ging zögerlich zurück in den Flur. „Ich hoffe, ich schaffe das. Kommst du?"

Statt einer Antwort nahm ihr Mann sie vorsichtig in den Arm und strich über ihre blonden Locken. Monika bemerkte, wie aufgewühlt und traurig er war, wenngleich er seine Tränen tapfer verdrängte. Sekundenlang umarmte er sie, fest und tröstend. Monika fühlte seinen sportlichen Körper in dem dunkelgrauen Anzug und für einen merkwürdigen Moment flackerte der Wunsch in ihr auf, ihren Mann nackt auf sich zu spüren.

Viele ungestellte Fragen und nicht angesprochene Probleme hatten eine distanzierte Stille zwischen ihnen geschaffen, in der jeder in seiner eigenen Gedankenwelt versunken schien. Im Verlauf der Jahre war diese Distanz, die in belanglosen Gesprächen und der Routine der selten werdenden Umarmungen zum Ausdruck kam, immer größer geworden.

Monika hatte oft darüber nachgedacht, wann sie die Verbindung zu Kurt verloren hatte. In endlosen Nächten hatte sie sich den Kopf darüber zerbrochen, seit wann und vor allem warum sie Kurt nicht mehr liebte, und ob es nicht für beide besser wäre, sich ganz zu trennen. Aber Kurts unendliche Geduld lähmte diesen Entschluss – bis zu dem Augenblick, als sie Martin zum ersten Mal küsste und wusste, dass sie damit in Susannes Leben eindringen konnte. Ein Leben, um das sie ihre Freundin immer beneidet hatte und von dem sie sich ausgegrenzt fühlte.

Kurt ahnte schon lange, dass Monika etwas fehlte, was sie nicht bei ihm finden konnte. Das Bewusstsein der eigenen Unfähigkeit verlieh ihm im Laufe der Zeit jedoch eine trotzige Stärke, die gleichzeitig seine Hoffnung nährte, sein Leben möge sich wieder zum Guten wenden. Er mochte diese kleine blonde Person mit all ihren Schwächen, aber er spürte auch etwas anderes in seinem Körper. Ein Gefühl, das in ihm rebellierte und nach Akzeptanz suchte. Kurt versuchte es mit Gewalt zu unterdrücken, aber die Tür zu einer verlockenden Welt wurde immer wieder geöffnet. Wenn er doch nur den Mut aufbringen könnte, mit seiner Frau darüber zu reden.

Schweigend fuhren Kurt und Monika zum nahe gelegenen Waldfriedhof. Der Himmel hatte sich mit bedrohlich grauen Wolken zugezogen, was die schwermütige Stimmung der dunkel gekleideten Menschen noch betonte. Mit betretenen Mienen begrüßten sie einander schweigend. Die Glocken der kleinen, modernen Kapelle hallten klagend über den breiten Zugangsweg bis in den angrenzenden Friedwald, und aus den Wolken hörte man die Triebwerke eines Flugzeuges, das wie ein Teil aus einer anderen Welt über die gesenkten Köpfe hinwegzufliegen schien.

Susanne saß in einer Fensternische und schaute dem Geschehen fasziniert zu. Andere Engel bewegten sich vor der Kirche wie helle Schatten der menschlichen Gestalten.

„Seltsam, wie wenig doch von einem Menschen übrig bleibt."

Eine kleine silberne Urne thronte vorn in der Kapelle auf einem Podest inmitten zahlloser Blumengestecke und Kränze.

„Ja, das stimmt, Susanne." Michael gesellte sich zu ihr in die Nische. „Die ganze Welt ist ein einziger großer Friedhof. Die Körper werden begraben und zerfallen mit der Zeit zu neuer Erde. Freunde verabschieden sich von geliebten Menschen, nur wir bleiben übrig. Das Leben auf der Erde ist ein Kreislauf, und wir sind die Bahnen, die den Kreislauf in die richtige Richtung lenken sollen."

„Ja, aber die dunklen Engel dort drüben blockieren diese

Bahnen. Hörst du, wie einer von ihnen gerade auf den älteren Herrn einredet, der sich in das Kondolenzbuch eintragen will?"

Michael hatte die Gefahr schon erkannt und stand abwehrend vor einem dunklen Engel, der beschwörend auf einen Mann im dunkelblauen Mantel einredete:

„Warum tust du so, als ob du ihren Tod bedauerst? Sei froh, dass diese karrierebesessene Juristin endlich weg ist. Jetzt hast du eine bessere Chance, den Prozess zu gewinnen. Willst du etwa, dass dein Vermögen weg ist?"

„Es reicht jetzt. Geh!" Michael schaute streng auf den bösen Engel und versuchte, dessen Einfluss auf den Menschen wieder auszugleichen:

„Du warst immer ein guter Firmenchef, dein Vater hat das Unternehmen selbst aufgebaut. Das Kapital reicht sicher, um deine Mitarbeiter auszuzahlen, und für deinen Lebensabend bleibt noch genug übrig. Denk an die Familien deiner Angestellten. Warum willst du ihnen schaden? Sie waren immer loyal und haben zuverlässig für dich gearbeitet. Sei fair und höre nicht auf die bösen Gedanken."

Doch der dunkle Engel ließ nicht ab: „Was kümmern dich die Familien? Denk an dich und sei nicht dumm. Du könntest dir endlich die erträumte Yacht kaufen. Warum willst du ein guter Mensch sein und dein Geld unter die Angestellten verteilen? Niemand wird es dir danken."

Gabriel kam Michael zu Hilfe:

„Lucian, geh weg! Du versuchst die Menschen vom Egoismus zu überzeugen!"

Nachdrücklich wies er den dunklen Engel zurück, worauf der böse lächelnd antwortete: „Glaubt ruhig weiter an das Gute in den Menschen. Ich glaube an das Böse."

Michael ging ruhig und gelassen auf Lucian zu. „Nein! Wir lieben die Menschen und werden verhindern, dass ihr ihnen schadet. Aber ich verstehe dich, Lucian. Du bist unglücklich und wirst auf der bösen Seite niemals Frieden finden, selbst wenn du die gesamte Menschheit ins Verderben stürzt. Schon seit Beginn des Lebens ist dies dein Ziel. Dafür bist du sogar zu den Lebenden zurückgekehrt und hast für Tod und Unglück unter ihnen gesorgt. Hör endlich auf."

Überrascht blickte Lucian auf Michaels helle Erscheinung: „Pah! Susanne wird mir bald folgen."

Als Lucian verschwunden war, ging Susanne zu ihren beiden Freunden, die sie erleichtert anschauten.

„Ich fürchte mich vor Lucian."

„Ja, mit ihm ist nicht zu spaßen. Pass auf, wenn er mit dir redet. Er kann dich auf seine Seite ziehen, ohne dass du es willst. Aber hab keine Angst, wir sind immer in deiner Nähe."

Gabriel blickte zur kleinen Kapelle.

„Susanne, du solltest jetzt zu deiner Familie gehen. Sie verabschieden sich von dir."

Die Stuhlreihen waren bis auf den letzten Platz gefüllt und Susanne erkannte viele Studienfreunde sowie Kollegen aus der Kanzlei. Ein paar Mandanten, die sie vertreten hatte, waren ebenfalls anwesend. In der ersten Reihe, dicht an der Urne, saßen Martin und Bastian, als wollten sie dem geliebten Menschen ein letztes Mal nahe sein. Zusammengesunken und mit dunklen Schatten um die verweinten Augen und aufgeweichten Taschentüchern in den fest umklammerten Händen, saßen sie wie zwei verlorene Kinder zwischen Peter und Helga.

Eric Claptons langsame, melancholische Gitarrenakkorde verklangen leise über den gesenkten Köpfen … would you know my name if I saw you in heaven?

Die kleine Urne mit Susannes sterblichen Resten war fast nicht zu erkennen in dem Blumenmeer. „Ein letzter Gruß", „Für unsere geliebte Freundin", „In tiefer Anteilnahme" lauteten die Inschriften auf seidenen Schleifen.

Susanne stand hinter ihrem Sohn und legte beide Hände unmerklich auf seine zuckenden Schultern.

„Ach Mum, warum hast du uns alleine gelassen?"

„Ich habe euch nur als Mensch verlassen, aber ich bin doch bei euch."

„Bist du nicht!"

„Basti, du hörst mich?"

„Mum, ich weiß nicht mehr, was ich höre."

„Hör auf dein Gefühl. Es ist nur der Rest meines irdischen Körpers in dieser Urne."

„Ich verstehe gar nichts mehr … ich wollte, ich könnte alles ungeschehen machen."

„Mir geht es gut, mein Sohn. Ich werde dich immer begleiten."

„Mami!"

Susannes Aufmerksamkeit wurde in diesem Moment auf eine andere Stimme gelenkt. Sie gehörte Monika, die hinter Martin Platz genommen hatte.

„Meine liebe Susanne", waren Monikas Gedanken, „hier hast du das Resultat deines erfolgreichen Lebens: eine unglückliche Familie."

„Monika, wie kannst du so etwas denken?"

Luzy, ein dunkler Engel, schaute belustigt zu Susanne.

„Recht hast du, Monika, deine Freundin war immer nur für die Kanzlei da. Und was ist aus ihrer Familie geworden? Ein Häufchen Elend, um das du dich ab sofort kümmern wirst."

„Monika, du warst immer meine Freundin. Du hast dich an meinen Mann rangeschmissen und jetzt denkst du so schlecht über mich?"

„Du hast dich nicht für mich interessiert, als ich dich gebraucht hätte. Nur du hattest immer alles: die netteren Freunde, eine liebe Familie und mehr Erfolg. Und ich? Du hast mich einfach im Stich gelassen, als du Martin kennengelernt hast. Genauso wie du jetzt diese Familie verlassen hast. Du fügst allen Menschen, die dich lieben, Leid zu."

Betroffen schaute Susanne Monika an.

„Vielleicht hast du recht und es ist so gekommen, weil ich ein egoistischer Mensch war – ich habe unsere Freundschaft vernachlässigt. Aber du hast sie ausgenutzt."

Der dunkle Engel an Monikas Seite nickte zustimmend.

„Unsinn, glaub ihnen nichts!" Michael erschien neben Monika und Susanne.

„Die bösen Engel versuchen nur, ihre schlechten Gedanken in ein besseres Licht zu setzen – und dann haben sie dich schon fast auf ihrer Seite. Du hast als Mensch genauso viele gute und schlechte Dinge getan wie jeder andere. Monika hatte die gleichen Chancen wie du."

Susannes Blick ruhte traurig auf ihrer früheren Freundin.

„Ich habe nie bemerkt, wie neidisch sie war."

„Warum glaubst du denn, hat sie sich in Martin verliebt?"

„Woher soll ich das wissen?"

„Nein? Wirklich nicht? Du hast es ihr leicht gemacht durch deine Arbeit. Monika bewunderte dich schon immer, und dann wurde es Neid. Sie wollte irgendwann alles haben, was du hattest. Martin war nur der erste Schritt. Kurt hat sowieso andere Interessen, aber du warst Teil einer Familie, die Monika so gerne für sich gehabt hätte. Die bösen Engel und insbesondere Luzy haben gute Arbeit geleistet."

Wieder redete Luzy beschwörend auf Monika ein:

„Jetzt hast du Martin endlich für dich ganz alleine, und dazu auch noch einen erwachsenen Sohn."

„Michael, wie soll ich das schaffen? Ich muss nicht nur auf Monika, sondern auch noch auf Martin und Basti aufpassen." Susanne war voller Zweifel.

„Denk dran, Susanne, du bist nie alleine. Selbst unser Herr sieht und hört alles, was wir tun. Wenn du unsicher bist, sind wir für dich da."

Plötzlich war Michael wieder verschwunden.

6. Kapitel

Wie auf einer Bühne zogen die Menschen an ihm vorbei. Eine traurige Parade aus dem Bühnenstück von Susannes Leben. Mit versteinertem Gesicht stammelten sie etwas von Beileid oder umarmten ihn stumm und legten Blumen auf das kleine Grab. Martin fühlte sich unwirklich und fremd. Manchmal, wenn er die Kondolierenden erkannte, versuchte er dankend zu lächeln. Monika war die ganze Zeit nicht von seiner Seite gewichen, doch ihre Anwesenheit verursachte ihm Unwohlsein. Er wollte alleine sein, weit weg, am liebsten mit Susanne.

Basti hatte alles tapfer ertragen, doch es war dem jungen Mann anzusehen, wie viel Kraft es ihn kostete. Verloren stand er zwischen Peter und Helga. Der dunkelblaue Blazer schien zu groß für seine schmalen Schultern, wie ein Welpenfell, in das er noch hineinwachsen müsste. Sein unrasiertes, hohlwangiges Gesicht wirkte fahl, als er mit zittrigen Händen eine dunkelrote Rose auf die kleine Urne in der Erde warf. Peter und Martin hielten den schwankenden jungen Mann fest, denn sie befürchteten, er könnte hinterherstürzen.

Helga und Peter bestanden darauf, eine kleine Trauerfeier für die engsten Freunde in ihrem Haus auszurichten. Martin, der unzählige Hände geschüttelt und in, wie es ihm schien, Hunderte weinende Gesichter geblickt hatte, protestierte schwach. Unter der Betäubung seiner Trauer ließ er alles über sich ergehen.

Nachdem die Gäste das Haus wieder verlassen hatten, verschwand Helga in der Küche und schon bald durchströmte der tröstliche Duft von Bratkartoffeln die Räume. Peter öffnete eine Flasche Spätburgunder und ermunterte Martin zu trinken.

„Das ist das Blut der Reben und erfüllt dich mit Leben ...", philosophierte er nach dem ersten Glas. Obwohl Martin weder nach Essen noch nach Wein zumute war, musste er über die erfrischenden Worte seines Freundes lachen.

„Vielleicht sollte ich mein trauriges Blut komplett durch deinen Spätburgunder austauschen", versuchte er zu scherzen.

Basti und seine Freundin Carolin aßen ein wenig und verabschiedeten sich bald. Im Hinausgehen umarmte Martin seinen Sohn und strich über den gesenkten Kopf des jungen Mannes: „Basti, mein Junge. Wir müssen jetzt beide sehr stark sein."

„Ach Paps, es geht irgendwie weiter – ich weiß nur noch nicht wie. Ich werde jetzt sicher öfter zu Hause bleiben und lernen." Seine Augen füllten sich wieder mit Tränen. „Zunächst will ich mit Carolin über die Vorlesungen reden. Ich glaube, ich habe eine Menge verpasst."

„Ja, mein Sohn, wir beiden müssen weiterleben, wenngleich jetzt nichts mehr so wie früher ist." Martin hielt seinen Sohn, dessen schlanke Gestalt ihn etwas überragte, noch ein wenig fester. „Aber die Uni läuft nicht weg. Du holst das schnell wieder auf."

„Ich glaube, Mami hätte es besser gefunden, wenn ich mehr fürs Studium gelernt hätte. Stattdessen bin ich zum Tennis gegangen und sie musste meinetwegen einen Umweg fahren ..."

„Komm, Basti, weder du noch sonst irgendjemand ist schuld an dem Unfall. Wir helfen dir alle, das weißt du." Energisch nahm Carolin Bastis Hand und führte ihn hinaus.

Martin schaute den beiden hinterher.

Peter klopfte ihm sacht auf die Schulter: „Basti ist nicht mehr der kleine Schuljunge, mit dem du früher mittags Spaghetti gegessen hast. Aus deinem Sohn ist ein zwanzigjähriger, vernünftig denkender junger Mann geworden, der seinen Weg finden wird."

Lächelnd drehte Martin sich um: „Ja, schon. Aber jetzt haben wir nur noch uns beide. Er ist Susanne so ähnlich. Manchmal hab ich den Eindruck, ich sehe sie in seinen Augen."

„Kann ich mir vorstellen, er ist seiner Mutter wie aus dem Gesicht geschnitten. Martin, komm, setz dich wieder. Wir haben alle Probleme, wobei der Tod mit Sicherheit das schlimmste von allen ist."

Martin blickte seinen Freund erstaunt an: „Du hast doch keine Sorgen – oder?"

Ein Schatten der Angst breitete sich plötzlich über Peters freundliche Miene und ausweichend antwortete er: „Das ist ein schlechter Zeitpunkt. Lass uns ein anderes Mal darüber reden."

Martin kehrte erst spät am Abend nach Hause zurück. Als er seinen Wagen in die Einfahrt lenkte, hoffte er für einen Augenblick, dass Susannes BMW dort parken würde und alle Ereignisse nur ein böser Traum wären.

Er öffnete die Tür und rief wie gewöhnlich: „Ich bin wieder da!" Doch das leere Haus antwortete nicht. Anna, ihre Haushilfe, musste da gewesen sein, denn alles war sauber und aufgeräumt.

Er goss einen großen Whisky in ein Glas und setzte sich in den dunklen Garten.

Schmeckte immer noch scheußlich – aber seltsam, überlegte er nach dem ersten Schluck, alles ging wirklich weiter. Die Zeit blieb nicht stehen, irgendwo bellte ein Hund, Autos fuhren vorbei und morgen früh würde die Sonne aufgehen, als wäre nichts passiert. Durch die geöffneten Fenster des Nachbarhauses hörte er einen Nachrichtensprecher, monotones Geplapper und die Wettervorhersage für die nächsten Tage. Welche nächsten Tage? Martin schaute in den Nachthimmel. Es gab für ihn keine nächsten Tage, denn wie sollte er ohne Susanne weiterleben? Als kurze Zeit später laute Musik bis zu seinem Garten dröhnte, schlug der Rhythmus wie Boxhiebe auf seinen rebellierenden Magen ein.

Er knallte die Terrassentür zu und schloss geräuschvoll die Jalousien. Die Endgültigkeit der Beerdigung und das Bewusstsein, dass Susanne nie mehr zurückkehren würde, zerrte ihn in eine verzweifelte Unruhe und vertrieb die Müdigkeit.

Auf dem Schreibtisch im Arbeitszimmer stapelten sich Kondolenzbriefe und Karten neben den noch immer nicht korrigierten Arbeitsheften seiner Klasse.

Das ist nicht so wichtig, hatte der Schulleiter ihn telefonisch beurlaubt. Sie haben jetzt andere Dinge im Kopf. Es tut mir sehr leid für Sie, und, äh, auch das Beileid des gesamten Lehrerkollegiums. Bleiben Sie ruhig so lange zu Hause, bis Sie sich wieder in der Lage fühlen, vor einer Klasse zu stehen.

Was für ein Hohn, dachte Martin, als er die Hefte achtlos zur Seite schob. Wie sollte er jemals wieder arbeiten? Jede Normalität erschien absurd und in weiter Ferne.

Auf dem Weg ins Badezimmer nahm er ein Foto von Susanne und umklammerte es wie ein Ertrinkender mit beiden Händen. Liebevoll strich er über Susannes Zahnbürste und schnupperte an ihren Parfums. Der Duft weckte die Erinnerung an ihre Nähe und einen Augenblick kam es ihm vor, als wäre sie nebenan im

Schlafzimmer. Martin öffnete Susannes Kleiderschrank, warf mehrere Pullover und Kleidungsstücke auf ihr Bett und legte sich hilflos dazu.

„Susanne, warum?" Martin streichelte vorsichtig ihre Sachen und schloss die Augen. Wo nur war der Mensch geblieben, der diese Kleidung getragen hatte? Erinnerungen tauchten auf, schöne Bilder aus einer glücklichen Zeit.

„Waren wir denn glücklich? Susanne, du hattest dich so verändert. Warum musstest du mich jetzt auch noch ganz verlassen?"

Sein Telefon in der Hosentasche vibrierte leicht und holte ihn aus der traurigen Gedankenflut zurück.

„Martin, alles okay? Melde dich mal. Wir machen uns Sorgen um dich. Peter"

„Ja, bin okay. Ich versuche zu schlafen", beantwortete Martin die SMS seines Freundes. Doch der Anblick seines Handys weckte in ihm eine Idee, die wie ein leuchtender Ausweg aus der traurigen Einsamkeit schien. Martin wählte Monikas Kontakt. „Muss dich sprechen", schrieb er schnell und zögerte sofort, die Nachricht zu senden.

Wie ein Verräter benimmst du dich, beschimpfte er sich und löschte die SMS. Martin schob das Handy unter Susannes Kopfkissen und legte ihr Foto darauf.

Tränen tropften auf ihren Pullover, als er endlich einschlief.

Ein leises Klopfen weckte ihn aus einem tiefen, traumlosen Schlaf.

„Guten Morgen, Paps, ich war nur kurz da und habe meine Unterlagen für die Uni geholt."

Bastis Blick fiel auf Susannes Kleidungsstücke auf dem Bett und verständnisvoll fügte er hinzu: „Schlaf ruhig noch weiter ... Ich vermisse sie so sehr!"

Martin öffnete ein wenig die schweren Augenlider, denn die Helligkeit des Tages schmerzte hinter seiner Stirn. Unglaublich, die Sonne scheint!, registrierte er verblüfft. Von der Straße hörte er die vorwurfsvolle Stimme eines Nachbarkindes, das die fehlende Puppe auf dem Beifahrersitz beklagte.

Mühsam schälte er sich aus dem Bett und faltete Susannes Kleidungsstücke ordentlich zusammen, bevor er ins Badezimmer ging.

Er benötigte dringend frische Luft, das sagte ihm sein Spiegelbild. Und er brauchte Susanne, das schrie sein Herz.

Martin trank ein großes Glas Orangensaft und zog seine Sportschuhe an. Statt mit dem Wagen zu seiner Joggingstrecke am Scheerpark zu fahren, wollte er lieber in der Nähe bleiben. Er ließ die Wagenschlüssel liegen und lief los.

Susanne, die weisungsgemäß bei Monika geblieben war, hörte die schmerzlichen Gedanken ihrer Familie. Am Morgen beschloss sie, zu ihrem Haus zurückzukehren.

Unsichtbar begleitete sie ihren Mann nach draußen.

Die Morgensonne schien warm und ein leichter Wind kräuselte die Getreidefelder zu beiden Seiten des Weges. Zwei große Hunde tobten ausgelassen über einen braunen Acker.

Martin atmete tief die erfrischend kühle Luft, und obwohl kein Mensch in der Nähe war, hatte er plötzlich das Gefühl, nicht allein zu sein. Suchend schaute er sich um.

Seltsam, vermutlich träume ich noch, überlegte er. Oder es sind die Beruhigungspillen in Verbindung mit Peters Lebenselixier

Spätburgunder.

„Nein, Martin, ich bin es."

„Ach Susanne, früher, als du noch nicht so viel gearbeitet hast, sind wir oft hier langspaziert."

„Ich weiß, ich hätte öfter zu Hause bleiben sollen."

„Ich möchte, dass du wieder da bist! Es tut mir so leid, mein Gott, was habe ich nur gemacht, warum ist das nur passiert? Was mache ich jetzt mit Monika? Ich weiß gar nicht, ob ich sie wirklich liebe. Vielleicht hab ich nur Ersatz gesucht, weil du nicht da warst?"

„Martin, du wirst nie alleine sein."

„Hallo, ihr beiden. Susanne, ich hätte nie geglaubt, dich hier so schnell bei uns Engeln zu sehen."

Susanne drehte sich überrascht um: „Friedrich! Damit hat wohl niemand gerechnet, und ich weiß noch immer nicht, ob ich überhaupt angekommen bin. Ich freue mich so sehr, dich hier zu treffen!"

„Ja, es ist schön hier, ohne kranken Körper. Ich höre allerdings, dass mein Sohn seinen Vater momentan sehr braucht. Martin hat ein großes Problem."

„Hm, das Problem heißt Monika, oder?"

„Susanne, lass uns ruhig allein. Ich passe eine Weile auf Martin auf und werde seine Gedanken zum Guten führen."

Susanne verschwand unbemerkt und Friedrich holte seinen Sohn, der mit gesenktem Kopf auf dem Feldweg weitergelaufen war, wieder ein.

In der Ferne über dem Taunus zogen graue Gewitterwolken auf. Ein Vogel schwebte über den Getreidefeldern, sein klagender

Schrei verhallte in der Unendlichkeit des Himmels.

„Vielleicht war Susannes Tod ja auch meine Strafe, weil ich mich in Monika verliebt habe. So etwas wie ein Hinweis, dass ich damit andere Menschen unglücklich mache?"

Liebevoll blickte Friedrich auf seinen Sohn.

„Nein, mein Junge, das war keine Strafe, und verhindern konntest du ihren Unfall sowieso nicht. Der LKW fuhr viel zu schnell, es war einfach ein Unglück, das wir nicht geplant hatten."

„Ich würde so gerne noch einmal mit ihr reden und alles erklären. Jetzt werde ich nie wieder Gelegenheit dazu haben."

„Doch Martin, sie hört alles, was du ihr zu sagen hast."

An einer Wegkreuzung blieb Martin stehen und schüttelte ungläubig den Kopf. Wieso hatte er plötzlich den Eindruck, verstanden zu werden? Seltsam. Er fühlte sich nach den paar Schritten viel besser. Sein Blick erfasste ein paar neu errichtete Häuser am Rande von Dreieichenhain.

„Schade, wie lange ich nicht mehr hier langgelaufen bin. Ich war wirklich blind. Statt Monika am Scheerpark zu treffen, hätte ich mich hier um meine Frau kümmern sollen. Mein Gott, was soll ich nur tun?"

„Du weißt, was du zu tun hast, Martin."

„Ich sollte Monika für eine Weile nicht mehr sehen. Vielleicht hilft es mir, Klarheit über meine Gefühle zu finden. Alles erscheint so ausweglos – wie ein dunkles Loch, in dem ich gefangen bin. Ich darf auch Kurt nicht ins Unglück stürzen, und Basti hätte überhaupt kein Verständnis, wenn er von Monika wüsste."

„Richtig, mein Sohn. Du kannst Susanne nicht einfach durch Monika ersetzen. Lass dir Zeit, zur Ruhe zu kommen."

Zufrieden mit seinem Entschluss bog Martin auf dem Feldweg

ab und machte sich auf den Heimweg. Friedrich nickte ihm wohlwollend zu und verschwand genauso unbemerkt, wie er gekommen war.

An einer belebten Straße hielt Martin kurz an, um die vorüberfahrenden Autos abzuwarten. Doch als hätte sich eine dunkle Wolke vor die Sonne geschoben, fröstelte er plötzlich in seinem blauen Kapuzenpulli. Sein Kopf dröhnte merkwürdig und die Beine versagten ihm fast den Dienst.

„Was ist denn jetzt los mit mir?" Martin hielt sich an einer Straßenlampe fest, um nicht zu stürzen. „Eben war doch alles so gut – mir ist schlecht ..."

„Willst du wirklich nur noch zu Hause rumsitzen und traurig sein?" Sandro, der beobachtet hatte, wie Friedrich verschwand, war unsichtbar neben Martin aufgetaucht.

„Das Leben kann doch so schön sein! Was kümmerst du dich um Basti und Kurt. Genieße es. Hör nicht auf die braven Stimmen in dir!"

Martin fühlte sich kalt und krank. Orientierungslos stand er an der Straße.

„Ich wusste, dass du wieder auftauchst!" Friedrich blickte Sandro an, stand dabei vor Martin, als ob er ihn so daran hindern könnte, zwischen die Autos auf die Straße zu fallen.

„Sandro, lass ihn endlich in Ruhe! Merkst du denn nicht, wie sehr du ihm schadest?"

„Wieso schaden? Ihr guten Engel wollt ihn davon abbringen, sein wahres Glück zu finden."

„Glück findet er nicht bei den dunklen Schatten, nur sein Verderben und das Unglück anderer. Geh endlich und lass ihn in Frieden!"

Sichtlich gelangweilt und unbeeindruckt von den Autos schlenderte Sandro über die Straße.

Martin schüttelte es vor Unbehagen.

„Ich glaube, ich brauche jetzt einen Tee und etwas Ruhe."

„Ja, Martin, und ich passe auf, dass dich keiner dabei stört."

Friedrich begleitete seinen Sohn nach Hause.

Zehn Kilometer entfernt in der Apotheke im Grüneburgweg blieb Monika vor dem Regal mit den Grippemitteln unvermittelt stehen. Sie hatte den Eindruck, gerade eine Nachricht erhalten zu haben, und suchte in der Tasche nach ihrem Handy. Aber das Display war leer. Mit dem Ärmel ihres weißen Kittels wischte sie schnell ein paar Tränen ab, denn sie wusste, dass sie Martin für eine Weile nicht mehr sehen würde.

7. Kapitel

„Susanne!" Gabriel schien verärgert. „Du solltest dich um Monika kümmern."

„Ich habe es gehört. Aber sieh", sie blickte traurig auf ihren Mann. „Ich möchte viel lieber hier bei Martin bleiben, in unserem alten Haus."

„Du solltest tun, was Jes dir gesagt hat. Friedrich hört Martins Gedanken, und du kannst nichts mehr für ihn tun."

„Was könnte ich für Monika tun? Schließlich ist sie diejenige, die ich am meisten verabscheue."

„Genau aus diesem Grund musst du lernen, sie zu lieben. Also geh zu ihr, Susanne."

„Ich wünschte, ich könnte noch ein einziges Mal zurück zu den Menschen, um sie zur Rede zu stellen. Wie soll ich denn Frieden finden, wenn ich so viele Probleme zurückgelassen habe und ich jetzt auch noch auf die Person aufpassen muss, die mich schon als Mensch am meisten genervt hat?"

Susanne deutete auf Monika und Gabriel blickte streng auf sie herab.

„Jes sagte dir, dass du eine Lösung finden wirst, aber als Engel – und wie ich hoffe, als guter Engel."

„Monika hasst mich."

„Susanne, das ist Luzys Werk. Die dunklen Engel säen Hass unter den Menschen. Du musst ihr verzeihen, sonst bist du für uns verloren."

„Das darf nicht geschehen. Ich versuche es, Gabriel, aber ich habe Angst vor Monikas Gefühlen und vor Luzy."

„Es gibt nur einen Weg, sie zu besiegen, und der ist, ihr

entgegenzutreten und Monika auf den richtigen Weg zu leiten."

„Wird der Weg sie zu Martin führen?"

„Das wissen wir nicht. Martin ist in unserer Obhut und niemand wird ihm schaden."

„Ich geh ja schon ..." Susanne verschwand.

Als Kurt von dem morgendlichen Spaziergang mit Buddy und einer Tüte Brötchen nach Hause kam, stand Monika im Garten und rauchte eine Zigarette.

„Guten Morgen, Liebes! Ich habe frische Brötchen, und das Frühstück ist gleich fertig." Kurt legte die Brötchen auf den Esstisch und suchte wie immer nach einer Kaffeefiltertüte. Monika kam in das mit hellen Holzmöbeln eingerichtete Esszimmer, wo Buddy sich erwartungsvoll unter dem Tisch platziert hatte.

„Du meine Güte, Kurt, hast du ihm nicht die Pfoten abgewischt? Hier liegt überall Erde."

Kurt kam mit dem Kaffeefilter in der einen Hand und einem Hundetuch in der anderen ins Esszimmer.

„Doch, hab ich gemacht, aber möglicherweise nicht gründlich genug. Komm mal mit, Buddy. Ich hab was Feines für dich in der Küche", lockte er.

Im Vorbeigehen küsste Kurt Monika schnell auf die Wange.

„Lass mich." Monika drehte den Kopf zur Seite.

„Schon gut, entschuldige. Du siehst müde aus." Kurt blickte sorgenvoll zu seiner Frau. Nach Susannes Tod schien sie noch verschlossener zu sein.

„Ich hab schlecht geschlafen. Kurt, wir ... ich würde gern ..." Monika brach den Satz ab.

„Ja, Liebes?"

„Ach, nichts. Lass mich einfach in Ruhe."

Beim Frühstück unterhielten sie sich über die Belanglosigkeiten des kommenden Tages und Kurt erzählte von einem sympathischen neuen Mitarbeiter, der die Verkaufszahlen des Autohauses beachtlich gesteigert hatte. Gelangweilt griff Monika schließlich zur Zeitung, um sie wie einen Schutzschild vor ihr Gesicht zu halten. Sie wollte verhindern, dass Kurt sorgenvoll Fragen an sie richtete, denn ihre Gedanken drehten sich nur um eines: Wie und wann konnte sie Martin wiedersehen.

Susanne stand, für die Lebenden unsichtbar, am geöffneten Fenster und versuchte vergebens, sich den Geschmack von Kaffee und frischen Brötchen vorzustellen.

Eigentlich schade, dachte sie kurz, aber dann hörte sie Monikas Gedanken hinter der Zeitung und bemerkte, dass Luzy ebenfalls aufgetaucht war.

„Wie ich seine liebevolle Ahnungslosigkeit hasse! Ich würde ihm so gerne die Wahrheit sagen, dass ich Martin liebe." Tränen der Verzweiflung und Zorn über die eigene Schwäche stiegen in Monikas Augen und sie klammerte sich an die Zeitungsseiten vor ihrem Gesicht.

Luzy grinste selbstgefällig und schaute Susanne an. „Siehst du denn nicht, dass sie Martin liebt?"

„Glaubst du, sie wäre glücklicher mit ihm? Monika braucht keinen Martin, sie braucht Ruhe vor euch."

„Ruhe vor uns? Wir sind doch die Einzigen, die sich um sie kümmern!"

„Kümmern? Ihr zerrt sie immer tiefer in ein unglückliches

Leben und das schon viel zu lange."

„Pah! Das einzige Unglück, das ich kenne, ist, dass sie dich als Freundin hatte. Wo warst du denn, als Monika dich gebraucht hätte? Du hast doch ganz egoistisch nur an deine Zukunft und an deinen Fortpflanzungstrieb gedacht."

„Möglicherweise. Aber wer war denn schuld an meinem irdischen Verhalten? Ihr beeinflusst die Menschen zum Negativen. Ich habe egoistisch gehandelt, weil ich viel zu oft auf die dunklen Engel gehört habe."

Luzy lachte: „Wieso sollte das falsch sein? Dein Egoismus hat dich immerhin weit gebracht."

„Mich schon, aber eine Menge Leute sind unglücklich geworden."

„Dann lass uns jetzt dafür sorgen, dass Monika ihre Zufriedenheit mit Martin findet. Kurt hat sowieso andere Interessen."

„Nein", entgegnete Susanne ärgerlich.

In diesem Augenblick ertönte die alte Standuhr im Esszimmer. Monika legte erschrocken die Zeitung auf den Tisch und rief ihrem Mann im Hinauslaufen zu:

„Ich muss ja los ... Tschüs, Kurt. Unsere Praktikantin ist heute nicht da, es gibt bestimmt eine Menge Arbeit in der Apotheke."

Froh, der unangenehmen Situation entkommen zu können, verließ sie eilig das Haus.

Monika fuhr mit ihrem Mini-Cabrio viel zu schnell durch die Isenburger Schneise in Richtung Innenstadt, als es zu regnen begann. Ärgerlich und mit quietschenden Reifen hielt sie am Straßenrand unweit der Abbiegung zur Oberschweinstiege an, um schnell das Verdeck zu schließen. Doch als sie aus dem Wagen stieg, erkannte sie die Bedeutung des Straßenabschnittes und Erinnerungen kamen zurück. Genau hier musste sie gestorben sein.

Monika zündete sich eine Zigarette an und sah sich um. Regentropfen durchweichten die Glut und ihre dünne Seidenbluse, aber das störte sie nicht.

Luzy wich nicht von Monikas Seite, daher wartete Susanne abseits unter den Bäumen und lauschte verblüfft Monikas Gedanken:

„Warum musstest du eigentlich sterben, und jetzt heulen dir alle hinterher? Immer nur die großartige Susanne, erfolgreich selbst im Tod. Martin hat sich seit deiner Beerdigung nicht mehr gemeldet und momentan glaube ich, dass ich nur ein Zeitvertreib für ihn war. Ersatz für deine viele Abwesenheit. Warum immer nur du, Susanne? Ich habe dich so bewundert und dafür hast du mich verachtet. Als Kinder wollten wir immer beste Freundinnen bleiben und gemeinsam die Welt erobern. Erinnerst du dich an unsere Studentenwohnung in Bockenheim und die schöne Zeit dort? Wie konntest du mich wegen Martin einfach links liegen lassen? Du hast mich weggeworfen wie einen alten Schuh, den man nicht mehr braucht. Jetzt bist du hoffentlich da, wo du auch hingehörst, in der Hölle."

Susanne trat aus dem Schatten der Bäume auf Monika zu und Luzy wich erschrocken ein Stück zur Seite.

„Mein Verhalten tut mir leid, Monika. Ich war sehr dumm. Aber wie soll ich dir verzeihen, dass du mein Leben mit Martin zerstören wolltest?"

Luzy grinste: „Oje. Susanne, dein Leben ist beendet. Warum überlässt du Monika nicht einfach uns? Ihr beide habt ja ein echtes

Problem. Im Übrigen helfen deine Gedanken weder den guten Engeln noch Monika. Los, Monika, ruf Martin doch einfach mal an. Er freut sich sicher."

Monika warf den Rest ihrer Zigarette ins feuchte Gras und stieg wieder in den Mini. Als sie den Gang einlegte, fiel ihr Blick auf ihre Handtasche auf dem Beifahrersitz und sie beschloss, in den nächsten Tagen eine SMS an Martin zu senden.

Menschen kamen und gingen in der schönen alten Apotheke. Hoffnungsvoll hielten sie ein Rezept in den Händen oder fragten nach der Wirkungsweise dieser oder jener Medizin. Kranke Körper, die auf Heilung oder ein Wunder hofften. Einige wurden unsichtbar begleitet von hell gekleideten Engeln, die Susanne freundlich zuwinkten.

Susanne beobachtete überrascht, mit welcher Gutmütigkeit Monika versuchte, einer älteren Dame die Anwendung eines Medikamentes zu erklären.

„Nein, Frau Sander ... Sie müssen die Rheuma-Tabletten nicht morgens, mittags und abends nehmen! Sie dürfen sie nur einmal am Morgen nehmen, das reicht schon. Damit werden die Beschwerden bestimmt wieder besser."

„Aber die Hand tut auch abends weh – ich kann noch nicht einmal ein Messer halten, um mein Abendbrot zu machen."

„Trotzdem, Frau Sander, bitte nur einmal am Morgen gleich nach dem Frühstück. Sehen Sie hier auf dem Zettel, das hat der Doktor auch so aufgeschrieben, und wenn es nicht besser wird, gehen sie noch mal zu ihm."

Doch als die alte Dame die Apotheke verlassen hatte, hörte

Susanne vollkommen andere Gedanken ihrer Freundin.

„Mein Gott, die war bestimmt schon achtzig, ist doch normal, dass es irgendwo wehtut. Hoffentlich schluckt sie die ganze Packung, dann haben wir eine Irre weniger, über die wir uns ärgern müssen."

Luzy grinste begeistert und sah triumphierend zu Susanne.

„Luzy, was macht ihr nur mit dem Menschen? Warum hasst ihr sie?" Traurig schaute Susanne der sympathischen älteren Dame hinterher.

„Aber Susanne, wir Engel hassen doch niemand. Dieses Gefühl gehört zu den Charaktereigenschaften benachteiligter Menschen. Wie Monika zum Beispiel."

„Und die bösen Engel sind die Ursache dafür. Luzy, können wir uns nicht gegenseitig tolerieren und vereinbaren, dass ihr Monika künftig nicht mehr zum Negativen beeinflusst?"

Luzy lachte: „Du willst meine Freundschaft? Komm zu den dunklen Engeln, dann kannst du all deine bösen und rachsüchtigen Gedanken verfolgen. Hast du noch immer nicht erkannt, dass wir bedeutend mehr erreichen als deine guten Freunde?"

Susanne blickte traurig zu Monika, die gerade ein starkes Beruhigungsmittel in eine Vitaminschachtel packte. Oh! Warum tat sie das überhaupt?

„Nein, Luzy. Niemals."

„Ha, warten wir es ab. Du kommst schneller zu uns, als du denkst."

Susanne fühlte sich hilflos und wusste nicht, was sie dem dunklen Engel entgegen sollte. Nein, momentan musste sie ihr das Feld räumen. Sie beschloss, in der Nacht nochmals auf das Dach des Eurotowers zu gehen, um in Ruhe nachzudenken.

Es regnete mittlerweile, nein, es goss in Strömen, als ob der Himmel sämtliche Schleusen geöffnet hätte. Susanne streckte die Hand aus und sah nach oben. Sie versuchte, sich das Gefühl von Wasser auf der Haut vorzustellen, aber da war nichts. Nicht die leiseste Erinnerung an irgendein Körpergefühl.

Schon komisch, ich habe nichts mehr behalten. Keinen Schmerz, keinen Hunger, keine Temperatur oder Müdigkeit, noch nicht einmal das Gefühl von Regentropfen auf der Haut, es ist einfach alles weg, dachte sie enttäuscht.

Weit unten in den Straßen taumelten die letzten Gäste aus den umliegenden Bars. Die Leuchtreklamen in der Kaiserstraße blinkten noch immer einladend, doch in der Stadt kehrte oberflächliche Ruhe ein. Am Taxistand warteten ein paar Wagen auf späte Kunden, während die Fahrer hinter den verregneten Frontscheiben vor sich hindösten. Ein einsamer Streifenwagen, dessen Scheibenwischer hektisch versuchten, die Sicht zu ermöglichen, fuhr langsam durch die Gallusanlage. Einzelne Etagen in den Büros der Hochhäuser waren hell erleuchtet und Susanne verspürte die Energie, die von diesen Schaltzentralen der Macht ausging. Sie lauschte auf die Geräusche der Stadt, die selbst unter der nächtlichen Decke nicht zu schlafen schien. Ein kurzes Luftholen vor dem nächsten Arbeitstag.

Weit entfernt und doch nah am irdischen Leben, beobachteten Jes und Gabriel Susannes Verhalten.

„Jes, sie ist nicht die Richtige für uns."

„Ja, sie hat die menschlichen Schwächen noch nicht

überwunden. Wir müssen ihr mehr Zeit lassen."

„Herr, ich fürchte, das ist nicht sehr hilfreich. Sie sucht noch immer Rache, und wenn sie nicht lernt zu vergeben, hat Lucian ein leichtes Spiel mit ihr. Luzy kann sie endgültig von der bösen Seite überzeugen und dann ist sie für uns verloren."

„Ich weiß, Gabriel, die bösen Verlockungen sind oft zu erkennen. Ich glaube aber noch immer, dass ein guter Engel in ihr steckt."

„Aber Herr, wie soll sie Frieden finden, wenn sie nicht weiß, wo sie hingehört?"

„Warten wir es ab. Ich hoffe, Susanne erkennt den richtigen Weg rechtzeitig."

„Herr, ich werde auf sie achten."

„Davon gehe ich aus, mein Freund."

Gabriel verschwand in der Nacht.

8. Kapitel

In der Mensa des Campus Westend schob Sebastian lustlos ein Tablett den Tresen entlang. Jetzt zur Mittagszeit war der Raum bis auf den letzten Platz voller Studenten der verschiedenen Fakultäten. Ab und zu unterbrach Handyklingeln das gedämpfte Stimmengewirr, was die jungen Menschen gelassen ignorierten.

„Alter, du solltest etwas essen!"

Sebastian drehte sich erschrocken um, obwohl er die Stimme seines Freundes Max sofort erkannt hatte.

„Nee, lass gut sein. Ich habs gerade nicht mit Essen. Ich möchte nur eine Cola." Abwehrend hielt er das Tablett hoch, um zu verhindern, dass Max einen Teller Nudeln daraufstellen konnte.

„Okay, dann wenigstens den Nachtisch. Komm, Basti, es gibt Schokopudding. Den musst du essen!"

Max nahm mehrere Portionen der dunkelbraunen Creme und stellte eine davon auf Bastis leeres Tablett.

Erfolglos versuchte Basti, die gut gemeinte Geste seines Freundes abzuwehren. Mum hat mir früher abends Schokopudding gekocht, dachte er, und Bilder von Susanne tauchten in seiner Erinnerung auf. Nein, reiß dich zusammen, jetzt nicht sentimental werden. Bastian wischte sich schnell eine Träne aus dem Auge und schaute auf das Tablett seines Freundes, der neben einer riesigen Portion Pasta gleich zwei Schlüsselchen Nachspeise genommen hatte.

„Na, wenigstens einer von uns hat Hunger." Sebastian gab sich Mühe, das Gesagte spaßig klingen zu lassen und boxte seinem Freund leicht auf den Bauch.

„Ja, Mann. Lernen macht hungrig, und ich brauche eine gute

Unterlage, weil ein paar Kumpels und ich heute Abend bei Felix sind. Eigentlich zum Lernen, aber Felix' Eltern sind im Urlaub und das muss doch gefeiert werden. Kommst du mit?"

„Ich weiß nicht." Sebastian machte eine kleine Pause, „ich bin mit Carolin verabredet."

„Komm, sei kein Spielverderber." Max lachte. „Carolin läuft nicht weg. Felix wohnt in Kronberg, dann gehst du halt etwas später zu deiner Freundin."

„Mal sehen."

„Basti, du brauchst wirklich mal eine Abwechslung."

„Ich wollte mit Carolin eine DVD anschauen und einfach einen gemütlichen Abend in ihrer Wohnung machen."

„Ach was, gemütliche Abende hast du noch genug. Felix hat ein paar nette Mädels eingeladen." Max gab Basti einen aufmunternden Schubs.

„Ich habe eine feste Freundin", protestierte Basti.

„Jetzt sei doch nicht so uncool. Kühlschrank und Bar sind gut gefüllt." Max sprach leiser: „Wenn du zusätzlich ein paar von deinen Wunderpillen mitbringst, steht einer gelungenen Feier nichts im Wege."

„Ich müsste wegen der Pillen sowieso vorher mit Monika telefonieren."

„Dann mach das und überleg dir das mit der Einladung noch mal. Und falls du kommst, vergiss die Pillen nicht."

„Schon gut, Max. Ich rufe Mums Freundin nachher an."

Erleichtert beobachtete Sebastian, dass sein Freund auf einen Tisch zusteuerte, an dem nur noch ein einziger freier Platz war. Kurzerhand stellte er sein Tablett samt Schokopudding in das Regal für benutztes Geschirr.

Hastig, um keine weiteren Kommilitonen zu treffen, verließ Sebastian die freundliche Mensa. Im Flur strömten ihm Scharen junger Menschen entgegen und um ihnen aus dem Weg zu gehen, blieb er vor dem Board mit den Klausurergebnissen stehen.

„Hallo Sebastian, gute Arbeit zum Thema Mikroökonomie. Sie haben die Lagrange-Methode angewendet, nicht wahr?" Ein älterer Herr in Jeans und blauem Blazer klopfte Sebastian leicht auf die Schulter. „Ähm, es tut mir sehr leid mit Ihrer Mutter. Ich habe davon gehört – so ein schrecklicher Unfall."

Bevor er weiterreden konnte, murmelte Sebastian:

„Ja, Professor ... bin gerade sehr in Eile. Entschuldigen Sie bitte ...", und rannte weg.

Schnell, um nicht gesehen zu werden, schlüpfte er in einen leeren Vorlesungsraum. Die Vorhänge waren zugezogen und es herrschte eine dämmrige Ruhe in dem geräumigen Saal. Sebastian fühlte sich plötzlich merkwürdig, irgendwie wurde er das Gefühl nicht los, nicht alleine zu sein.

„Hallo, ist noch jemand hier?", rief er vorsichtig in die nur von wenig Tageslicht und den Kontrolllichtern der PCs erhellte Dunkelheit. Als seine Augen sich an die spärlichen Lichtverhältnisse gewöhnt hatten, blickte er suchend über die Tischreihen.

„Okay, ihr Witzbolde, falls ihr mich gleich erschrecken wollt, ich bin nur kurz hier, um zu telefonieren. Also wartet mit eurem Blödsinn." Seine Stimme klang beängstigend laut im stillen Raum, niemand antwortete. Schnell wählte er Monikas Handynummer.

„Hallo Monika – ich bin's, Sebastian", begrüßt er die Freundin seiner Mutter.

„Hey, mein Großer, wie geht es dir?" Monikas Stimme klang vertraut durch das Telefon.

„Alles klar soweit. Irgendwie leben wir weiter, aber Mum fehlt uns so sehr."

„Das kann ich mir vorstellen, wir vermissen sie alle." Monika machte eine kurze Pause. „Magst du uns mal wieder besuchen? Buddy würde sich ebenfalls freuen. Du könntest mit ihm laufen, wenn du Zeit hast."

Bei dem Gedanken an den verspielten Vierbeiner musste Sebastian lächeln.

„Ja, ich komme gerne, vielleicht übermorgen, da habe ich nur Mathe-Vorlesungen, und danach brauche ich sicher etwas Bewegung. Aber, Monika", Sebastian schaute sich erneut vorsichtig um, bevor er leise weitersprach: „ähm, Monika, könntest du mir noch mal ein paar Benzos und Modafinil besorgen? So wie immer?"

„Sebastian, wieder ein Mittel zur Beruhigung und eins zum Wachbleiben? Du hast das wirklich im Griff? Diese Tabletten sind Drogen und ziemlich gefährlich."

„Ja, ja, ich weiß. Ich bräuchte das Modafinil heute noch."

„Hmm." Monika zögerte. „Ich schaue, was hier in der Apotheke vorrätig ist, aber versprechen kann ich es dir nicht. Komm einfach heute Nachmittag vorbei. Ich packe dir die Sachen wieder in eine Schachtel mit Vitamin-Präparaten. Dann kriegt das keiner mit."

„Du bist ein Schatz, liebe Monika."

„Aber, Sebastian, das darf wirklich keiner wissen. Es muss unser Geheimnis bleiben, sonst verliere ich meine Zulassung."

„Keine Bange, von mir erfährt niemand etwas. Ich komme so gegen fünf in die Apotheke. Danke, du Liebe."

Unbemerkt von den Menschen hatte Susanne ihren Sohn in den leeren Vorlesungsraum begleitet und das Telefongespräch mit ihrer Freundin verfolgt.

„Basti! Was machst du nur? Ich muss ja wirklich blind gewesen sein. Du darfst diese Medikamente nicht nehmen!" Sorgenvoll blickte sie zu ihrem Sohn.

„Wenn ich ein Mensch wäre, würde ich Monika zum Teufel schicken. Soll Lucian doch glücklich werden mit ihrer Seele. Erst verführt diese Person meinen Mann und dann vergiftet sie auch noch meinen Sohn, jetzt reicht es!"

In diesem Augenblick erschien Gabriel.

„Halt, Susanne!" Vorwurfsvoll hob er beide Hände. „Du darfst weder als Mensch und noch weniger als Engel so denken. Das ist falsch. Wir vergeben den Fehlern unserer irdischen Schützlinge."

„Vergeben ist ja auch in Ordnung, wenn es nicht die eigene Familie betrifft – oder?", entgegnete Susanne wütend.

„Aber Susanne, wir sind Engel. Wir haben die Aufgabe, alle Lebenden zu schützen. Du kannst für deine Familie keine Sonderregeln anwenden. Monika ist ein Mensch mit guten wie schlechten Eigenschaften, und sie braucht unsere Liebe und Hilfe genauso wie alle anderen."

„Monika ist durch und durch böse und schadet Martin und Bastian."

„Dann braucht sie die guten Engel noch dringender. Dein Mann und dein Sohn leben in ihrer Welt, du jedoch nicht mehr. Wenn du so niederträchtige Gefühle für Monika hegst, stellst du dich selbst auf die Seite der dunklen Engel."

„Ich werde Sebastian zur Apotheke begleiten und verhindern,

dass Monika ihm diese Pillen geben kann." Entschlossen blickte sie Gabriel an.

„Nein, Susanne. Ich halte es für besser, wenn ich ihn begleite", sagte Gabriel beruhigend. „Nur ich kann Sebastian vor Luzys Einfluss schützen, und vielleicht erreiche ich auch Monikas Gewissen. Vertrau mir bitte und tu nichts Unüberlegtes."

„Warum habe ich nie bemerkt, wie neidisch Monika ist." Sorgenvoll beobachtete Susanne ihren Sohn, der gerade eine SMS an Carolin schrieb.

„Weil dein Ehrgeiz dich blind dafür gemacht hat."

„Stimmt, so blind, dass ich noch nicht mal gemerkt habe was zwischen ihr und Martin gelaufen ist. Na gut, ich dachte gar nicht, dass man als Engel so wütend werden kann. Ich warte, aber du lässt nicht zu, dass Sebastian diese Tabletten nimmt. Versprochen?"

„Du kannst dich auf mich verlassen. Ich tu, was ich kann – du bleibst bitte weg. Wir dürfen Jes nicht enttäuschen."

Sebastian verließ, vorsichtig um sich schauend, den Vorlesungsraum, unbemerkt begleitet von Gabriel.

Plötzlich erschien Lucian aus der Dunkelheit des Raumes und Susanne blickte überrascht auf.

„Na, Susanne, glaubst du wirklich, dass Gabriel deinen Sohn beschützen kann?"

„Ich hoffe schon, wenn auch du meine Familie endlich in Frieden lässt."

„Hey ... schon gut. Wir lassen sie doch in Frieden. Aber was ist mit Monika? Würdest du sie nicht gerne dafür bestrafen, dass sie dich belogen und betrogen hat und jetzt auch noch deinen Sohn mit Drogen versorgt? Ich meine, du hast die Wahl. Es wäre doch nur gerecht, oder?"

„Ja, sie hätte sicherlich eine Strafe verdient, aber das darf ich nicht."

„Was darfst du nicht? Ist es euch etwa verboten, für Gerechtigkeit zu sorgen? Immer nur vergeben kann es doch auch nicht sein, oder? Wenn du mit mir kommst, sieht dich keiner von deinen guten Freunden."

„Möglicherweise ... ich weiß nicht."

„Komm, Susanne, das merkt keiner. Die sind alle viel zu beschäftigt."

Susanne schaute den bösen Engel an. Was faszinierte sie nur so an ihm?

„Nein, Lucian, ich warte. Gabriel passt auf Sebastian auf. Es geht nicht."

„Okay, dann halt bei der nächsten Gelegenheit, Susanne. Jes behauptet, dass wir böse Engel sind, aber das stimmt überhaupt nicht. Du musst wissen, wir sind immer für dich da." Langsam schlich Lucian aus dem Raum.

In der Apotheke in der Eschersheimer Landstraße änderte Monika am PC den Bestand an Benzodiazepin und Modafinil, als ihre Praktikantin kurz zur Tür reinschaute.

„Kann ich noch etwas tun für heute?", fragte sie.

„Nein, vielen Dank, Pia, du hast schon genug gearbeitet. Mach ruhig Schluss, wir sehen uns dann morgen. Schönen Nachmittag für dich."

Monika schaute kurz vom PC auf und musste unwillkürlich über das junge Mädchen lächeln, das schon mit Jacke und Rucksack im Türrahmen stand.

„Alles klar, dann geh ich mal los. Übrigens die beiden Vitaminpräparate für den Sebastian hab ich schon vorne auf den Tresen gelegt. Sagen Sie ihm liebe Grüße, schade, dass er nicht früher kommen konnte."

„Das werde ich ihm gerne ausrichten. Tschüs Pia, bis morgen." Monika hatte ihre Aufmerksamkeit schon wieder auf den PC gerichtet und suchte nach passenden Arztrezepten, auf denen sie die unterschlagenen Tabletten hinzufügen konnte.

Als der nachmittägliche Andrang von Genesung suchenden Menschen etwas ruhiger wurde, verharrte Monika nachdenklich vor den Schubladen mit den verschreibungspflichtigen Medikamenten. Sie nahm jeweils eine Schachtel des Aufputschmittels Modafinil und des starken Beruhigungsmittels Benzo aus dem Fach. Sebastian hatte diese drogenähnlichen Pharmazieprodukte mehrfach von ihr erhalten und Monika hatte keine Skrupel deswegen. Sie selbst versorgte sich schon jahrelang mit einem starken Antidepressivum und hatte den im apothekeneigenen PC verzeichneten Bestand bisher unbemerkt manipuliert. Luzys Idee, dass sie Martins Sohn damit einen Gefallen erweise, beruhigte ihr Gewissen.

Viele junge Menschen brauchen mittlerweile solche Medikamente, da das Studium so anstrengend ist, hatte Luzy ihr eingeredet.

In diesem Augenblick jedoch sträubte sich etwas heftig in ihr, wie gewöhnlich die Packung zu öffnen, um die Kapseln mit den bereitgestellten Vitaminpillen auszutauschen. Wie von einer unbeugsamen Macht gesteuert, legte sie das Medikament zurück in die Schublade und ging zu dem Regal mit pflanzlichen

Präparaten.

Ohne zu suchen, ergriff sie eine Dose mit einem harmlosen Beruhigungsmedikament und weiter unten im Regal eine Packung mit einem anregenden Wirkstoff auf Guarana-Basis. Schnell tauschte sie diese unschädlichen Mittel mit den für Basti bereitgestellten Vitamintabletten aus. Auf die erste Packung schrieb sie mit Filzstift ein großes B, auf die andere den Buchstaben M und stellte die beiden Packungen griffbereit in das Fach für vorbestellte Medikamente.

Als Gabriel, der seinen Schützling Sebastian begleitete, in die Apotheke kam, winkte Michael ihm beruhigend zu: „Alles okay. Er bekommt ungefährliche Tabletten. Ich konnte Monika daran hindern, die Drogen einzupacken."

„Gut gemacht, Michael, danke. Luzy hat nicht versucht, Monika zu beeinflussen?"

„Doch schon, aber Luzy habe ich im Griff."

„Hoffentlich hält sie sich von den Menschen fern." Fast mitleidig blickte Gabriel auf Luzy, die gelangweilt vor der Apotheke wartete.

„Susanne kann beruhigt sein, das weiß sie sicher schon. Obwohl …", zögernd fügte er hinzu: „Wir werden Susanne ebenfalls beobachten müssen. Sie ist gefährdet."

„Susanne – ein dunkler Engel?" Fragend blickte Michael in das sorgenvolle Gesicht Gabriels. „Ich habe auch gespürt, dass sie sehr mitgenommen ist von der Situation und wütend auf Monika, aber glaubst du wirklich? Wir sollten auf sie aufpassen und auch mit Jes darüber sprechen."

„Michael, du kennst unseren Chef. Ich denke, er weiß das

bereits."

„Dann müssen wir Susanne helfen, bei uns zu bleiben."

„Ja, das müssen wir zusätzlich ... oje, Susanne." Gabriel verschwand plötzlich.

Spät am Abend parkte Sebastian seinen Golf in der hell erleuchteten Einfahrt einer großen Villa in Kronberg und verstaute die Vitaminpillen mit der Aufschrift M in seiner Jackentasche. Wütend über seinen Entschluss, doch zu dem Treffen zu fahren, schlug er die Wagentür mit einem lauten Knall zu. Carolin hatte ihm telefonisch unmissverständlich klargemacht, dass sie mit seinem Vorhaben, zu der Party zu gehen, überhaupt nicht einverstanden war und auch nicht mitkommen wollte. Sebastian hasste Streit und nahm sich vor, die Feier so schnell wie möglich wieder zu verlassen.

Er fühlte sich elend, da er den ganzen Tag nichts gegessen hatte – und jetzt auch noch Ärger mit Caro. Außerdem hatte er ständig den Eindruck, von etwas oder jemandem verfolgt zu werden, obwohl kein Mensch in der Nähe war.

Vermutlich hab ich schon Halluzinationen von dem ganzen Medizinmüll, schoss es ihm in den schmerzenden Kopf, als er die breite Treppe zur Eingangstür hochging.

Felix, wie immer tadellos gekleidet in Baumwollhose und Markenshirt, öffnete die weiße Eingangstür. In der freien Hand hielt er ein Glas mit einer klaren Flüssigkeit, gekrönt von einer Limettenscheibe.

„Cheers, mein Freund, gut, dass du da bist. Echt klasse, die Party, komm rein."

Sebastian bemerkte die geweiteten Pupillen seines Studienkollegen und fühlte sich von dem geräumigen Haus wie aufgesogen in einen Sumpf aus unheilvollem Siechtum, der sich unter einem Kleid von prunkvoller Eleganz und Geld verborgen hielt.

„Danke für die Einladung. Ich kann allerdings nicht lange bleiben und wollte euch eigentlich nur schnell was vorbeibringen." Sebastian versuchte, die ohrenbetäubende Musik zu übertönen.

„Ach Unsinn, du musst was trinken; Moscow Mule oder lieber erst mal ein Bierchen gegen den Durst? Unser Freund Max handhabt den Anteil von Ingwerbier und Wodka sehr flexibel. Ich glaube, momentan ist er bei eins zu eins angekommen."

„Danke Felix, ich nehme nur ein Bier ... muss noch fahren. Eh ich's vergesse, hier die Pillen." Sebastian drückte dem schwankenden Felix schnell eine kleine Plastikdose mit der Aufschrift M in die Hand und ging in das riesige, mit weißen Design-Möbeln eingerichtete Wohnzimmer. Im schwachen Schein weniger Kerzen tanzte ein Mädchen, eine Zigarette in der Hand, selbstverloren zu dem hämmernden Rhythmus der Bässe. Felix gesellte sich zu ihr und flüsterte ihr etwas ins Ohr, worauf sie ihn begeistert umarmte.

„Hi Alter, hast du dich doch noch freischaufeln können von Carolin?" Max klopfte Sebastian hart auf die Schulter. „Ich hoffe, du hast an die Pillen gedacht?"

„Keine Bange, die hab ich gerade Felix gegeben. Alles okay – Max, ich werde nicht lange bleiben. Hab Stress mit Carolin und will noch zu ihr."

Max grinste: „Ja die Frauen, immer Stress mit ihnen. Übrigens, Sebastian, in der Küche wartet ein großes Stück Lasagne auf dich.

Also iss etwas, bevor die anderen darüber herfallen."

Sebastian lächelte über den fürsorglichen Rat seines Freundes und ging sofort in die moderne Küche. Froh, der lauten Musik entkommen zu sein, schrieb er eine SMS an Carolin. „Bist du noch wach? Ich fahre in 10 Minuten los. Hdl."

Er hatte den dringenden Wunsch, diesem Haus und seinen Bewohnern zu entfliehen, und sehnte sich nach frischer Luft und der sanften Haut von Carolin. Felix hielt ihn jedoch im Flur fest.

„Stopp, mein Guter, du willst doch nicht schon wieder weg. Komm, wenigstens einen Wodka musst du mit mir trinken, sonst beleidigst du meine Ehre als Gastgeber. Los, auf unseren baldigen Erfolg, trink! Cheers!" Felix hielt ihm ein Glas mit dem starken Longdrink entgegen und Sebastian trank schnell davon.

„Wow, aber das ist wirklich nichts für mich. Felix, es tut mir leid. Ich muss los!"

„Schon gut, wenn die Frauen rufen, darfst du sie nicht warten lassen. Danke noch mal für die Pillen, das Zeug ist besser als gewöhnliches Glutamin. Die Nacht ist noch lang, und wir haben die Klausuren so gut wie überstanden."

Den ganzen Abend hatte Susanne ihren Sohn nicht aus den Augen gelassen und beunruhigt festgestellt, dass ebenfalls mehrere dunkle Engel anwesend waren. Offensichtlich machten sie sich ein Vergnügen daraus, die jungen Menschen für Drogen zu begeistern. Sandro ermunterte Felix und Ben, noch mehr Drinks zu nehmen, doch als er auf Sebastian einreden wollte, stellte Susanne sich abwehrend vor ihn.

„Nein, Sandro! Nicht meinen Sohn! Du schadest ihnen."

„Wieso schade ich ihnen? Die wollen alle nur ein bisschen

Abwechslung von dem Universitätsstress. Du hast als junge Frau sicher auch nicht gerade abstinent gelebt – oder?" Unbeeindruckt setzte Sandro sich neben ein junges Mädchen und schaute begehrlich auf ihr enges T-Shirt. „Was für eine Schönheit. Wenn ich jetzt in einem lebendigen Körper stecken könnte, hätten wir beiden viel Spaß heute Abend, und zwar nicht nur beim Tanzen."

„Es ist wirklich eine Ironie, dass ausgerechnet du ein Engel bist, Sandro. Eigentlich wärst du besser als Frauenheld in der Welt der Menschen geblieben."

Sandro grinste teuflisch: „Ja, meine Gute, das ist leider mein trauriges Schicksal. Vielleicht komme ich ja doch noch wieder zurück zu den Menschen. Wer weiß?"

Susanne stutzte. „Zurück? Wie soll das möglich sein?"

„Ha, das wüsstest du wohl gerne? Die dunklen Wege sind geheimnisvoll."

Gab es doch eine Möglichkeit, zu den Menschen zurückzukehren? Diese Vorstellung ließ sie nicht mehr los und Susanne nahm sich vor, beim nächsten Treffen Jes danach zu fragen.

Sebastian kehrte zu seinem Auto zurück, sie folgte ihm.

Sebastian fühlte sich benommen von dem starken Drink und sein Magen rebellierte gegen den Alkohol.

Ich muss zu Carolin, dachte er müde. Er fuhr die schwach beleuchtete Landstraße aus dem Taunus in Richtung Frankfurt und schaltete das Autoradio ein. Sein Kopf dröhnte und seine Augenlider waren schwer.

Vielleicht hätte ich doch eine dieser Hallo-wach-Pillen selbst nehmen sollen, kam es ihm in den Sinn, während er seine Augen rieb, um den Straßenverlauf zu erkennen. Die schmeichelnde

Stimme eines unbekannten Bluessängers klang beruhigend aus den Lautsprechern. Sie umgab Sebastian wohlig und er freute sich darauf, zu Carolin ins warme Bett zu schlüpfen.

Kurz, höchstens eine Sekunde, schloss er die Augen, während er an Carolins weiche Haut dachte und an den süßen Duft ihrer Haare.

Susanne tippte ihrem Sohn unmerklich auf die Schulter.

„Sebastian! Basti, bleib wach, mein Sohn. Du bist auf der falschen Straßenseite!"

Sebastian zuckte erschrocken zusammen, er richtete sich kerzengrade auf und schaute sich um.

„Hallo? Träume ich denn schon wieder? Ich habe doch deutlich gehört, dass jemand meinen Namen gerufen hat. Mein Gott, was ist nur mit mir los?"

„Basti, du musst aufpassen." Susanne schaute ihren Sohn sorgenvoll an.

„Mum? Das kann doch gar nicht sein. Ich habe geglaubt, deine Stimme zu hören. Was in aller Welt war das für eine Stimme?"

„Meine. Wenn ich dich nicht gerufen hätte, würdest du jetzt im Straßengraben liegen. Ich bin in einer anderen Welt, aber immer in deiner Nähe." Susanne musste über den verständnislosen Gesichtsausdruck ihres Sohnes lachen.

Ich brauche frische Luft, dachte Sebastian und öffnete das Seitenfenster des Wagens. Jetzt höre ich schon Stimmen, die gar nicht mehr da sind ... obwohl ... vielleicht ist ja doch etwas dran an der Sache.

„Mum?" Zaghaft kam das Wort aus Sebastians Mund, dann fasste er Mut: „Also, Mutter, wenn du mich hören solltest: Ich verstehe absolut nicht, warum du schon sterben musstest. Du fehlst uns so sehr, auch wenn du selten zu Hause warst: Ich hätte wahnsinnig gerne mehr Zeit mit dir verbracht. Paps ist auch nicht mehr der Alte, er hängt an den Erinnerungen mit dir und schläft nachts mit deinen Anziehsachen. Helga hat ihm letzte Woche sogar etwas zu essen vorbeigebracht. Stell dir vor, Paps! Wo er doch so gerne gekocht hat. Er hat immer die leckersten Spaghettisoßen der Welt gemacht. Mum, ich weiß ja nicht, ob du mich tatsächlich hören kannst. Ist es wirklich meine Schuld, dass du auf dieser blöden Landstraße verunglückt bist? Konntest du nicht ein bisschen vorsichtiger sein oder einen anderen Weg nehmen? Mein Gott, dieser blöde LKW-Fahrer. Warum zum Teufel musste er genau um diese Uhrzeit dort entlangfahren und auch noch viel zu schnell! Mami, ich vermisse dich so sehr …"

Sebastian schüttelte den Kopf und musste lachen. „Oh Mann, was mache ich hier eigentlich? Bin ich denn total verrückt oder habe ich soeben mit meiner verstorbenen Mutter geschimpft?"

Susanne hörte ihrem Sohn traurig zu. „Alles gut, Basti, vertrau auf dein Gefühl. Es ist nicht deine Schuld. Auch wenn du mich nicht siehst, bin ich doch da."

„Mum, danke, dass du auf mich aufpasst."

9. Kapitel

Wie immer nach der großen Pause war die Klasse 9 B der Schillerschule viel zu laut, als Martin zum Lehrerpult ging. Ein paar Schüler standen an den Fenstern und unterhielten sich laut über ein neues YouTube-Video. Ein junger Mann, der sehr mit seiner Akne zu kämpfen hatte, saß abseits und tippte in sein Handy, während die beiden Freundinnen zwei Tische weiter schnell ein paar Schminkutensilien in ihrer Tasche verstauten.

Ein dünner, aufgeweckter Junge mit kurzen pechschwarzen Haaren nahm offensichtlich als Einziger zur Kenntnis, dass Martin abwartend vor der Klasse stand, und fragte hilfsbereit, ob er den Beamer einschalten sollte.

„Danke, Niko, das kannst du gerne tun." Martin richtete sich dann etwas lauter an seine Klasse: „So, Freunde. Die Pause ist, wie Sie alle bestimmt bemerkt haben, vorbei, und ab jetzt gilt wieder Handyverbot. Also: alle Geräte aus, oder gleich vorne bei mir abgeben."

Martin wartete kurz, bis alle Schüler zu ihren Plätzen zurückgekehrt waren und fuhr fort: „In unserer letzten Geografie-Stunde haben wir über die wirtschaftlichen Aussichten für Großmächte gesprochen, die nicht über eigene Rohstoffvorkommen verfügen. Da dieses Thema einen Teil von Ihnen auch im Leistungskurs der Oberstufe begleiten wird, empfehle ich Ihnen, geistig anwesend zu bleiben."

Kira, ein junges Mädchen mit glitzerndem Strassstein auf dem linken Nasenflügel und schwarz umrandeten Augen, fragte spöttisch:

„Soll das bedeuten, dass wir nur geistig hierbleiben müssen?

Ich könnte mir einen schöneren Ort vorstellen als dieses Klassenzimmer."

Martin musste lächeln: „Ja, bestimmt, Kira, ich auch. Dann stellen wir uns doch beide mal vor, wir wären gerade in Tokio. Kannst du uns etwas zur Entwicklung der Industrie in Japan sagen?"

Errötend blätterte das schwarz gekleidete Mädchen in den vor ihr liegenden Aufzeichnungen, während sie stockend nach einer Antwort suchte. Andere Schüler meldeten sich, doch Martins Aufmerksamkeit wurde plötzlich auf ein geräuschloses Vibrieren in seiner Aktentasche gelenkt.

Routiniert leitete er den Unterricht weiter und referierte über die Rohstoffarmut großer Industrieländer am Beispiel Japans. Martin brauchte nicht einmal in seine Unterlagen zu schauen; er stellte Fragen, die wiederum interessante Antworten der Klasse hervorbrachten und immer neue Anregungen schufen. In jedem Jahrgang war er aufs Neue fasziniert von den unterschiedlichen Aspekten, die seine Schüler zusammentrugen.

Luzy hatte es sich auf einem der hinteren Stühle bequem gemacht und verfolgte die Gedanken der Schüler. Ein paar weitere Engel standen am Fenster, jedoch wollten sie keine Notiz von dem dunklen Engel nehmen. Luzy wusste, was das Vibrieren in Martins Tasche bedeutete, und sie hoffte, ihn zu einem Treffen zu überreden.

Martin verdrängte die Vorstellung, dass er möglicherweise eine SMS von Monika erhalten hatte. Nein, das machte keinen Sinn, er musste Abstand gewinnen und Ruhe finden. Und trotzdem flackerte ein kleiner Hoffnungsschimmer in seinem Herzen. Es wird sicher eine Nachricht von Peter sein, versuchte er seine Nervosität zu beruhigen, und packte nach der Stunde seine Schultasche energisch zusammen. Die Tasche hatte ihm Susanne nach Abschluss seiner Referendariatszeit geschenkt. Er spürte das weiche Leder in seiner Hand, und für einen kurzen Augenblick kamen die Erinnerungen zurück: Er sah sich mit Susanne an dem alten, riesigen Schreibtisch sitzen. Beide in ihre Fachbücher vertieft und im Herzen vereint. Manchmal hatte er Susanne still beobachtet, wie sie konzentriert an der Auslegung eines juristischen Falles arbeitete. Wenn sich ihre Blicke dann zufällig begegneten, tauchte er ein in das Glücksgefühl, dass sie füreinander bestimmt waren. Warum nur hatte er diese Liebe aufs Spiel gesetzt?

Luzy begleitete ihn ins Lehrerzimmer: „Martin, Susanne ist tot. Schau endlich nach, was Monika dir geschrieben hat. Du kannst sie nicht in irgendeiner Tasche wegsperren. Schließlich möchtest du sie doch auch wiedersehen, du bist jetzt frei!"

Martin fühlte sich elend. Er nahm eine Tasse aus dem Regal und goss sich einen großen Kaffee ein. Glücklicherweise waren nur wenige Kollegen in der Freistunde anwesend. Der Raum war mit modernen Konferenztischen eingerichtet, an den Wänden hingen Merkblätter und Stundenpläne der verschiedenen Unterrichtsstufen. Ein junger Kollege im Sportdress kam auf ihn zu und klopfte ihm vorsichtig auf die Schulter.

„Na, Herr Heinsius, geht's denn schon wieder? Das mit Ihrer Frau tut mir sehr leid. Blöde Sache, so ein Unfall, und so unnötig ..."

Martin wollte weitere Beileidsbekundungen verhindern und unterbrach den Kollegen abrupt: „Ja, das ist sicher richtig. Das

Leben geht einfach weiter, wenngleich nichts mehr so wie früher ist. Aber damit müssen wir alle leben." Damit ließ er den Kollegen stehen.

Er musste nachdenken. Martin setzte sich etwas abseits in einen alten Sessel, das Handy in seiner Aktentasche zog ihn magisch an und doch zögerte er aus Angst vor der Gewissheit.

Luzy beobachtete ihn begeistert: „Wie schön, er leidet!"

Schließlich ergriff er das Handy und blickte eine Sekunde lang auf das schwarze Display, bevor er es einschaltete. Es zeigte eine SMS – von Monika, nur: „Wie geht es Dir?" Vier Worte, mehr nicht? Fast enttäuscht klappte er sein Handy wieder zu. Martin schloss für einen Moment die Augen, was hatte er denn erwartet, fragte er sich ärgerlich.

„Los, ruf sie an", forderte Luzy ihn auf.

Martin wählte hilflos ihre Mobilnummer.

Monika meldete sich sofort: „Martin." Das Wort klang so traurig-zärtlich in seinem Ohr, dass er sofort den Wunsch bekam, die zierliche Frau mit den widerspenstigen blonden Locken in den Armen zu halten.

„Wir müssen uns sehen ..." Seine Stimme war trocken und sein Herz raste.

„Ja, das sollten wir, Martin. Aber ich kann nicht zu dir kommen."

Martin zögerte keine Sekunde. „Nein, keinesfalls. Wir müssen uns treffen, aber nicht sofort und nicht so wie früher. Wir müssen reden."

„Ja, das sollten wir tun. Vor zwei Tagen war ich an der Unfallstelle. Es ist merkwürdig, manchmal habe ich den

Eindruck, Susanne ist noch da."

„Wo? An der Isenburger Schneise? Ganz schön makaber, Liebes."

„Nein, Martin, nicht dort! Ich hatte kurz ein seltsames Gefühl, so als wenn dort an der Straße jemand mit mir gesprochen hätte, aber vielleicht war das auch nur der Regen."

„Monika, ich glaube, du arbeitest zu viel. Es ist schon so, dass man geliebte Menschen nicht loslassen kann. Aber wir haben sie begraben, in der Erde und in unseren Herzen."

„Ich vermisse sie ..."

„Hm, ich vermisse euch beide. Das ist noch schlimmer."

„Martin, alles ist anders seit Susannes Tod. Ich melde mich in den nächsten Tagen. Kurt ist zurzeit ebenfalls komisch. Ich glaube, er verheimlicht mir etwas."

„Kurt ist immer etwas sonderbar, finde ich", lachte Martin. „Vielleicht hat er das gleiche Problem wie du."

„Ich weiß nicht – er ist meistens so nachdenklich. Aber eine Freundin? Das kann ich mir nicht vorstellen."

„Frag ihn doch einfach mal, was der Grund für seine Abwesenheit ist."

„Ja, mal sehen. Ich muss eine passende Gelegenheit finden. Aber jetzt muss ich weiterarbeiten, die Apotheke ist voll und meine Praktikantin heute nicht da. Ich melde mich – okay?"

Wieder blickte Martin verblüfft auf das Telefon. Wie hatte er sich ein Wiedersehen eigentlich vorgestellt? Dachtest du etwa, Monika kommt einfach zu dir und fällt dir in die Arme? Nein, das wäre ein Verrat an Susanne, beruhigte er sein Gefühl von ärgerlicher Enttäuschung. Ich glaube, wir wissen beide nicht so ganz, wie es weitergeht. Und doch fühlte Martin sich gekränkt, als er zur nächsten Erdkundestunde in die Klasse 6 A ging. Bevor ich Monika treffe, sollte ich mit jemand anderem reden, überlegte er.

Auf dem Heimweg rief er seinen Freund Peter an.

„Hallo, mein Junge. Wie geht's dir? Wir haben gerade gestern über dich gesprochen, Helga meinte, sie backt dir einen Kuchen am Wochenende." Peters Stimme klang wie immer viel zu laut und gut gelaunt durch das Handy.

„Peter, nicht so laut, sonst bekomme ich noch einen Hörschaden! Ansonsten geht es mir ganz gut. Ich würde gerne mal bei euch vorbeikommen."

„Ja immer, und ich hoffe, dass du nicht nur vorbei, sondern auch reinkommst, mein Junge", antwortete Peter etwas leiser, aber immer noch voller polternder Heiterkeit. „Hast du heute Abend schon etwas vor? Helga hat Damengolf und mir angedroht, dass sie erst spät wieder zu Hause ist. Die Damen haben wohl immer viel zu besprechen, und das mit noch mehr Prosecco."

„Das passt mir gut. Sebastian ist sicher bei Carolin und ich bin jetzt sowieso meistens alleine."

„Hm – darüber sollten wir uns mal unterhalten. Ich habe noch die Flasche Problemlöser, wie du weißt – aber ganz im Ernst, es geht immer weiter auf diesem Karussell, das wir als Leben bezeichnen."

„Ja, Peter, manchmal fällt einer runter und die anderen fahren munter weiter. Aber im Ernst, ich würde so gegen sieben zu dir kommen. Klappt das mit deiner Kanzlei?"

„Sicher, Junge. Ich will nicht mehr so lange im Büro hocken. Momentan merke ich mein Alter schon ziemlich. Die jungen

Kollegen sind gut eingearbeitet und nächstes Jahr beginne ich definitiv meinen Ruhestand. Aber vorher muss ich noch ein paar Dinge regeln – ich weiß nur noch nicht wie."

„Sag nur, die bösen Mandanten lassen dich nicht", lachte Martin. „Viele Dinge regeln sich auch von selbst."

„Stimmt, nur leider nicht alle. Darüber zerbreche ich mir ein anderes Mal den Kopf. Ich freue mich, wenn du kommst."

„Dann also bis später."

Ruhelos und unzufrieden vergrub Martin die Hände in den Hosentaschen seiner Jeans und wanderte ziellos durch das große Haus.

In der Küche mixte er sich eine große Apfelsaft-Schorle und blickte lustlos in den Kühlschrank. Genauso leer wie die ganze Wohnung, dachte er und nahm sich vor, in den nächsten Tagen ein paar Lebensmittel einzukaufen. Peter oder eher Helga wird sicher ein Abendessen vorbereitet haben, beruhigte er seinen knurrenden Magen und ging in sein Arbeitszimmer.

Auf dem Schreibtisch häuften sich noch immer Kondolenzbriefe und Unterlagen, die er eigentlich beantworten müsste. Martin legte die Briefe und Karten in einen Karton und sortierte die restlichen Dokumente nach Dringlichkeit.

„Irgendwann muss ich ja Ordnung in mein Leben bringen, auch wenn es mir schwerfällt", sagte er tonlos. Dennoch motivierte ihn die Idee, und er öffnete die Tür zu Susannes Arbeitszimmer.

Durch die schmalen Schlitze der geschlossenen Jalousien drangen helle Sonnenstrahlen und verliehen dem Raum eine geheimnisvolle, heitere Freundlichkeit. Die Luft war staubig und abgestanden, doch glaubte Martin für einen kurzen Moment, Susannes Parfum zu entdecken. Die hohen Regale, voller Akten und Gesetzestexte, schienen plötzlich in dunkler Bedrohlichkeit auf ihn herabzufallen. Martin öffnete das Fenster und zog mit einem Ruck die Jalousien hoch. Nachdem die Nachmittagssonne sich im Zimmer ausgebreitet hatte, erfasste sein Blick zahlreiche Fotos, die in bunten Plastikrahmen auf Susannes Schreibtisch standen. Neben vielen Aufnahmen von Basti entdeckte er auf einem Bild seinen Vater Friedrich. Der war bereits von seiner Krankheit gezeichnet und hatte eine warme Decke auf dem Schoß. Vorsichtig nahm Martin das alte Bild in beide Hände.

„Ach Vati, zuerst hab ich dich verloren, jetzt auch noch Susanne. Warum hat unser Herr nicht einen von den vielen todkranken Menschen erlöst? Warum ausgerechnet Susanne?"

„Ja, mein Sohn, wenn Menschen aufgrund ihrer Krankheit sterben, sind selbst wir Ärzte am Ende hilflos." Friedrich, der unmerklich im Arbeitszimmer erschienen war, stand neben seinem Sohn. „Ich bin immer da, wenn du an mich denkst, du merkst es nur nicht." Friedrich schaute Martin liebevoll an: „Und ich werde dich nachher zu Peter begleiten, bin schon gespannt, welchen Wein er als seinen Problemlöser bezeichnet."

Martin stellte das Foto wieder zurück auf Susannes Schreibtisch. Er packte einige von ihren Aktenordnern in eine Kiste, um sie für Peters Kanzlei mitzunehmen. Im Hinausgehen knipste er wie immer eine kleine Flurlampe an und verschloss sorgfältig die Tür.

„Hallo Martin – um Himmels willen – was bringst du denn da?", begrüßte Peter seinen Ziehsohn. „Die Sachen hätten wir doch in den nächsten Tagen mit dem Wagen holen können."

„Schon, mein Lieber, aber ich wollte nicht mit leeren Händen erscheinen", antwortete Martin etwas außer Atem. „Das meiste steht ja noch in den Regalen, damit hast du oder eher einer deiner Assessoren noch genug zu schleppen."

„Oje, mir graut davor, das alles zu sichten. Hoffentlich findet sich hierfür ein Mitarbeiter – aber jetzt komm. Helga hat uns Nudelauflauf gemacht, den hab ich anweisungsgemäß in den Ofen gestellt, und ein wunderbarer Rotwein wartet im Dekanter auf uns."

Peter Unger hatte dichtes weißes Haar und einen kurzen grauen Schnauzbart, was ihm bei Gericht zu dem Spitznamen „Terrier" verholfen hatte. Der bekannte Anwalt hätte sein Berufsleben im Grunde schon längst beenden können. Jedoch legten einige Mandanten wegen seiner immensen Kompetenz auf dem Gebiet des Gesellschaftsrechts größten Wert auf seine persönliche Beratung.

Martin folgte Peter in das geräumige Esszimmer. Der Raum war mit antiken Holzmöbeln eingerichtet und liebevoll mit unzähligen Pflanzen dekoriert. Kleine Stehlampen verbreiteten ein gemütliches Licht.

„Martin, ich hoffe, du hast ordentlich Hunger mitgebracht, Helga hat wieder für zehn Leute gekocht." Peters Stimme ertönte aus der Küche.

„Es riecht jedenfalls superlecker", antwortete Martin erwartungsvoll. Er freute sich auf die gemeinsame Mahlzeit und setzte sich an den Esstisch. Kurze Zeit später kam der alte Anwalt aus der Küche. Er hatte eine weiße Küchenschürze umgebunden und stellte zwei Teller mit dem Pastagericht auf den Tisch.

„Los, probier mal", forderte er seinen Gast auf und reichte Martin ein großes Glas mit einem tiefroten Wein. „Schmeckst du die feinen Tannine und die Beeren?"

Neugierig nahm Peter einen kleinen Schluck und sah sein Gegenüber an.

„Ja, und auch ein bisschen Vanille – oder nicht?" Martin schwenkte den Wein im Glas und schnupperte erneut.

„Richtig erkannt, mein Junge. Es ist ein Brunello di Montalcino Riserva Jahrgang 2008 aus der Nähe von Siena. Helga und ich haben den Winzer, der übrigens auch ausgezeichnet singt, vor ein paar Jahren besucht und diesen Wein mitgebracht."

Martin hatte sich hungrig einen großen Bissen in den Mund geschoben und murmelte: „Schön, und welches Problem hat dieser Wein damals gelöst?"

Peter legte das Besteck zur Seite und begann langsam und leiser als sonst zu sprechen. „Ich glaube, es war genau dieser Winzer, der mir die Augen geöffnet hat – vielleicht durch seine Liebe zur Musik. Er war ein äußerst vielseitiger Mann, mit einer Universitätsprofessur, einer begnadeten Stimme und der Begabung, aus einem Rebstock das Beste herauszuholen. Wir telefonieren noch heute ab und zu."

Friedrich lachte unhörbar: „Ha, ich glaub's nicht. Du telefonierst mit ihm, weil du ihm Geld schuldest, alter Freund. Schade, dass ich den Wein nicht mehr kosten kann – noch nicht mal der Duft vom Essen ist in meiner Erinnerung geblieben." Interessiert betrachtete er die Weinflasche und versuchte, sich den Geschmack des Getränkes vorzustellen – ohne Erfolg. Dann hörte er die Gedanken seines Sohnes, der daran dachte, dass er hergekommen war, um über Monika und sich zu reden, und jetzt referierte Peter schon wieder über Weine. Wie sollte Martin über seine Probleme sprechen, wenn der Freund von seinen Erlebnissen erzählte?

Peter fuhr mit leiser Stimme fort, wobei er zwischen jedem Wort eine vielsagende Pause machte: „Weißt du – es gab damals eine junge Richterin, die ..."

Friedrich überlegte nicht länger: „Jetzt reichts aber. Halt einfach mal den Mund, Peter, und nimm dich endlich zusammen. Du solltest dich für Martin interessieren und nicht über deine Vergangenheit reden."

In diesem Augenblick ging ein Ruck durch den alten Anwalt, der plötzlich aufschaute und in der gewohnten Lautstärke weitersprach: „Aber was rede ich. Diese Geschichten sind lange her. Wir sollten uns lieber über deine Zukunft unterhalten."

Martin schaute zuerst seinen Freund, dann dessen Weinglas verblüfft an. Was war denn nun los? Hatte Peter auf einmal die Lust verloren, über seine Lieblingsthemen zu reden? Er trank einen kleinen Schluck und tupfte sich mit der Serviette den Mund ab.

„Meine Zukunft?", fragte Martin. „Ich habe keine Ahnung, wie alles weitergeht. Susanne fehlt uns überall. Und ich muss endlich Ordnung schaffen, in den Kleiderschränken wie auch in meinem Leben – das wird nicht einfach."

Peter deutete lachend auf die Kiste mit den Kanzleiakten. „Einen Anfang hast du ja schon gemacht. Kann Helga dir bei den anderen Dingen behilflich sein?"

„Das ist das geringste Problem – die Sache ist, ich habe den Boden unter den Füßen verloren."

Mitfühlend schaute Peter seinen Ziehsohn an: „Kann ich gut verstehen. Susanne und du wart lange zusammen, und wenn ein Teil eines Hauses einstürzt, schwankt der Rest und muss wieder stabilisiert werden."

„Schon – aber es ist alles nicht so, wie du denkst. Susanne lebte für ihren Beruf, und auch zu Hause war sie oft in Gedanken weit weg."

„Ich habe ihr immer gesagt, dass sie zu viel arbeitet", protestierte Peter sofort.

„Ja, ich weiß, sie hat es aber gerne gemacht. Sebastian und ich sind auch die meiste Zeit damit klargekommen – nur ..." Martin machte eine Pause, während Peter das Besteck zur Seite legte und ihn fragend ansah. Er griff erneut zum Weinglas und drehte die rot funkelnde Flüssigkeit im Glas.

„... weißt du, Peter, ich glaube, ich hatte mich sehr verliebt."

Friedrich kam sofort neugierig den beiden Menschen: „Jetzt bin ich aber gespannt, was mein alter Freund dazu sagt. Schließlich war er selbst nicht der Bravste zu meinen Lebzeiten."

„Stimmt, und er ist es glücklicherweise noch immer nicht", fuhr eine düstere Stimme fort. Sandro stand, lässig an den Sekretär gelehnt, plötzlich im Raum. „Wie du ja auch weißt, dauerte die Geschichte mit der Richterin einige Jahre, und ein paar Urteile hatten aufgrund dieser Beziehung nichts mehr mit Gesetzestexten zu tun. Erinnere dich nur mal an den Fall mit der Steuerhinterziehung, den hat dein guter Freund mit der Richterin in ihrem Schlafzimmer anstelle im Gerichtssaal ausgehandelt. Dann seine fast wöchentlichen Besuche in der Wiesbadener Spielbank. Überleg mal, bei wem er sich das nötige Kapital dafür geliehen hat."

Friedrich schaute den dunklen Engel eindringlich an: „Leider hast du recht, und wie du auch weißt, sind diese Dinge durch euren Einfluss geschehen. Wir konnten Peter nicht davon abhalten, weil du und deine bösen Kollegen ihn ständig zu dem Unsinn verleitet habt."

Sandro grinste: „Was soll das? Was läuft denn schon richtig bei euch? Sieh dich doch mal um, die Welt ist nicht so, wie ihr euch das vorstellt. Wir sorgen nur dafür, dass die Menschen Spaß im Leben haben."

„Was ihr als Spaß bezeichnet, schadet ihnen allerdings meistens."

„Und von euren guten Gedanken ist auch noch keiner satt und glücklich geworden."

„Aber er hatte dabei das Gefühl, richtig zu handeln.

Sandro schüttelte den Kopf. „Da wäre ich mir nicht so sicher, das weißt du selbst. Sieh dir Peter an, ist der etwa unzufrieden? Er verbiegt die Wahrheiten, oder besser, er legt die Dinge zu seinen Gunsten aus. Und was hat er nicht alles verspielt! Glaubst du, er ist nicht überzeugt von seinen Entscheidungen?"

„Es macht keinen Sinn. Du hast Spaß am Unglück der Menschen. Lass ihn einfach in Ruhe." Friedrich wollte dem dunklen Engel nicht länger zuhören und wandte sich wieder den beiden Menschen zu.

Ungläubig blickte Peter auf seinen jüngeren Freund. Der Wein schmeckte plötzlich fade und er beschloss, in die Küche zu gehen, um eine Flasche Mineralwasser zu holen. Irgendwie hatte er den Eindruck, dass Martins Verliebtheit zwar etwas Alltägliches war, aber trotzdem wollte er dieses Unheil in seiner persönlichen Welt nicht so recht wahrhaben.

Nachdenklich stellte er zwei Wassergläser auf den Tisch.

„Du hast dich verliebt und auch noch sehr. Das ist im Grunde nichts Schlimmes, aber ich wette, Susanne wusste nichts von deiner Beziehung?"

Martin vergrub das Gesicht in den Händen.

„Nein! Das ist ja mein Problem. Ich wollte an dem Abend ihres Unfalls mit ihr reden – vielleicht über eine Trennung – ich weiß nicht mehr. Jetzt komme ich mir vor wie ein Schuft. Was noch schlimmer ist, ich habe mich in ihre beste Freundin verliebt."

„Monika? Die Apothekerin? Du lieber Himmel, wenn Susanne das gewusst hätte, hätte sie ihr die Hölle heißgemacht. Was ist mit Sebastian? Er ist einundzwanzig und ein helles Köpfchen."

„Ich bin überzeugt, Sebastian mag Monika. Die beiden treffen sich sogar ab und zu. Außerdem ist er verständig genug zu begreifen, dass nicht immer alles nach Plan läuft. Nein, um Basti muss ich mir keine Sorgen machen."

Peter lehnte sich etwas zurück und schwieg nachdenklich.

„Schön, dann hast du nur das Problem mit deinem Gewissen – und mit Kurt, falls Monika deine Gefühle teilt."

„So ungefähr – ich selbst bin aber nicht sicher, ob ich sie noch liebe. Wir haben uns seit Susannes Unfall nicht mehr gesehen. Alles ist so verändert. Deshalb sagte ich zu Beginn, dass mir der Boden unter den Füssen fehlt."

„Wie ist das eigentlich entstanden – Monika und du? Ich meine, ihr wart doch alle befreundet und oft zusammen. Hat niemand bemerkt, was passiert?"

Als ob diese Frage ein gigantisches Schleusentor geöffnet hätte, erzählte Martin seinem väterlichen Freund von dem Leben mit Susanne, ihren ehrgeizigen Interessen und ihrem veränderten Wesen. Und warum er sich irgendwann zu Monika hingezogen fühlte.

Peter hörte still zu oder stellte ab und zu eine Frage, um zu ergründen, ob er seiner besten Anwältin zu viel aufgebürdet hatte. Weitere Flaschen Brunello, die sich mit zunehmender Zeit genauso leerten, wie der Ballast aus Martins Herz verflog, begleiteten Martins Redefluss.

Helga, die spät nach Hause gekommen war und die tiefgründigen Gespräche der beiden nicht stören wollte, hatte sich längst zurückgezogen, als Martin sich auf den kurzen Heimweg machte. Er schwankte ein wenig, aber er fühlte sich so leicht und zufrieden wie lange nicht. Schon komisch, dachte er alkoholisiert, ich habe nicht nur die Kiste mit den Akten, sondern auch meine Beziehungskiste bei Peter abgeladen.

Etwas mühsam schloss er die Haustür auf, und auf dem Weg ins Schlafzimmer entledigte er sich seiner Schuhe und Kleidung, die er achtlos im Flur liegen ließ. Morgen würde er anfangen aufzuräumen. Morgen beginnt ein neuer Tag, und übermorgen könnte er vielleicht Monika wiedersehen, dachte Martin und warf sich müde auf das große leere Bett.

10. Kapitel

Susanne saß auf dem Dach des Eurotowers in Frankfurt und grübelte. Sandros Benehmen und seine Aussagen auf der Party gingen ihr nicht aus dem Sinn. Gab es doch eine Möglichkeit, zu den Menschen zurückzukehren? Wenn ja, wie sollte das funktionieren? Sie konnte ja nicht wieder als Susanne Heinsius in der Kanzlei auftauchen. Wie konnte sie Peters Geldproblem lösen, das ja offensichtlich auf seine Spielleidenschaft zurückzuführen war, und wie sollte sie verhindern, dass Monika Martin ins Unglück stürzte? Oh, wenn sie doch nur zurückkehren oder sich in irgendeiner Form bemerkbar machen könnte!

„Ach, alles Blödsinn", schimpfte sie mit sich. „Sandro hat bestimmt genauso wenig eine Chance auf Rückkehr in ein menschliches Dasein wie jeder andere Engel. Egal ob gut oder böse. Bestimmt will er mich damit verunsichern."

„Hallo Susanne, du hast mich gerufen?" Plötzlich saß der dunkle Engel neben ihr und schaute sie interessiert an.

Susann erschrak. Doch dann fragte sie: „Sandro, kannst du wirklich wieder ein Mensch werden?"

„Oh, hast du endlich genug davon, ein guter Engel zu sein?"

„Ich weiß nicht – eigentlich nicht. Aber du hast auf der Party so eine Andeutung gemacht."

Belustigt drehte er seinen Kopf zur Seite und grinste: „So? Hab ich das? Vielleicht ist es ja möglich. Aber was würdest du dafür tun, liebe Susanne?"

„Was muss man dafür tun?" Susanne war jetzt neugierig geworden. Trotzdem misstraute sie dem bösen Engel und rückte auf dem Dachvorsprung ein wenig zur Seite.

„Ha, hast du etwa Angst vor mir? Du bist lächerlich." Sandro boxte sie hart auf den Arm, aber sie spürte nicht die leiseste Berührung.

„Und? Hast du was gemerkt?" Der böse Engel grinste erneut.

„Nein, natürlich nicht. Ich habe keine Furcht vor dir, aber alles, was mit den dunklen Schatten zu tun hat, ist irgendwie mysteriös. Ich möchte bei den guten Engeln bleiben. Obwohl ..."

„Das ist so unglaublich, Susanne", unterbrach Sandro kopfschüttelnd. „Ausgerechnet du willst zu den guten Engeln. Was waren das für Deals mit den Banken deiner Mandanten? Und was hast du denn vor mit Monika? Sind das ausschließlich gute Gedanken und Wünsche? Strebst du nach Vergebung für deine Feinde oder willst du dich an ihnen rächen – an Monika zum Beispiel?"

„Woher weißt du ...?" Susanne fühlte sich tief getroffen. Vielleicht hatten Gabriel oder Jes sie ebenfalls durchschaut, aber gleichzeitig gehofft, dass dies nur noch ein kleiner Rest menschlicher Gefühle wären?

Sandro hörte ihre Zweifel: „Keine Sorge, ich werde dich sicher nicht verpetzen. Es ist nur gut, wenn du erkennst, wie angenehm es auf der dunklen Seite ist. Immerhin hören die guten Engel ebenfalls deine wahren Gedanken und hätten dich schon längst darauf ansprechen können."

Susannes Fuß in den hellen Sneakers trommelte lautlos auf den harten Zementboden. Natürlich sollte Monika einen Denkzettel bekommen, weil sie Martin verführt hatte. Aber dadurch würde sie selbst dann sicher zu den dunklen Engeln zählen. War ihr eine Vergeltung diesen hohen Preis wert? Und was war mit Martin?

„Das musst du entscheiden, liebe Susanne." Sandro war aufgestanden und blickte suchend um sich. „Pass nur auf, dass deine guten Freunde dich nicht dabei ertappen – deine Absichten entgehen ihnen sicher nicht."

„Aber Sandro", Susanne blickte zu ihm auf. „Es ist ja grundsätzlich nicht schlimm, wenn Martin jetzt mit Monika zusammen sein möchte, solange die Sebastian nicht mit Drogen versorgt. Aber was ist mit Peter? Es ist so kompliziert." Sie machte eine kleine Pause. „Ach, es war alles mein Fehler. Wenn ich doch nur früher Peters Spielsucht bemerkt hätte. Und Monika hat mich als Mensch schon genervt. Ich hätte früher mit ihr reden müssen. Sie war schon immer so unselbstständig und hat an mir geklebt wie eine lästige Klette."

„Susanne! Peter fühlt sich großartig im Spielcasino. Er hofft und spielt und verliert nicht nur den Verstand, sondern auch jede Menge Geld. Was bedeutet das schon? Monika hingegen war so schön neidisch auf dich, aber dafür ist sie doch genug gestraft. Bedenke, sie kann keine Kinder bekommen, und Kurt ist in Wahrheit auch nicht die Person, die er euch allen vorgespielt hat. Freu dich darüber, dass sie leidet. Luzy sagt, sie ist sehr unglücklich."

„Super! In dieses Unglück zieht sie jetzt auch noch Martin und Sebastian?"

„Na wenn schon, aber warten wir es mal ab. Sebastian ist viel zu vernünftig. Gabriel hat dafür gesorgt, dass Sebastian keine Drogen mehr bekommen konnte. Luzy war machtlos, aber die Medikamente waren sowieso nur für seine Freunde, wie du bemerkt hast. Dein Sohn ist dummerweise auf einem viel zu guten Weg. Wir würden ihm gerne etwas mehr Abwechslung bieten. Seine Freunde sind zum Glück nicht so brav."

„Sandro, bitte versprich mir, dass ihr Basti nicht schadet."

„Hui, die Mama beschützt ihren Sohn. Wie lieb von dir. Sag,

was bekomme ich denn als Gegenleistung, wenn wir ihn in Ruhe lassen?"

„Was könnte ich schon für euch tun?"

„Ganz einfach, du solltest endlich auf unsere dunkle Seite kommen und uns unterstützen. Bei den guten Engeln hast du eh nichts verloren."

„Du bist wirklich gemein und böse."

„Wir sind nicht nur gemein, sondern auch berechnend – genauso wie du zu Lebzeiten. Stell dir mal vor, wenn alle guten Engel uns bitten würden, unseren Einfluss auf die schlechten Menschen zu beenden! Kein Neid, keine Lügen, und von Hass und Töten ganz zu schweigen. Die Erde wäre so langweilig wie ein Paradies. Ihr hättet nichts mehr zu tun, euer guter Jes wäre weniger gestresst und alle Menschen wären nur noch lieb und ehrlich zueinander. Was für eine Welt würde so funktionieren?"

„Keine, und die Welt dort unten sicher nicht." Susanne deutete nach unten auf die belebten Straßen.

„Aber natürlich nicht!", lachte Sandro. „Auf keinem Planeten, der mit intelligenten Lebewesen bevölkert ist, würde das klappen. Menschen sind nun mal so geschaffen, dass sie einander bekämpfen – teils, um zu überleben, teils, um mehr Macht ausüben zu können. Wir dunklen Engel sind in Wirklichkeit nicht böse, sondern sorgen nur für ein gewisses Gleichgewicht."

„Soll das vielleicht eine Entschuldigung für euren schlechten Einfluss auf die Menschen sein? Oder möchtest du mich damit überzeugen?"

Sandro schaute auf Susanne herab: „Nein. Ganz sicher nicht. Wir brauchen uns nicht zu entschuldigen und niemand von den bösen Engeln muss irgendetwas verzeihen. Bemühe du dich ruhig weiter um die guten Seelen, früher oder später landen sie sicher bei uns. Wir sind die Seite der menschlichen Gesellschaft, auf der sich jeder wohlfühlt. Erinnerst du dich an die irdischen Märchen von Himmel und Hölle? Zum Himmel ist es ein steiler und anstrengender Weg – zur Hölle rutscht man einfach hinab. Das ist zwar kompletter Blödsinn, da es, wie du jetzt weißt, weder das eine noch das andere gibt. Aber angenehmer ist es sicher, ein dunkler Engel zu sein."

„Vielleicht, Sandro. Ach, ich weiß es nicht."

Susanne war zutiefst verunsichert. In ihrem Leben hatte sie sich stets nach vorne gekämpft, sich zielstrebig aus dem kleinen Kokon ihres Elternhauses befreit und für den beruflichen Erfolg auf vieles verzichtet. Sie war immer ehrgeizig gewesen und wollte stets zu den Besten gehören, aber welchen Nutzen hatte sie davon, jetzt nach ihrem Tod? Hatte Jes ihr nicht gesagt, dass gute und böse Eigenschaften sich in den Menschen vereinen? Was kümmerte es sie, ob Martin glücklich wurde, schließlich konnte sie ihm nicht mehr helfen – oder etwa doch? Machte es überhaupt Sinn, einen Menschen zum Guten zu führen, wenn er das gar nicht wollte? War es denn nicht gut und besser, ihn einfach in den Abgrund rutschen zu lassen? Welche Rolle spielte es überhaupt, ob sie bei den guten, wohlwollenden Engeln blieb oder sich den dunklen Engeln anschloss?

Nein, dachte Susanne. Ich darf diese Ideen nicht zulassen, meine Familie lebt in ihrer Welt und nach ihrem Tod werde ich ihnen begegnen müssen. Monika soll ruhig auf Luzy hören. Ich werde den Menschen helfen, die mir etwas bedeuten, wie Martin und Sebastian oder Peter. Allerdings weiß ich noch nicht, mit welchen Mitteln ich das erreichen kann.

„Na siehst du, dann war unsere kleine Unterhaltung ja doch sehr aufschlussreich. Wir sehen uns bestimmt bald wieder,

Susanne." Sandro verschwand und ließ Susanne alleine auf dem Hochhausdach zurück.

Sie fühlte sich mit einem Mal merkwürdig – wie beschmutzt, so als ob Sandros Worte eine dunkle Stelle in ihr heraufbeschworen hätten. Ein Gefühl, von dem sie überzeugt war, es durch ihren Tod abgelegt zu haben, war wieder zum Leben erweckt. Sandro hatte sie ganz einfach durchschaut, auch wenn sie es nie zugeben würde, war es da.

Susanne lauschte eine Weile den Gedanken der Menschen, die tief unten durch die Straßen hasteten. War es nicht wirklich viel einfacher, egoistisch zu sein, nur auf den eigenen Vorteil bedacht zu sein? Was brachte es den Menschen – was hatte es ihr selbst gebracht –, an die Allgemeinheit zu denken? Ging es nicht allen besser, wenn jeder nur an sein persönliches Wohlergehen dachte? Die Genugtuung, erfolgreich zu sein, hatte ihr als Mensch gefallen. Zudem hatte sie den damit verbundenen finanziellen Vorteil ganz angenehm empfunden, auch wenn dieser nicht immer legal zustande gekommen war. Das erschwindelte Treuhandkonto würde nach ihrem Tod sowieso keiner mehr finden. Aber jetzt, nach all den Fehlern ihres irdischen Lebens, wollte sie im Prinzip bei den guten Engeln bleiben. Gehörte sie denn durch ihren puren Willen zu der guten Seite? Oder klammerte sie sich nur an die Hoffnung, um auf diesem Wege Frieden zu finden? Zwar liebte sie die Menschen, aber war es wirklich, wie Sandro sagte, nicht einfacher, ein dunkler Engel zu sein? Bekanntlich waren die Menschen auch nicht immer nur friedlich miteinander. Wem nutzte es also, ständig bestrebt zu sein, sie wieder auf den rechten Weg zu bringen, wenn dieser Weg doch immer der anstrengendere war?

Susanne fühlte sich unwohl, denn sie merkte, dass sie gerade in eine Richtung driftete, die ihrem Ehrgeiz zutiefst unzuträglich war. Und noch viel schlimmer wäre es, wenn Gabriel oder sogar Jes das merken würden.

„Das haben wir schon gemerkt, Susanne", hörte sie plötzlich Gabriel, der neben ihr erschienen war.

„Alle Engel – oder sagen wir mal viele von uns – hatten anfangs die gleichen Gedanken wie du. Ein paar von denen haben wir so verloren, aber andere Engel, die zunächst bei den dunklen Schatten waren, dazugewonnen. Im Grunde genommen ergeht es uns als Engeln auch nicht viel anders als den Menschen. Einige wandern ab in die dunklen Gedanken und wieder andere bleiben sich treu, weil sie erkannt haben, dass sie nur durch die Liebe zu allen Menschen Zufriedenheit im Leben und Ruhe im Tod finden."

„Gabriel, ich bin so verwirrt. Ich fühle mich zu dem Bösen hingezogen und möchte doch niemanden schaden! Eigentlich schadet es nur mir selbst, da ich hoffte, selbst Ruhe zu finden. Es ist so schön, ein Engel zu sein, so rein und wahr. Trotzdem habe ich Zweifel, denn unsere Aufgabe macht im Grunde keinen Sinn, wenn die Lebenden das Gute ablehnen."

Gabriel schaute sie vorwurfsvoll an:

„Doch, Liebes. Sie möchten unsere Hilfe schon, nur manchmal hindern Egoismus und Sturheit sie daran. Du hörst und verstehst ja jetzt die Gedanken der Menschen, hast du nicht bemerkt, dass es einen ständigen Kampf in ihren Köpfen gibt? Sie wissen genau, was sie tun sollten, manchmal denken sie wenigstens darüber nach, ob ihre Handlungsweise richtig ist, aber dann kommt wieder ein böser Engel und redet ihnen ein, dass alles doch viel einfacher wäre, wenn man sich für den bösen Weg entscheidet."

„Ja, schon. Es gibt eine große Diskrepanz zwischen dem, was die Menschen einander sagen, und dem, was sie denken. Jeder hat eine dunkle Seite, die er bestens zu verbergen sucht. Ich glaube, ich habe genauso mehr oder weniger brav meine Rolle als erfolgreiche Anwältin gespielt. Ich hatte zum Schluss den Eindruck, dass etwas in meinem Leben nicht stimmte – auch mit Martin. Aber statt dagegen anzugehen oder mit meinem Mann zu reden, habe ich mich auf den beruflichen Erfolg gestürzt und mich mit seinen Ergebnissen abgelenkt."

„Manchmal ist es eben so, die Vergangenheit können wir nicht ändern", beruhigte Gabriel sie.

„Ich wüsste nur zu gerne, wer von euch zu meinen Lebzeiten auf mich aufgepasst hat." Susanne blickte nachdenklich zu ihrem Vertrauten.

„Das ist doch jetzt unwichtig – oder?"

„Doch! Bitte! Du weißt es."

Gabriel schwieg einen Moment, ehe er weiterredete. „Luzy war sehr oft bei dir, daher mussten wir uns beeilen und verhindern, dass sie dich an der Unfallstelle empfing. Wir waren allerdings nicht ganz sicher, ob es richtig wäre, dich zu uns zu holen." Er wartete einen Moment auf Susannes Reaktion, bevor er weiterredete: „Du darfst nicht schlecht über Luzy denken. Sie war zu Lebzeiten eine gescheiterte Person, die an einer Überdosis Heroin gestorben ist. Nach ihrem Tod hat sie den Menschen nie verziehen und freut sich über alle, die sie ebenfalls ins Unglück stürzen kann."

„Sie ist ein so böser Engel!"

„Wir müssen Luzy mehr Zeit lassen und ihr helfen, zu uns zu finden. Jes liebt alle Engel, gute und böse gleichermaßen."

„Kein Wunder, dass Jes ständig Stress hat."

„Susanne! Nein! Das ist falsch! Bleib bei uns."

„Ja, ja, schon gut. Dann war Jes' Anweisung, auf Monika aufzupassen, so etwas wie ein Test für mich, nicht wahr?"

„Stimmt. Luzy hat dich als Mensch veranlasst, zu betrügen und egoistisch zu sein. Daher entschied Jes, dich gegen Luzys Einfluss bei Monika einzusetzen. Er beobachtete genau, ob Luzys Saat des Bösen aufgehen würde und welche Gefühle nach deinem Tod sozusagen überlebt haben. Wir wollten erkennen, welcher Engel in dem Mensch Susanne steckt."

„Das wüsste ich selbst gerne. Ich war kein schlechter Mensch, vielleicht hätte ich mich mehr um Martin und Peter kümmern und in der Kanzlei ehrlicher sein müssen", protestierte Susanne schwach.

„Jetzt, wo du die Hintergründe erkennst, weißt du, was richtig gewesen wäre. Das Treuhandkonto, das du verwaltet hast, wird hoffentlich für seinen ursprünglichen Sinn verwendet, aber du bist nie in Monikas und deine alte Wohnung in Bockenheim zurückgekehrt. Du hast einen Menschen einfach abgelegt wie einen alten Schuh. Luzy hatte dir eingeredet, dass du dich um deinen Erfolg und deine Familie kümmern solltest. Das Wohlergehen deiner Freundin war dir vollkommen egal."

„Aber das Konto konnte wirklich niemandem zugeordnet werden. Ich habe die Bank in Monaco mehrmals angeschrieben. Jeder in meiner Lage hätte so gehandelt", protestierte Susanne.

„Nein! Nicht jeder, aber viele. Jetzt bist du hier bei uns und könntest deine Fehler wiedergutmachen. Willst du das überhaupt, Susanne?"

„Ja, schon – vielleicht ... nur wie? Ich kann doch nicht ruhig zusehen, wie Peter ins Spielcasino geht und Martin durch Monika unglücklich wird."

„Nicht tatenlos, nur musst du wie ein Engel handeln."

„Ein guter oder ein böser Engel?"

„Susanne!" Gabriel schien fast verzweifelt. „Luzy hat dein Leben bis zu deinem Unfall beeinflusst, du hast auf keinen einzigen der guten Engel reagiert! Willst du es den bösen Engeln wirklich so leicht machen?"

„Nein ... ach, ich weiß es nicht. Du hast ja recht, aber warum hat keiner von euch auf Monika aufgepasst?"

„Monika war immer in unserer Obhut. Sie war traurig, aber wollte nie etwas Böses, bis Luzy eine Chance sah, Neid auf dich in ihrem Herzen zu säen."

„Dann hat Luzy uns beide zum Negativen beeinflusst und meinen Sohn auch noch mit Drogen vollgestopft. Das soll ich alles verzeihen?"

„Ja, Liebes."

„Das kann doch nicht deine ehrliche Meinung sein – oder?"

„Doch, Susanne, nur Verzeihen bringt dir Ruhe."

„Ich weiß ja noch nicht einmal, wie ich die Probleme lösen soll, die ich sonst noch alle zurückgelassen habe. Langsam verstehe ich, warum die Menschen so große Angst vor dem Tod haben. Nur schade, dass wir für sie unsichtbar sind. Ich glaube, unser Auftreten wäre sehr beruhigend für ihr Lebensende."

Gabriel blickte sie erst an: „Manchmal können sie uns sehen ..."

Susannes Fuß begann sofort wieder einen lautlosen Trommelwirbel auf dem Asphalt.

„Sie können uns doch sehen? Soll das heißen, wir können wieder, wenn auch nur für eine kurze Zeit, zu ihnen zurückkehren? Wie geht das?" Hatte Sandro die Wahrheit gesagt? Susannes Gedanken überschlugen sich fast.

Gabriel hob beide Hände. „Stopp, Susanne. Diesen Wunsch musst du sofort wieder vergessen. Das ist etwas für die allerdunkelsten Engel und nichts für uns. Es soll Engel – falls man sie noch so nennen kann – gegeben haben, die es tatsächlich geschafft haben, die Seele eines Menschen zu töten und in diesem Menschen auf der Erde großen Schaden anzurichten. Es sind grausame Geschehnisse, über die selbst Jes nicht reden mag. Vergiss es und – wenn ich dir einen guten Rat geben darf – frag ihn niemals danach."

Erschrocken ließ Susanne die bedeutungsvollen Erklärungen ihres Freundes verklingen – aber ein kleiner Hoffnungsschimmer blieb in ihr. Gabriel erkannte das sofort.

„Nein, Susanne! Du darfst noch nicht mal daran denken, auch wenn Sandro so etwas behauptet hat."

„Woher weißt du, dass Sandro das getan hat?"

„Vergiss nicht, wir sind immer in deiner Nähe, auch wenn du dich mit den dunklen Kollegen unterhältst."

„Es gab sicher nicht viele Engel, die zurückgekehrt sind, oder?"

„Nein, denn solche Engel haben aus den Menschen Monster gemacht, die das Leid und den Tod vieler Lebewesen verursachten."

„Was ist dann aus ihnen geworden?"

„Na was wohl? Die bösen Engel haben sie nach ihrem erneuten Tod wieder aufgenommen, aber Frieden finden sie niemals. Nur Jes gibt die Hoffnung nie auf, in diesen verzweifelten Seelen noch gute Seiten hervorzurufen."

„Lieber Himmel – oh entschuldige den Ausdruck –, was eine Arbeit für Jes!"

„Ja, Susanne, aber es gibt auch für uns noch eine Menge zu tun. Michael hat Dienst im Krankenhaus und braucht gerade meine Hilfe. Hast du Lust, mich zu begleiten? Sebastian benötigt momentan keine Aufmerksamkeit, er ist okay, wie du weißt."

Susanne überlegte kurz. „Ja, warum eigentlich nicht. Wir begleiten die Sterbenden in den Tod?"

„Ja, Liebes, es ist eine schöne Aufgabe und bringt dich auf andere Ideen."

11. Kapitel

Sekundenbruchteile später standen die beiden Engel in einem Krankenhausflur. Kaltes Licht fiel auf den sterilen PVC-Boden. Menschen mit sorgenvoll gebeugtem Rücken und hängendem Kopf in Straßenkleidung, unsichtbar gefolgt von hellen Engeln. Ärzte in weißen Kitteln huschten vorbei wie Lichtblitze, hoffnungsvolle Blicke folgten ihnen. Unbequeme Stühle und kleine Tische mit alten Zeitschriften standen an den neutralen Wänden. Hinter geschlossenen Türen klingelnde Telefone und wissenschaftliche Geräte, gedämpfte Gespräche. Patienten im Bademantel wurden vorbeigeschoben. Weiß, krank, unheilvoll, flehentliche Gedanken drangen zu Susanne. Warten.

„Was für ein Ort", sagte Susanne.

Gabriel nickte und deutete auf eine geschlossene Tür.

„Komm, da müssen wir hinein."

Michael und zwei weitere Engel standen hinter einem weiß bezogenen Krankenhausbett, in dem ein älterer Herr lag. Die kleinen Leuchten der lebenserhaltenden Maschinen zuckten rhythmisch in dem sonst abgedunkelten Raum und schienen gegen den flackernden Schein einer Kerze auf dem Besuchertisch anzukämpfen.

An beiden Seiten des Betts saßen Angehörige. Ihre verweinten Augen richteten sich immer wieder angstvoll auf die elektronischen Anzeigen der medizinischen Geräte, während sie die knochigen, grauen Hände des alten Mannes behutsam streichelten. Unmerklich standen ihnen helle Engel bei.

Susanne suchte den leeren Blick des Alten.

„Ich will noch nicht sterben", sagte sein müder Geist. „Jetzt werde ich nie mehr meine Enkelkinder sehen. Ich habe solche Angst."

„Du brauchst dich nicht zu fürchten", hörten sie Michael.

„Ich möchte weiterleben– mit meiner Karin und den Kindern. Ich kann sie doch nicht im Stich lassen! Wer kümmert sich dann um sie?"

„Alles ist gut, lass los."

Der alte Mann öffnete plötzlich die Augen und sah verwundert auf die Menschen an seinem Bett.

„Was redet ihr denn da? Was soll ich loslassen?"

Die alte Frau ergriff erneut die Hand ihres Mannes und sagte beruhigend: „Wir haben nichts gesagt! Vielleicht sind das die Medikamente und du fantasierst. Wir sind alle hier bei dir. Wir lieben dich so sehr."

„Nein, ich habe deutlich eine Stimme gehört!"

Wieder fiel der alte Mann in eine Art Dämmerschlaf, sein runzliges Gesicht wurde plötzlich fahl und der Körper erschlaffte.

Michael nickte den anderen Engeln zu.

Die von einem leisen akustischen Signal begleitete unruhige Linie auf dem Monitor wurde ruhig und glatt und still. Eine Ärztin im weißen Kittel stürzte eine Sekunde später in das Zimmer und hielt beim Anblick des Gerätemonitors inne. Vorsichtig ging sie dann auf das Bett zu, schaltete die Überwachungsgeräte aus und wandte sich an die alte Frau: „Frau Kröger, Ihr Mann ist gerade eingeschlafen. Er hatte keine Schmerzen. Wir lassen Sie jetzt eine Weile alleine, damit Sie von ihm Abschied nehmen können."

Die alte Dame schaute ungläubig auf die Ärztin, voller trauriger Zweifel, als ob das Gesagte unwirklich und der schwarze Monitor gleich das nächste Lebenszeichen andeuten würde. Die unabänderliche Tatsache, die sie langsam begriff, lastete schwer auf ihr, mit tränenerfüllten Augen streichelte sie hilflos und immer wieder die erkaltende Hand ihres toten Gatten.

Stille.

„Karin, meine kleine Karin ... ich bin doch hier. Du musst nicht weinen. Ich liege nicht mehr auf dem Bett, sondern fühle mich so leicht und unglaublich gut. Nichts tut mehr weh, ich könnte glatt noch einmal auf die Zugspitze klettern. Aber wo bin ich eigentlich?"

Michael nahm den Engel, der bis eben noch in seinem kranken irdischen Körper gesteckt hatte, etwas zur Seite. „Willkommen, mein Freund. Schön, dass du jetzt bei uns bist, aber hab Geduld, deine Frau versteht dich momentan nicht. Wir bleiben noch einen Augenblick hier, dann kannst du hören, was deine Familie dir bisher noch nicht mitgeteilt hat."

„Was soll das? Wo bin ich überhaupt? Und wer seid ihr denn alle?"

Susanne kam lächelnd dazu: „Es ist wirklich schwer zu Beginn – wir sind Engel. Jetzt bist du einer von uns. Das sind Michael und Gabriel, du wirst es gleich verstehen."

„Bin ich jetzt im Himmel? Aber was passiert denn mit meiner Karin? Ich kann sie doch nicht alleine zurücklassen."

Michael schaute auf die alte Dame am Bett des toten Körpers und dann zu dem Neuankömmling: „Sei beruhigt – sie wird bald wieder bei dir sein."

Gabriel nickte Michael und Susanne aufmunternd zu.
„Gut gemacht, dann lasse ich euch jetzt mal alleine. Michael
kümmert sich um unseren neuen Freund und passt auf, dass er
nicht gleich auf die Zugspitze schwebt."
„Nein, aber auf den Everest", konterte Michael sofort. „Du
kannst dich beruhigt wieder auf deine Wolke zurückziehen."
Gabriel lachte.
„Schön wär's. Ich muss mich um ein paar religiöse Fanatiker
kümmern, die der Auffassung sind, sie könnten mit ihren
abwegigen Ideen und indem sie möglichst viele Menschen töten,
die Welt verbessern."
Gabriel winkte den anwesenden Engeln kurz zu und
verschwand lautlos.
Michael und der neue Engel unterhielten sich unbemerkt von
den Lebenden, als Susanne einen leisen Ruf vernahm. Fragend
blickte sie zu Michael, der ihr aufmunternd zunickte: „Ja, ich habe
es ebenfalls gehört. Geh nur. Du schaffst das auch alleine."

Susanne kannte den Weg und eilte zur Notaufnahme der großen
Klinik. Ärzte in weißen Kitteln und kranke Menschen, die von
hellen Engeln begleitet wurden, strömten durch die Flure. Die
Engel winkten ihr freundlich zu, aber Susanne hatte keine Zeit,
ihren Gedanken zuzuhören, denn sie wusste plötzlich, dass es
wichtiger war, schnell zu dem sterbenden Menschen zu gelangen.
Doch als sie Sekunden später den Operationssaal erreichte,
wünschte sie sich, dass sie diese Aufgabe nicht übernommen
hätte. Am Kopfende der OP-Liege, an der sich mehrere Ärzte um

das Leben eines jungen Mannes bemühten, stand Lucian und sah sie herausfordernd an.

„Oh, die liebe Susanne mit den bösen Absichten ist erschienen. Was willst du denn hier? Mein Freund hatte einen schweren Motorradunfall und kommt jetzt zu uns. Also geh! Du hast hier nichts zu suchen."

Vorsichtig ging Susanne auf die OP-Liege zu. Wieso waren keine anderen Engel anwesend? Lucian funkelte sie böse an: „Weil ich sie auch schon weggeschickt habe. Diese Schwächlinge konnten den Unfall sowieso nicht verhindern. Verschwinde endlich!"

Susanne hätte der Aufforderung am liebsten sofort Folge geleistet, denn was sie erblickte, glich einem blutigen Schlachtfeld, und selbst die grünen Operationstücher konnten die Verletzungen des Jungen nicht ganz verdecken. Fetzen der eilig aufgeschnittenen Motorradkleidung lagen an der Seite und boten einen grausamen Anblick, den Lucian offensichtlich mit großem Behagen genoss.

Vergeblich versuchte Susanne, den betäubten Geist des Jungen zu erreichen. Aber irgendetwas faszinierte sie so sehr an Lucian, dass sie sich nicht von ihm lösen konnte. Obwohl er genau die gleiche Kleidung wie alle Engel trug, ging eine dunkle Boshaftigkeit von ihm aus. Eine unheilvolle, undefinierbare und beängstigende Kraft umgab ihn, verlockend und abstoßend zugleich. Susanne fühlte sich wie gelähmt. Intensiver als bei Sandro, der durch seine lässige Art fast harmlos wirkte, wurde Susanne von dieser Ausstrahlung magisch angezogen. Im Bewusstsein, dieser ungeheuren Macht nichts entgegensetzen zu können, und doch gleichzeitig von einer kindlichen Neugier erfasst, blickte sie wie gebannt auf Lucian.

„Warum?", fragte sie.

Lucian grinste erneut, böse und hintergründig.

„Warum? Ha! Weil alle Menschen eine schlechte Seite haben, auf der sie sich sehr wohl fühlen. Oder was hast du selbst mit deinem Leben gemacht? Bist du wirklich noch immer überzeugt, ein guter Engel zu sein?"

Susanne versuchte ruhig zu bleiben, obwohl sie am liebsten weggelaufen wäre.

„Nein – ich bleibe. Was hat DICH nur so böse gemacht?"

„Pah, was glaubst du, wen du vor dir hast? Ich bin nicht nur böse - ich bin DAS Böse. Meine Macht ist grenzenlos. Du spürst diese Kraft, nicht wahr? Weil selbst in dir ein böser Engel steckt, liebe Susanne."

„Woher willst du wissen, was ich ..."

„Einfach weil ich es so will", unterbrach Lucian. „Diese junge Seele hier bekommen die guten Engel ganz sicher nicht."

Susanne blieb noch immer wie hypnotisiert neben dem OP-Tisch stehen. Sie war unfähig, den Geist des jungen Mannes zu erreichen.

Lucian sah verlangend auf den zerschundenen Körper, der, aufgepumpt durch Blutinfusionen und Medikamente, sich gegen sein offensichtliches Schicksal zu wehren schien.

„Sieh dir nur diesen unschuldigen, jungen Menschen an, sein Geist so vollkommen rein und gut. Was habe ich um diesen Knaben gekämpft, ich habe ihn mit Eitelkeit und Faulheit gelockt, habe ihm Fallen gestellt, die anderen geschadet hätten, habe ihm den Weg für böse Rache bereitet – nichts hat geholfen. Er war so stark, so durch und durch gut, dass es mir einfach unmöglich schien, ihn länger unter den Lebenden zu lassen. Noch nicht mal auf mein Freundschaftsangebot ist er eingegangen!"

„Freundschaft?" Dieser Gedanke weckte Susanne aus ihrer Schockstarre. „Wie konnte er dich sehen?"

„Oje, ihr guten Engel seid doch alle ein wenig blöde. Ja natürlich konnte er mich sehen und mit mir reden! Ich bin zurückgekehrt zu den Menschen und habe diesen Jungen hier mehrfach getroffen. Wir haben ein paar Bierchen zusammen getrunken und ich habe ihn überredet, mit mir zu gehen. Was glaubst du, wie er reagiert hat? Er ist so unglaublich dumm, dass er selbst das viele Geld abgelehnt hat, das er mit ein paar kleinen Lügen verdient hätte."

„Aber wie war das möglich? Ich meine, er ist doch noch viel zu jung ...“

„... jung und unschuldig. Aber eigentlich alt genug, um auch gemein und niederträchtig zu sein. Doch nichts von allen bösen Dingen konnte ihn locken. Er war einfach zu brav, daher muss er jetzt sterben."

„Lucian, wenn du alles versucht hast und dieser junge Mensch den bösen Seiten bisher so sehr widerstehen konnte, dann lass ihn doch auch als Engel zu den Guten."

„Niemals! Er gehört mir. Als böser Engel wird er ganz allein mir gehorchen."

„Bitte, sieh doch in sein schönes Gesicht, das durch den Helm verschont geblieben ist. Er ist so alt wie mein Sohn."

„Sebastian?" Lucian lachte wieder böse auf. „Aber sicher, sehr gerne. Wenn du mir die Seele deines Sohnes überlässt, gebe ich diesen Jungen frei und hole Bastian."

Susanne wich erschrocken zurück. „Nein, nein! Niemals! Versprich mir, dass ihr meinen Sohn und Martin in Frieden lasst."

„Ha, die liebe Susanne macht Unterschiede zwischen den

Menschen! Glaubst du wirklich, dass ich dir irgendetwas verspreche? Was ist denn mit deiner Freundin Monika, die darf ich aber holen, wenn ich möchte – ja?"

Was habe ich nur getan, dachte Susanne. Verhandele ich gerade mit einem bösen Engel über das Schicksal von Lebenden?

„Ja, mein Unschuldslamm, das tust du gerade und ich bin gewillt, auf deinen Vorschlag einzugehen. Sebastian und Martin gegen den Jungen hier."

Plötzlich kam Lucian ganz nahe an Susanne heran: „Und dich bekomme ich auch noch dazu. Du warst als Mensch auf der bösen Seite und bist es als Engel genauso, auch wenn du es noch immer nicht wahrhaben willst."

„Nein, das darf nicht geschehen! Selbst wenn du der Herr aller bösen Engel bist, du wirst keine Macht über meinen Sohn oder Martin oder mich bekommen."

Lucian trat gelangweilt zurück. „Warten wir es ab! Ich bekomme alles, was ich will, das wirst du auch noch erkennen und dich freuen, bei den dunklen Engeln zu sein – aber vorläufig genügt mir der Junge hier."

Wieder blickte Susanne ängstlich auf den dämonisch grinsenden Engel, dessen Anziehungskraft sie unwiderstehlich gefangen hielt. Wie sollte sie sich verhalten? Sollte sie Gabriel oder Michael zu Hilfe rufen? Dann würden die beiden sofort merken, dass sie selbst schon fast gewillt war, den Jungen auf die dunkle Seite zu lassen. Schließlich wollte sie Sebastian und Martin nicht in Gefahr bringen. Jes würde bestimmt ziemlich ärgerlich sein.

„Mach dir keine Sorgen, die guten Kollegen werden das nie erfahren. Es bleibt unser Geheimnis", unterbrach Lucian ihre Gedanken. „Ich kann diese Situation so abändern, als ob du zu spät gekommen wärst und diese gute Seele hier den Körper bereits verlassen hätte."

„Du kannst Dinge ungeschehen machen?" Susanne war jetzt vollkommen verwirrt.

„Ja, natürlich kann ich das. Es gibt nichts, was ich nicht erreichen kann, dummes Schäfchen. Wenn ich wollte, könnte ich sogar den Jungen weiterleben lassen."

Die hinter grünen Atemmasken verborgenen Mienen der Ärzte wurden zusehends hoffnungsloser, während sie weiter versuchten, die inneren Blutungen des jungen Mannes zu stillen und die zahlreichen Verletzungen zu behandeln. Nur die Geräte hielten den jungen Körper am Leben.

„Lucian, dann lass ihn doch bitte weiterleben! Er ist jung und seine Familie wird zerstört, wenn er stirbt! Sieh doch, sein Geist möchte sich nicht lösen." Susanne ergriff fast flehentlich Lucians Hand.

„Nur gegen Bastian und Martin. Ich könnte mir vorstellen, dass die beiden bald bei einem Autounfall sterben – so wie du. Dann hätte ich euch alle bei mir, äh, bei den bösen Engeln."

„Das darfst du nicht tun!"

„Ha, hast du es noch immer nicht kapiert? Ich darf alles! Aber jetzt ist Schluss! Dieser Junge hier gehört mir und wird jetzt zu uns kommen." Entschlossen ging Lucian zu der OP-Liege. In diesem Augenblick ging ein Ruck durch den jungen Körper, sein Herz fing an zu rasen, bevor es ein paar Sekunden später gänzlich aufhörte zu schlagen. Hektisch eingeleitete Wiederbelebungsversuche scheiterten und einer der Ärzte schüttelte den Kopf. „Wir haben ihn verloren. Lasst es gut sein, Kollegen. Schade um den Jungen." Er deckte das Gesicht des Toten mit dem grünen Tuch zu und schaltete die Geräte ab.

„Komm", sprach Lucian.

Stille.

„Hey Alter, war das ein Ride! Ich glaub, ich träume noch immer. Freunde, wer ist denn das dort?" Ein junger Engel stand plötzlich neben Lucian und schaute verblüfft in die Runde. Susanne kannte den Blick und sie hätte am liebsten geantwortet, aber Lucian gebot ihr mit einem einzigen Blick, zu schweigen.

„Du bist dort angekommen, wo du dich sicher sehr wohl fühlen wirst. Wir sind Engel und begleiten dich jetzt."

„Mann, bist du zugedröhnt. Wen habt ihr denn dort versteckt?" Der junge Engel deutete auf die OP-Liege.

„Ich bin Lucian und beobachte dich schon seit einiger Zeit. Unter den Tüchern ist dein toter Körper, den du soeben verlassen hast. Du hattest einen schweren Unfall mit dem Motorrad, und die Ärzte konnten dir leider nicht mehr helfen."

„Okay, ich bin der Benedikt, aber du kannst Bene zu mir sagen. Ich muss meiner Mum sagen, dass es mir gut geht. Kann ich denn wenigstens telefonieren?"

Susanne konnte nicht länger still zusehen: „Das geht nicht mehr, aber du kannst sicher später zu deiner Familie."

Benedikt blickte sie mit sanften Augen überrascht an.

„Du siehst irgendwie anders aus. Ich frage mich, ob ihr beide wirkliche Engel seid oder ob mir gleich so ein Scherzkeks mitteilt, dass alles nur ein Spaß ist."

„Es ist so, dein irdischer Körper ist tot. Du musst aber wissen, dass nicht alle Engel lieb und gut sind."

„Momentan weiß ich gar nichts, aber es fühlt sich alles leicht und unheimlich gut an."

Lucian funkelte Susanne wütend an und kam näher. „Na perfekt, dann wollen wir nach der ganzen Aufregung mal sehen, was du jetzt alles anstellen kannst." Sein Blick bedeutete Susanne, dass ihre Anwesenheit sehr unerwünscht war. Susanne spürte, dass der junge Engel den Unterschied zwischen Lucian und ihr offensichtlich schon erkannte. Um niemanden zu gefährden, hielt sie jedoch weitere Gedanken zurück.

Eine Weile beobachtete Benedikt interessiert die Ärzte. „Das ist echt verrückt, dort liegt mein kaputter Körper und ich stehe hier putzmunter neben neuen Freunden, die behaupten, Engel zu sein. Ich muss zu meiner Familie, können die mich überhaupt sehen oder verstehen?"

Lucian schüttelte energisch den Kopf. „Du musst jetzt gar nichts. Die Ärzte informieren deine Familie und hören können sie dich im Augenblick sicher nicht. Wir machen uns einfach eine gute Zeit. Susanne würde uns sicher gerne begleiten. Aber vielleicht hat sie noch etwas anderes vor?"

Susanne ließ sich nicht so einfach wegschicken. „Nein, ich würde gerne hier bei Benedikt bleiben."

„Aber gerne, dann können wir gemeinsam Basti und Martin abholen", sagte Lucian mit drohenden Unterton.

„Niemals!" Susanne blickte hilfesuchend auf Benedikt. „Es tut mir leid für dich. Es ist nicht so einfach, wie du denkst."

„Was um Himmels willen ist nicht einfach? Und wer sind Basti und Martin? Kann mich bitte mal einer aufklären?"

„Ich weiß nicht, wie ich dir das erklären soll ...", begann Susanne.

„Basti und Martin sind Susannes Freunde, die wir nach ihrem Tod jetzt gleich abholen werden", unterbrach Lucian. „Susanne, du möchtest das bestimmt verhindern – oder soll ich sie holen?"

„Nein!"

„Moment mal." Benedikt stellt sich zwischen Susanne und Lucian. „Zwischen euch beiden stimmt etwas nicht. Mein bescheidenes Problem ist, meine Familie wird momentan sehr traurig sein und braucht irgendeine Hilfe. Anstelle hier zu streiten, könnte doch einer von euch sie trösten und der andere mir erklären, wie es mit mir weitergeht."

„Susanne wird deine Eltern besuchen." Lucian schien außer sich vor Wut zu sein, dass jemand es wagte, seiner Macht Widerstand zu leisten.

„Ja, Susanne? Machst du das für mich?"

Traurig erkannte Susanne, dass diese Situation sich vollkommen gegen ihre Interessen entwickelte. „Natürlich, Benedikt. Ich werde schauen, ob ich die Engel deiner Eltern finden kann. Und wir treffen uns bestimmt wieder, wenn du genug von Lucian hast."

Der junge Engel schaute verblüfft zunächst auf Susanne, dann zu Lucian.

„Ist ja echt super, wie zwei Menschen, die sich nicht ausstehen können."

„Ach, das bildest du dir nur ein, es ist ein falscher Eindruck. Wir Engel verstehen uns alle sehr gut, und auch die liebe Susanne hatte möglicherweise nur eine schwierige Entscheidung zu treffen. Sie weiß aber, was sie tun muss."

„Was sind denn unsere Aufgaben als Engel?"

„Das erzähle ich dir in Ruhe. Jetzt komm endlich." Lucians Gedanken klangen beruhigend und verlockend gut.

„Warte mal. Ich hatte früher eine Brille, wo ist die jetzt?"

„Die brauchst du hier nicht mehr, mein Freund."

„Ach so, das habe ich vergessen. Kaputter Körper und Augen, die auch ohne Brille klar sehen. Wieso kann ich dich überhaupt sehen?"

Lucian ging schon vor in den Flur: „Das erkläre ich dir auch. Komm, ich stelle dich ein paar netten Freunden vor. Du wirst sie mögen und wir werden alle viel Spaß mit den Menschen haben."

Benedikt blieb plötzlich stehen. „Ich habe gerade den Eindruck, dass es nicht richtig ist, dir zu folgen." Unschlüssig blickte er zurück. „Lucian, was du sagst, klingt wirklich verlockend, aber ich spüre, dass noch etwas anderes in dir steckt. Ich kann es nicht beschreiben – noch nicht, aber es macht mir Angst."

„Du bist als Engel genauso schwer zu überzeugen, wie du es als Mensch warst. Ich allein sage dir, was richtig ist."

„Schon gut, wovon willst du mich denn überzeugen?"

„Warte ab, du wirst gleich erkennen, wie schön es ist, ein Engel zu sein."

„Ein Engel wie du oder einer wie Susanne? Es gibt Unterschiede zwischen euch beiden, das habe ich gemerkt."

„Benedikt, es reicht jetzt. Ich habe keine Lust auf deine Fragerei. Komm."

Susanne, die im Flur des Krankenhauses geblieben war, hatte die Unterhaltung der beiden aufmerksam verfolgt. Benedikt erinnerte sie so sehr an ihren Sohn und sie beschloss, den jungen Engel so bald wie möglich aufzusuchen. Lucian durfte ihn nicht für seine dunklen Freunde gewinnen.

12. Kapitel

Von Zweifeln getrieben streifte Susanne durch die Stadt. Sie wanderte ziellos durch bekannte Straßen und vorbei an anderen, hell gekleideten Engeln, die sie freundlich begrüßten. Aber sie fühlte sich fremd und ging ihnen beschämt aus dem Weg. So als ob die Begegnung mit Lucian einen dunklen Schleier über sie geworfen hätte, suchte sie nach einer Möglichkeit, diesen wieder abzuschütteln. Am liebsten hätte sie sich versteckt, um nicht mehr von den guten Engeln erkannt zu werden. Nagende Skrupel breitete sich in ihr aus und sie wusste, dass sie dies vor ihren Freunden nicht verheimlichen konnte. Sie wünschte sich an einen Ort, wo sie unerkannt von anderen Engeln in Ruhe nachdenken konnte. Einen Ort, an den sie sich auch früher als Mensch gerne in schwierigen Situationen zurückgezogen hatte. Sekundenbruchteile später stand sie im Flur der alten Kanzlei, ihrer ehemaligen Arbeitsstätte.

Es war offensichtlich gerade Mittagszeit, denn die Zimmer der Assessoren waren leer und durch die geöffneten Türen erkannte sie die vertraute Umgebung der alten Aktenschränke. Die Gemälde an den holzgetäfelten Wänden und jede Teppichfranse erinnerten sie an ihr irdisches Dasein. Einen Moment kam es ihr so vor, als ob sie noch ein Mensch auf dem Weg zu einem Kollegen wäre, um sich mit ihm über einen Mandanten auszutauschen. Fast glaubte sie, noch einmal den Duft von Papier und Parfums der menschlichen Kollegen zu erschnuppern. Aber dann erkannte sie wieder, dass ihre Füße in den hellen Sneakers keine Spuren auf dem Teppich verursachten und auch ihre

Erscheinung keinen Schatten im Licht der angeschalteten Wandlampen hinterließ – sie blieb unsichtbar für alles Irdische. Froh darüber, keinem Engel zu begegnen, lauschte sie einen Augenblick in die Stille, bis ein äußerst beunruhigender Gedanke sie erreichte. Aus dem Büro ihres menschlichen Ersatzvaters Peter Unger drangen leise Stimmen, denen sie sofort folgen musste.

An dem riesigen, mit schönen Holzornamenten geschnitzten Schreibtisch saß ihr ehemaliger Vorgesetzter und Partner der bekannten Frankfurter Kanzlei. Den Kopf mit den kurzen weißen Haaren auf eine Hand gestützt, war er offenbar sehr in die vor ihm ausgebreiteten Unterlagen vertieft. Die dunkelblauen Augen auf das Schriftstück fokussiert, war seine silberne Lesebrille fast auf die Nasenspitze gerutscht und sein grauer Schnauzbart zitterte, während er Worte in den Dokumenten artikulierte. Betrübt registrierte Susanne die tiefen Sorgenfalten auf der gebräunten Stirn ihres Freundes.

„Peter ist alt geworden – und wird sicher bald zu uns kommen", hörte sie plötzlich eine vertraute Stimme. Erschrocken bemerkte Susanne, dass Martins Vater Friedrich ebenfalls anwesend war, der, für die Menschen genauso unsichtbar wie Susanne, es sich auf einem gemütlichen Ledersofa in der Gesprächsecke des Büros bequem gemacht hatte.

„Friedrich, bitte entschuldige, ich habe dich gar nicht bemerkt. Ich hatte einen blöden Tag und bin eigentlich hergekommen, um etwas Ruhe zu finden."

„Ich weiß, du hast Lucian getroffen und konntest seiner Macht nicht widerstehen. Mach dir keine Sorgen, das geht uns allen so. Deshalb bist du nicht gleich ein dunkler Engel geworden, wenn ich das richtig sehe, oder?"

„Nein ... ich hoffe nicht, äh, ich weiß es nicht", entgegnete Susanne unsicher.

„Du wirst mit der Zeit erkennen, was richtig ist, und danach handeln. Die Entscheidung, deine Familie zu beschützen, macht noch keinen bösen Engel aus dir und wird bestimmt schnell vergessen. Es sei denn, du fühlst dich wohler bei den anderen, Susanne. Das würde ich sehr bedauern." Friedrichs Blick ruhte eine kurze Weile prüfend auf Susanne, bevor er weiterredete.

„Ich glaube, im Augenblick sollten wir uns um meinen alten Schützling Peter größere Sorgen machen. Der steckt richtig in der Klemme."

Vorsichtig sagte Susanne: „Ich weiß, er wettet und spielt gerne, aber ist es denn so tragisch? Oder hat er etwas in meinem alten Schreibtisch entdeckt?"

„Nein, er hat deine Unterschlagungen noch nicht entdeckt, aber Peters Probleme sind größer, als du denkst. Komm, setz dich zu mir, wir hören seinen Gedanken zu und versuchen ihm zu helfen."

Peter Unger drückte die Taste mit der Ziffer 1 seiner Telefonanlage, worauf seine Assistentin sich sofort meldete.

„Frau Wiemer, ich habe ein paar dringende persönliche Telefonate zu erledigen und den Albert-Gesellschaftsvertrag auf dem Schreibtisch. Könnten Sie bitte dafür sorgen, dass ich in den nächsten Stunden nicht gestört werde? Kann auch etwas länger dauern. Falls die Kollegen irgendwelche Fragen haben, sollen sie sich bitte an Herrn Herborn wenden. Ach ja, und bringen Sie mir bitte noch einen Kaffee und eine Flasche Wasser aus dem Kühlschrank. Danke."

Als die langjährige Assistentin kurze Zeit später mit den Getränken in sein Büro kam, befand sich auf dem Silbertablett zusätzlich noch eine kleine Schale mit selbst gebackenen Keksen. Aber der alte Anwalt war so in die umfangreiche Vertragsdokumentation vertieft, dass er ihr Erscheinen nicht mehr bemerken wollte. Frau Wiemer schloss daher leise und wortlos die Tür, sie kannte ihren Chef schon seit 25 Jahren und wusste, dass er jegliche Unterbrechung verabscheute.

Erst nach einer ganzen Weile bemerkte Peter, dass er denselben Paragrafen des Vertragsentwurfes gerade zum dritten Mal durchlas, ohne die Formulierungen überhaupt zur Kenntnis zu nehmen. Seine Gedanken waren längst nicht mehr in der Kanzlei. Er setzte die Lesebrille ab, rieb sich die Augen und blickte trübsinnig auf das große Foto seiner Frau, das er direkt neben einer ausdrucksvollen Bronzenymphe auf seinem Schreibtisch gestellt hatte.

Helga lächelte ihm mit ihrer bezaubernden, liebevollen Unbeschwertheit zu. Seit fast vierzig Jahren waren sie verheiratet – und trotz seiner gelegentlichen Liebschaften hatte er nie wirklich daran gedacht, sie zu verlassen. Er brauchte sie und das Gefühl, in sein gemütliches Zuhause zurückkehren zu können. Helga war jahrzehntelang sein Ruhepol gewesen, wenn er sich über Mandanten geärgert oder gerade eine anstrengende Nacht mit einer anderen Frau verbracht hatte. Sie hatte nie gefragt, warum er so spät oder woher er frühmorgens nach Hause gekommen war, sondern immer kompromisslos zu ihm gestanden. Nein, er konnte sie nicht enttäuschen – aber irgendwann musste er ihr die Wahrheit beichten.

Sie würden das schöne Haus noch in diesem Jahr verkaufen müssen. Egal wie er versuchte, das drohende Unglück abzuwenden, unter dem Strich waren sie, nein war er pleite, und die Rückzahltermine der zahlreichen geborgten Gelder rückten immer näher. Er hatte ihr gesamtes Vermögen verspielt und außerdem Kredite bei allen möglichen, zum Teil unseriösen Quellen aufgenommen. Helga wird mir das nie verzeihen, dachte er, und die Angst vor der Ungewissheit seiner – ihrer Zukunft raubte ihm fast den Atem.

„Ja, da hast du dir ein riesiges Problem geschaffen, du bist der größte Idiot, der auf der Erde herumläuft, aber Helga wird dir vergeben. Verdient hast du es allerdings nicht."

Friedrich redete beruhigend auf seinen Freund ein, während Susanne nur erschrocken zuhörte.

Vielleicht sollte ich mich erschießen, dachte Peter.

„Prima Idee, und wer zahlt dann deine Schulden zurück?" Friedrich wirkte verärgert. „Dann hab ich dich gleich wieder an der Backe, weil du dann zu uns Engeln kommst. Nein, du stirbst so schnell nicht, sondern regelst zunächst deine finanziellen Probleme."

Peter blätterte mit zittrigen Fingern in seinem Notizbuch nach persönlichen Kontakten, bei denen er noch kein Geld geborgt hatte, und wählte eine Nummer auf seinem Handy.

„Martin, hier ist Peter. Ich wollte mich mal kurz melden. Hast du Zeit oder störe ich gerade?"

In diesem Augenblick sprang Susanne auf, und wenn sie kein Engel gewesen wäre, hätte sie dabei eine Stehlampe umgerissen. „Nein! Ist Peter denn total verrückt? Er kann doch nicht Martin anpumpen!"

Friedrich beruhigte sie: „Setz dich. Du kannst es nicht

verhindern, und es wird auch nicht so geschehen, außerdem, was bedeutet Geld schon?"

Widerwillig ließ Susanne sich in den Sessel sinken.

Peter telefonierte unbeeindruckt weiter: „Schön, dass du dich mit Monika verabreden willst. Dann könnt ihr über alles reden ... wird sicher nicht einfach für Kurt. Martin, wenn du nächste Woche Zeit hättest, würde ich kurz zu dir rübergekommen. Ich habe eine kleine Bitte an dich, nichts Großes, aber vielleicht kannst du mir helfen. Mach dir keine Sorgen, das läuft nicht weg. Wir reden mal in den nächsten Tagen. Tschüs, mein Sohn."

„Es ist mein Sohn und dein Pflegesohn, du Trottel", protestierte Friedrich.

Martin kann mir momentan auch nicht helfen, dachte Peter. Ich muss kurzfristig eine große Summe beschaffen und das gelingt mir höchstens an einem Ort. Insgeheim überschlug er die Summe des Bargelds in seiner Börse und dem Geheimdepot, einem versteckten Schreibtischfach.

„Das reicht vielleicht für ein paar Runden Black Jack, also lass es lieber. Kauf Helga einen Strauß Blumen und fahr nach Hause." Friedrich blickte missbilligend auf seinen menschlichen Schützling.

Jedoch als ob der Anblick von Geldscheinen ihn elektrisieren würde, ging ein Ruck durch Peter. Er schob seinen Schreibtischsessel zurück und packte mehrere Stapel der Geldscheine in seine Hosentasche. Vor der geöffneten Tür des Wandschranks blieb er stehen und schaute prüfend in den kleinen Spiegel.

„Heute ist ein guter Tag, um reich zu werden." Plötzlich war er erfüllt von einem Optimismus, der seine Kraft eher aus der Hoffnung statt aus realistischer Einschätzung schöpfte, und sagte laut zu seinem Spiegelbild: „Ich weiß, das Glück ist heute auf meiner Seite, es muss einfach klappen. Ich kann Helga nicht enttäuschen." Peter bürstete sein weißes Haar und den Schnauzer sorgfältig und richtete seine Krawatte. Entschlossen schob er die schwarze Gerichtsrobe im Schrank zur Seite, ergriff seine dunkelblaue Anzugjacke und klappte schnell noch die Aktenordner auf seinem Schreibtisch wieder zu.

„Peter! Du solltest dich wieder hinsetzen und diesen Vertrag bearbeiten. Damit verdienst du dein Geld und nicht mit Spielen. Du hast schon Spielverbot in Bad Homburg, also bleib gefälligst hier." Friedrich klang verzweifelt.

Aber der alte Anwalt war schon durch den Flur gehetzt und stand im Zimmer seiner Assistentin.

„Frau Wiemer, ich muss kurzfristig noch zu einem Mandanten und zur Weinhochschule nach Geisenheim. Könnten Sie bitte veranlassen, dass der Kollege Herborn sich den Vertrag Albert ebenfalls anschaut? Ich rede mit ihm morgen darüber. Er soll schon mal einen Entwurf vorbereiten."

Seine Assistentin nickte verständnisvoll und Peter war schon fast wieder im Flur, als er sich nochmals an sie wandte: „Ach, Frau Wiemer, noch etwas Dummes ... ich habe mein Portemonnaie zu Hause vergessen und muss vor dem Weg noch tanken. Können Sie mir hundert Euro vorstrecken? Nehmen Sie sich das Geld wieder aus der Kaffeekasse, ich regele das morgen."

Kaum hatte Peter den Schein von der erstaunten Dame erhalten, eilte er, gefolgt von Friedrich und Susanne, zur Tür heraus.

Auf dem Parkplatz der Kanzlei wartete Sandro, lässig an Peters alten Mercedes gelehnt. Seine Erscheinung wirkte agressiv und sein Blick war fragend auf Susanne gerichtet.

„Na, ihr beiden Super-Engel, müsst ihr jetzt schon zu zweit auf Peter aufpassen? Keine Angst, ich werde ihm nicht schaden."

Friedrich sagte genervt: „Du hast mir gerade noch gefehlt. Ihr habt ihn doch in den ganzen Schlamassel reingezogen."

„Ho, ho, ho! Das, was du als Schlamassel bezeichnest, hat doch schon zu eurer Studienzeit angefangen. Wer wollte denn immer mit ihm wetten, als ihr noch in Bad Homburg zur Schule gegangen seid? Das war wohl kaum mein Verschulden. Du hast ihn ständig ermuntert, Wetten abzuschließen, und bist das erste Mal in Bad Homburg mit ihm in die Spielbank gegangen. Stimmt's?" Sandro schaute auf Susanne, um ihre Reaktion auf seine Worte festzustellen.

Susanne war verwirrt. „Friedrich, du warst doch so krank", begann sie. „Gibt es vielleicht noch etwas, wovon ich nichts weiß?"

Sandro kam auf sie zu: „Vielleicht waren einige gute Engel zu Lebzeiten ja böse Menschen oder auch umgekehrt – wer weiß das schon? Dabei fällt mir ein, ich soll dich von Benedikt grüßen. Erinnerst du dich? Der Junge, der nach einem Motorradunfall von Lucian geholt wurde. Lieber Kerl, er passt nicht so wirklich zu uns, aber Lucian ist verrückt nach ihm. Sogar seinen Namen wollte er unbedingt behalten, obwohl Lucian darüber sehr ungehalten ist. Benedikt, ‚der Gesegnete', bei den bösen Engeln! Ziemlich paradox – findest du nicht?"

Doch Susanne konnte nicht mehr antworten, da in diesem Augenblick Peters Mercedes startete.

Sandro verschwand. „Wir sehen uns."

Peter lenkte seinen Wagen durch den nachmittäglichen Berufsverkehr aus der Stadt heraus in Richtung Wiesbadener Autobahn. Die sanften Erhebungen des Taunus flogen vorbei, als er erregt die Radiosender durchsuchte und mitten im dritten Satz von Mozarts Prager Symphonie hängen blieb. Die Violinentöne des Finale presto stürmten aus den Lautsprechern. Jedes äußere Geräusch unterbindend, steigerten sie Peters nervöse Vorfreude mit jeder Note zu einer betäubenden, blinden Glückseligkeit.

Die kleinen Vororte Wallau und Hochheim zurücklassend, hatte Peter keinen Blick mehr für die nahen Weinberge. Sein Interesse war nur auf ein Ziel ausgerichtet, und als er den Wagen im Parkhaus abstellte, fröstelte er trotz seiner Anzugjacke. Peter kannte das Gefühl und wusste, dass dieser Schauder von einer ruhigen Konzentration abgelöst werden würde, sobald er am Spieltisch Platz genommen hätte. Im Fahrstuhl zeigte sein Spiegelbild einen elegant aussehenden Herrn. Eine sportlich schlanke Erscheinung, perfekt gekleidet.

Mein Alter sieht man mir jedenfalls nicht an, dachte Peter und ging mit schnellen Schritten durch den Empfang zur Kasse, um Jetons zu kaufen.

Einer der Saalchefs kam sofort auf ihn zu: „Hallo Herr Unger, wir freuen uns, Sie wieder einmal bei uns begrüßen zu dürfen. Debian, einer der *Floormen*, kann die Jetons für Sie besorgen. Was möchten Sie denn heute bei uns unternehmen?"

„Ich denke, zunächst fange ich mit einer Box Black Jack an. Reservieren Sie mir bitte anschließend einen Platz am Poker-Tisch X, aber erst so in einer Stunde. Das wäre nett. Danke."

Obwohl es kaum eine Minute gedauert hatte, bis Debian mit einem Stapel Jetons zurückkam, erschien Peter das Warten wie eine Ewigkeit. Ohne hinzusehen, überprüfte er die Chips, die sich so angenehm in seine Hand schmiegten.

Da war es wieder, dieses vertraute, weiche Kribbeln eines bevorstehenden Gewinns. Eine verlockende, erregende Anspannung, die er jedes Mal auf dem Weg zu einem Spieltisch verspürte. Debian geleitete ihn zu einem der Black-Jack-Tische und stellte ein Glas Wasser mit Limettenscheiben an seine Seite. Ruhig legte Peter einen 20-Euro-Jeton in die Box.

„Nichts geht mehr", hörte er die Worte des Croupiers, der die Karten des Initial Deals vor den Boxen der Spieler platzierte. Die Augen hinter der silbernen Brille halb geschlossen, registrierte Peter mit Genugtuung die schwarze Zahl 10 auf der vor ihm liegenden Karte. Es ist mein Tag!, dachte Peter und beantwortete die Frage des Croupiers „Card?" mit einem leisen „Double", wobei er noch einen weiteren Jeton hinzufügte. Nach einer schier unerträglichen Wartezeit schob der Croupier die zweite Karte vor Peters Box – eine 5. Routiniert verkündete er: „Der Spieler hat 15, die Bank hat 18 – der Spieler hat verloren", und sammelte die Jetons vor Peter ein.

Ich muss Geduld haben, der Abend hat gerade erst angefangen, versuchte Peter seine Nervosität und die immer größer werdende Begierde zu beruhigen und trank einen Schluck Wasser. Es musste klappen – er musste einfach gewinnen.

Susanne, die ihrem Schützling gefolgt war, beobachtete sorgenvoll das Geschehen an den Spieltischen. Helle Engel standen hinter den größtenteils in Bürokleidung anwesenden Menschen und hörten auf die erwartungsvollen, freudigen, teilweise auch verzweifelten Gedanken.

„Geduld ist gut und das Geld für deine Schulden noch besser. Du gewinnst das heute." Sandro, der sich wieder hinzugeschlichen hatte, redete auf den alten Anwalt ein.

„Nein! Dein Einfluss bringt ihn nur noch weiter an den Abgrund." Susanne schaute Sandro wütend an und redete auf Peter ein: „Komm, lass es sein. Du kannst hier nur verlieren. Fahre heim zu Helga, das wäre richtig."

„Oh, du gönnst deinem Ersatzpapa wirklich kein einziges Vergnügen. Und: Wo soll er denn das viele Geld hernehmen, um seine Kredite zurückzuzahlen?"

„Das weiß ich nicht, aber es wird sich bestimmt eine Lösung finden. Hier ist sie jedenfalls nicht."

Aber der böse Engel konnte ihre Antwort schon nicht mehr hören, denn seine Aufmerksamkeit galt plötzlich einer Person am Roulette-Tisch. Sein Blick wurde angezogen von einer umwerfend attraktiven Frau, die soeben am Ende des Tisches Platz genommen hatte. Ein rotes, enges Kleid betonte ihre makellose Figur und eine blonde, lange Haarmähne fiel bis über ihre gebräunten Schultern. Die schlanken Beine in roten High Heels lasziv übereinandergeschlagen, saß sie zurückgelehnt auf dem Polsterstuhl und verfolgte interessiert den Verlauf des Spiels. Von Zeit zu Zeit nippte sie an einem Glas Rotwein, wobei ihre fast schwarzen Augen ständig auf den Roulettekessel gerichtet waren.

Eine ganze Weile setzte sie nur kleine Jetons auf Rouge oder Noir, Pair oder Impair, dann schob sie dem Croupier einen 100-Euro-Jeton zu mit der Aufforderung „Carré 23–27".

„Rien ne va plus", verkündete der Angestellte und brachte die Kugel im Roulette in Schwung.

Sandro stand hinter der Dame, sein Blick war verlangend auf ihr tiefes Dekolleté gerichtet. Er schnippte leicht mit dem Finger, worauf die kleine weiße Elfenbeinkugel in der Zahl 27 des Roulettekessels hängen blieb.

Susanne kam dazu und beobachtete verwirrt das Geschehen: „Das geht doch nicht! Sandro, wie machst du das? Engel können doch nicht ...“

Sandro lachte: „Natürlich können wir – nur du leider nicht. Lucian sagte dir doch, dass wir sehr viele Fähigkeiten besitzen, von denen die guten Engel keine Ahnung haben.“

„Dann könntest du also auch Peter helfen?“

„Könnte ich, wenn ich wollte, aber was bekomme ich dafür von dir?“

„Was bekommst du von diesem Menschen hier?“ Susanne deutete auf die Dame im roten Kleid.

„Ach Susanne. Claire ist nicht nur teuflisch schön, sie liebt das Leben und besonders das Vergnügen. Dein alter Freund Peter hat dieses wundervolle Geschöpf bestimmt ebenfalls schon entdeckt.“

Peter musste den Wert der verbliebenen Jetons nicht überschlagen, er wusste, ohne nachzudenken, dass bereits fast ein Drittel seines Bargeldbesitzes verspielt war. Fieberhaft überlegte er, welche Kreditkarten er noch einsetzen könnte, um weitere Chips zu kaufen. Je mehr sein Geld im Spielverlauf zur Neige ging, desto dringender wurde sein Verlangen, noch mehr und noch größere Beträge einzusetzen. Ein verlockendes Martyrium mit ungewissem Ende hielt ihn gefangen.

Nach einigen erfolglosen Runden Black Jack war er zu einem

der vier Pokertische gewechselt, an denen *No Limit* gespielt wurde. Sein *Table Stack* war auf 5.000 Euro zusammengeschmolzen, aber Peter hatte inzwischen jegliche Fähigkeit für eine realistische Einschätzung seiner Gewinnchancen verloren.

Sandro grinste vergnügt vom Roulette-Tisch herüber und feuerte ihn an: „Es wird heute klappen – bleib dran!"

In den ersten drei Spielen hatte Peter außer einem Viererpaar keine Möglichkeit mitzugehen und gleich nach der ersten Runde gepasst. Nervös warf er einen Jeton als Big-blind-Spieler auf den Tisch und nahm die beiden Karten des *Initial Deal* auf. Zwei Könige – könnte etwas werden, dachte Peter, während er die Reaktionen der anderen Spieler verfolgte. Sein Gegenüber, ein blasser junger Mann in hellbeigem Sommerblazer, erhöhte seinen Einsatz, die restlichen acht Spieler gingen mit durch ihre Ansagen „Call", eine grauhaarige Dame im schwarzen Kleid stieg sofort aus und erklärte mit krächzender Stimme „Fold". Der Dealer legte drei offene Karten auf den Tisch, Kreuz-Sieben, Pik-Ass und Herz-König, aber Peter sah wie geblendet nur dieses eine Bild: den dritten König und somit für ihn die Möglichkeit, ein Full House zu spielen.

Sein Herz raste. Die Mitspieler erhöhten jeweils ihren Einsatz; als Peter an der Reihe war, ließ er sich Zeit – viel Zeit.

Innerlich frohlockend trank er einen Schluck Wasser und putzte umständlich seine Brille, dann sagte er leise „Raise" und legte weitere Jetons in die Mitte, was für Bedauern und Enttäuschung bei den Mitspielern sorgte – nur nicht bei dem blassen jungen Mann. Einer nach dem anderen gab durch die Ansage „Fold" zu verstehen, dass das Spiel für ihn beendet war.

Der Blasse erhöhte erneut, was Peter mit einen „Call" parierte. Er schob den fehlenden Betrag zu der beachtlichen Menge Jetons, die schon auf dem Tisch lag. Er hoffte inständig, ja er betete, dass sein Geld für den Showdown reichen würde, als der Dealer die vierte *Board Card* auf den Tisch legte: eine Herz-Sieben. Obwohl die Bilder seiner Karten ihm klar vor Augen standen, blickte Peter nochmals auf die verdeckten Karten in seiner Hand. Mit halb geschlossenen Augen versuchte er, das Verhalten seines jungen Kontrahenten einzuschätzen. Dann fasste er einen Entschluss.

„All in." Peters Worte klangen siegessicher.

Der blasse Sommerblazer überlegte lange – zu lange für Peters bis zum Zerreißen angespannten Nerven – bis schließlich nach schier unerträglichen Minuten ein leises „Call" aus den blutleeren Lippen des jungen Mannes zu hören war. Der schob mit einer fast zögerlichen Geste seine restlichen Jetons ebenfalls in die Mitte.

Alle Mitspieler am Tisch verfolgten gebannt das Duell der beiden Kontrahenten, das jetzt vom Dealer durch die Ansage „Showdown" initiiert wurde. Seinen Blick auf den blassen Jüngling im Sommerblazer gerichtet, deckte Peter langsam seine beiden Könige auf, was der Dealer monoton kommentierte: „Drei Könige und zwei Siebenen – Full House mit Königen." Der junge Mann deckte mit gesenktem Kopf eine Herz-Dame und das Herz-Ass auf, worauf der Dealer wiederum erläuterte: „Der Spieler hat zwei Asse und zwei Siebenen – zwei Paare." Erst jetzt nahm der Dealer die letzte der fünf erforderlichen Board-Karten vom Spielstapel und legte sie zu den bereits aufgedeckten Karten des jungen Mannes: die Pik-Ass.

Peter fiel in sich zusammen wie ein luftleerer Ballon. Die Karte, deren alles entscheidende Bedeutung er nie für möglich gehalten hatte, stellte für ihn die Niederlage dar. Sein Kartenhaus fiel in sich zusammen und die entfernte Stimme des Dealers dokumentierte nur noch seinen Untergang. „Der Spieler hat drei Asse und zwei Siebenen – Full House mit Assen ist höher als Full House mit Königen."

Ein schüchternes Lächeln huschte über das blasse Gesicht des jungen Gewinners, während der Dealer die Jetons, fein säuberlich aufgestapelt zu ihm herüberschob. „Danke – für die Angestellten", antwortete dieser sofort und schob einen Jeton mit hohem Wert zurück.

Peter registrierte das alles nicht mehr, denn durch den Anblick der Pik-Ass wurde aus dem gefühlten Bad in warmem Gold ein Sturz ins Eiswasser. Gepeinigt und fast bewegungsunfähig schleppte er sich vom Pokertisch zu einem der bequemen Sessel an den Seiten des festlich erleuchteten Casinos. Sein Kopf dröhnte, und als ob er plötzlich aus einer tiefen Hypnose aufwachen würde, realisierte er, dass er jetzt noch nicht einmal seine Getränkerechnung bezahlen konnte.

Susanne ging zu ihm, wobei sie von den Engeln der anwesenden Spieler fast mitleidig begleitet wurde.

„Wir müssen eine Lösung finden für dich. Du solltest wirklich nach Hause fahren."

„Das war's endgültig. Mein Gott, was soll ich nur tun. In sechs Monaten muss ich unser Haus verkaufen." Verzweifelt rieb er sich die schmerzenden Schläfen.

„Peter, komm endlich – Helga wartet auf dich." Susanne versuchte erneut, ihren menschlichen Freund zur Heimkehr zu bewegen.

„Helga wird mir nie verzeihen und sich bestimmt von mir trennen."

Genüsslich lächelnd kam Sandro wieder dazu. „Was macht das schon, ob sie dir verzeiht. Morgen beim Frühstück erzählst du deiner Frau, dass es in der Weinakademie später wurde und du das Geld für einen wohltätigen Zweck verwendet hast. Mach dir doch jetzt keine Sorgen um das dumme Geld. Schau mal in die Runde, die Leute haben Spaß hier." Der böse Engel deutete auf die Dame im roten Kleid am Roulette-Tisch. Um sie scharten sich zahlreiche Gäste und mehrere Stapel Jetons häuften sich vor ihrem Platz.

„Pass auf, wer deinem Ersatzpapa gleich begegnet."

Susanne war entsetzt: „Sandro, Peter ist durch eure Schuld so verzweifelt. Du darfst doch nicht ..."

„Natürlich darf ich – wart's ab", unterband er ihren Protest und ging, einen lustvollen Blick auf Peter werfend, zum Roulette-Tisch zurück.

Trunken vor Selbstmitleid schwankte Peter zur Bar. Die dicken, mit Mahagoniholz ummantelten Säulen kamen ihm vor wie der Eingang zur Hölle. Schweigend setzte er sich auf einen der mit grünem Samt bezogenen Barhocker und blickte starr vor sich hin.

Der Barkeeper stellte ein großes Glas Whisky vor ihn auf den Tresen.

„Geht aufs Haus. Ich glaube, Sie brauchen jetzt einen."

Dankbar schaute Peter zu dem Barkeeper, der sich sofort einem anderen Gast zuwandte. In der goldenen Flüssigkeit spiegelten sich die zahllosen Lichter der riesigen Kronleuchter und Peter schloss einen Augenblick die Augen, um zu begreifen, was gerade geschehen war.

Als er die müden Augen wieder öffnete, stand eine Frau im

roten Kleid neben ihm, der rot geschminkte Mund nippte an einem Martini und schwarze Augen sahen ihn interessiert an.

„Entschuldigung, verehrte Dame, ich bin momentan nicht sehr unterhaltsam, aber ich freue mich über Ihre Gesellschaft." Peter stand sofort auf und versuchte eine kleine Verbeugung. Dabei stellte er erstaunt fest, dass seine Trübseligkeit allein durch den Anblick dieses wunderschönen Geschöpfs wie weggeblasen war. Mit einem zauberhaften Lächeln reichte sie ihm ihre Hand zur Begrüßung.

„Das Glück scheint an diesem Abend nicht jedem gewogen zu sein. Ich bin Claire."

„Peter Unger, ich freue mich, dass Sie offensichtlich mehr Glück hatten als ich, obwohl ich Sie hier in Wiesbaden noch nie gesehen habe."

„Ich bin auch nur sehr selten in der Region."

Peter war neugierig geworden, denn, obwohl sie maximal halb so alt wie er zu sein schien und er den Damen in Spielbanken äußerst skeptisch gegenüberstand, ging eine seltsame Vertrautheit von ihr aus.

Claire bemerkte seinen fragenden Blick und fuhr daher fort: „Ich komme aus Monaco. Dort vertreibe ich mir die Zeit manchmal auch im Casino."

„Wunderschöne Gegend", antwortete Peter. Fieberhaft überlegte er, wann er das letzte Mal in Monte Carlo gewesen war.

„Ist schon länger her, dass ich dort Urlaub gemacht habe, es ist in jedem Fall eine gute Erinnerung. Möglicherweise hatte ich einfach mehr Glück als hier."

Claire trank wieder etwas Martini.

„Sie haben viel verloren – stimmt's?"

„Nichts, was nicht durch Ihre Anwesenheit wieder ins Positive gerät." Peter gab sich alle Mühe, charmant zu wirken. „Ich würde Sie gerne auf einen Drink einladen, aber ..." Er hielt inne. Er konnte ihr doch nicht sagen, dass er soeben sein gesamtes Geld soeben beim Poker verloren hatte.

„... aber Sie haben keinen einzigen Cent mehr?", vollendete Claire zu Peters kompletter Überraschung den Satz.

Peter schaute in ihre schwarzen Augen, seltsam, schoss es ihm durch den Sinn. Als ob sie mich schon seit Jahren kennen würde.

„Nun, da Sie offensichtlich nicht nur über hellseherische Fähigkeiten verfügen, muss ich gestehen, dass ich momentan ziemlich in der Klemme stecke."

„Ich weiß", sagte der schöne Mund.

„Vielleicht sollte ich nach Hause fahren und mein Pech im Spiel beklagen", Peter wollte der Nähe, die Claire zu ihm aufgebaut hatte, irgendwie entkommen. Er war doch viel zu alt für die Schöne und ein neues Abenteuer konnte er sich aus zeitlichen und finanziellen Gründen sowieso nicht erlauben.

„Sie kennen doch das Sprichwort: Pech im Spiel – Glück in der Liebe. Ich wette, Sie sind schon seit Jahren glücklich verheiratet. Hab ich recht?"

Wieder zauberte Claire durch ihre Worte eine unschuldige, verständnisvolle Vertrautheit herbei.

„Claire, Sie durchschauen mich – ich bin sprachlos." Peter lachte wieder.

„Das freut mich einerseits, aber ..." Jetzt machte sie eine kleine Pause und sah ihn prüfend an, „ach, nichts aber. Sehen Sie, ich habe heute Abend ein Vermögen beim Roulette gewonnen – Sie haben Ihres verloren. Ich möchte Ihnen gerne noch eine Chance geben."

Peter trank gerade von seinem Whisky und setzte das Glas nach diesen Worten abrupt ab. „Sie möchten mir eine Chance geben? Wie darf ich das verstehen?"

Wieder sahen ihn ihre schwarzen Augen intensiv an: „Wir tauschen etwas."

„Was sollte das sein? Ich habe außer meinem Autoschlüssel nichts mehr, das ich eintauschen könnte." Peter verstand immer weniger.

„Sie haben bestimmt eine Visitenkarte, die Sie mir überlassen könnten – oder?"

„Ja natürlich, die können Sie gerne haben." Peter zog eine Karte mit den Adressdaten der Kanzlei aus seiner Brieftasche. „Hier, bitte schön. Wir sind aber auch im Internet zu finden."

„Wunderbar. Dann tausche ich jetzt mit Ihnen Ihre Visitenkarte gegen diesen Jeton hier." Claire hielt ihm einen 100.000-Euro-Jeton hin.

Peter protestierte: „Das können Sie doch nicht tun! Sie kennen mich doch überhaupt nicht. Ich weiß nicht, ob ich Ihnen das Geld jemals zurückzahlen kann."

Claire lächelte geheimnisvoll: „Doch, ich kann. Es bedeutet mir nichts. Vielleicht brauche ich ja mal Ihren Rat oder Ihre Hilfe in einer anderen Angelegenheit."

„Sie wissen schon, was Sie hier gerade tun?" Peters Stimme versagte fast, und in seinem Kopf keimte sofort wieder das verlockende Gefühl eines bevorstehenden Gewinns. Er nahm den Jeton und legte ihn vor sich auf den Bartresen. Claire blickte den alten Anwalt nachdenklich an. Dann erhob sich die schlanke Gestalt und küsste ihn sanft auf die Wange.

„Salü, mon Cher. Ich bin überzeugt, wir sehen uns wieder."

Peter schüttelte den Kopf. Hatte er das gerade geträumt? Wo war

Claire hin?

Der Barkeeper kam und stellte einen weiteren Whisky vor ihn auf den Tresen. „Der ist von ihrer schönen Begleiterin. Meine Güte, was eine Frau."

„Boxen Sie mich bitte mal auf den Arm – aber nicht zu fest", bat Peter den hilfsbereiten Angestellten. Lachend knuffte ihn dieser ein wenig auf den Oberarm. „Au!" Peter rieb sich die Stelle.

Sein Blick fiel auf das Whiskyglas und langsam wurde ihm bewusst, dass daneben wirklich ein Spieljeton lag.

Sandro kam in die Bar.

„Komm Peter, noch ein einziges Spiel Roulette und du bist alle Sorgen los. Los, versuch es! Helga schläft schon tief und fest. Du gewinnst und kannst morgen deine Schulden zurückzahlen. Dann wirst du dein Haus behalten und alles ist gut."

Peter fühlte sich wie die Marionette einer unglaublichen Macht, als er zum Roulette-Tisch wankte. Sie musste eine Fee sein, oder ein Engel, oder beides, ging es ihm durch den Kopf, während er die kleine weiße Elfenbeinkugel im Roulettekessel mit den Augen verfolgte. Er hatte nur noch diese eine Chance. Fieberhaft überlegte Peter, welche Zahl bisher so etwas wie eine Glückszahl für ihn bedeutet hatte.

„Faites vos jeux!", verkündete der Croupier am Tischende.

Peter wog den Jeton wie einen Schatz in der Hand, dann schob er ihn zu dem Angestellten und sagte: „Auf die 24 bitte." Sein Hochzeitstag.

Der Croupier blickte zuerst auf den Saalchef, dann nochmals Peter fragend an und setzte den Jeton auf die gewünschte Zahl.

„Rien ne va plus", hörte er die Stimme des Angestellten, der danach die kleine Kugel im Roulettekessel drehte.

Peter schloss die Augen. Er würde zunächst einmal einen langen Urlaub mit Helga machen. Sie könnten ein Segelboot chartern und in die Karibik fahren, das hatte sie sich immer gewünscht. Das Haus würde er ein bisschen modernisieren lassen und den größten Teil der Schulden zurückzahlen. Müde überlegte er, dass er mit der Kanzleiarbeit Schluss machen und nur noch mit Helga den Lebensabend genießen könnte. Es musste so sein.

Susanne stand hinter ihrem menschlichen Schützling.

„Sandro, bitte hilf ihm!" Flehentlich blickte sie auf den bösen Engel.

„Ich könnte es, wenn ich wollte", antwortete der mit dämonischem Grinsen. „Und was bekomme ich dafür von dir?"

„Sandro – ich weiß es nicht. Alles, was du willst. Ich versuche ab sofort, ein böser Engel zu sein. Ganz sicher! Aber bitte, nur dieses eine Mal, lass ihn gewinnen."

Die Roulettekugel wurde langsamer und langsamer. Schließlich hüpfte sie nur noch über die Zahlen. Sandro schaute Susanne kalt und erbarmungslos an.

„Nein. Warum sollte ich das tun? Falls du wirklich zu uns, zu den dunklen Engeln gehörst, wird dir sein Schicksal gleichgültig sein. Erst wenn du das erkannt hast, helfen wir dir."

„Bitte hilf ihm!"

Die Roulettekugel kam auf der Zahl 8 zur Ruhe und Sandro verschwand.

Susanne blieb entsetzt zurück, aber in diesem Augenblick wurde ihr bewusst, dass sie eine Entscheidung treffen musste, auch wenn diese nicht ganz im Sinne von Jes Anweisungen sein würde.

Als Peter die Augen öffnete, waren die Roulettefelder leer und abgeräumt. Einer der Spieler jubelte über seinen Gewinn. Wie in Trance stand er auf und ging zum Ausgang, mechanisch einen Fuß vor den anderen setzend und ohne irgendetwas zur Kenntnis zu nehmen. Im Fahrstuhl zur Parkgarage blickte er verwundert auf seinen Autoschlüssel.

„Claire, was hast du nur gemacht?", flüsterte er. „Was habe ich nur getan?"

Der bekannte Anwalt setzte sich in seinen alten Mercedes und fuhr auf die Autobahn Richtung Frankfurt. An der Abfahrt Wallau wechselte er auf die A 3, doch auf halber Strecke hielt er den Wagen auf dem Seitenstreifen an. Glücklicherweise waren zu der frühmorgendlichen Zeit nur wenige LKWs unterwegs.

Peter legte den Kopf auf das Lenkrad und weinte.

13. Kapitel

Am nächsten Morgen schlich Susanne zu Monika, denn sie wollte keinesfalls einem der guten Engel begegnen. Gabriel hätte sie wegen ihres Verhaltens im Spielcasino sicherlich sofort zur Rede gestellt.

„Du hast dich sehr verändert!" Luzy, die Monika noch immer begleitete, kam auf Susanne zu.

„Nein, Luzy. Genau das Gegenteil ist mein Problem. Ich kann mich nicht ändern. Ich liebe meine Familie und die Menschen dort." Susanne zeigte traurig auf Monika und Kurt. „Ihr Wohlergehen bedeutet mir viel, aber ich kann nichts mehr dazu beitragen. Ich hätte viele Dinge besser machen sollen, als ich noch gelebt habe!"

Luzy blickte Susanne verwundert an: „Das verstehe ich nicht. Warum willst du ihnen überhaupt helfen? Als Engel kannst du sowieso nichts tun, außer zuzuschauen, wie sie zugrunde gehen. Irgendwann sterben sie doch alle und bekommen das, was sie verdient haben."

„Siehst du, das unterscheidet uns. Du hasst die Menschen. Sandro und all die anderen dunklen Engel schauen mit Vergnügen zu, wie sie ins Verderben rennen."

„Mich hat nie ein Mensch jemals geliebt, sie haben mich alle nur ausgenutzt. Warum sollte ich jemals etwas für sie tun? Hier kann ich ihnen all das zurückzahlen, was sie mir angetan haben."

„Du tust mir leid, Luzy."

„Pah, ich brauche kein Mitleid. Die Menschen sind gemein und böse und werden es immer bleiben, genau wie wir."

„Nein, das sind sie nicht!", sagte Susanne. „Denk doch mal nach, wer sie dazu verleitet. Ich selbst habe leider nie bemerkt, dass Peter so tief in seiner Spielsucht verstrickt ist."

Luzy lachte. „Du warst doch auch gemein zu deinen Mitmenschen. Peters Schicksal kannst du nicht ändern. Er regelt das schon irgendwie und landet später bei den dunklen Engeln. Die Spielerei hat ihm auch Spaß gemacht. Im Übrigen hat Friedrich, seit er ein Engel war, lange vergeblich versucht, Peter wieder davon abzubringen, nachdem er ihn früher zur Spielerei verleitet hatte. Aber Sandros Verlockungen waren immer stärker als Friedrichs Vorhaltungen."

„Sandro hätte ihm geholfen. Ich hätte dafür zu den dunklen Engeln kommen müssen, das war der Deal, den er vorschlug."

„Sieht ihm ähnlich. Aber du musst selbst wissen, wo du hingehörst. Peter hat's nicht besser verdient."

„Warum? Er ist ein lieber und gutmütiger Mann, warum soll er für etwas büßen, für das ihr verantwortlich seid?"

„Schon gut, ist doch auch egal – oder? Ich habe nur den Eindruck, dass du zu uns viel besser passen würdest."

„Hm, ja, so langsam glaube ich das auch. Ich weiß nicht mehr weiter. Als guter Engel kann ich ihnen nicht helfen. Wenn ich jedoch Sandro und Lucian folge, könnte ich vielleicht einige zurückgelassene Probleme lösen, aber dann wären die Menschen, die ich liebe, für die gute Seite ebenfalls verloren."

Luzy grinste verlegen. „Liebe ist leider das stärkste aller Gefühle, und noch nicht mal Lucian kann irgendetwas daran ändern. Die dunklen Engel vermögen Hass durch Neid oder Enttäuschung zu steuern, aber Liebe ist uns fremd. Wieso zweifelst du? Du weißt nicht, auf welcher Seite du stehst, weil du nur deine Familie liebst und andere, wie Monika zum Beispiel, nicht genug hassen kannst. Dabei ist unser Hass auf die Menschen eine herrliche Genugtuung. Hast du nicht mit Sandro oder Lucian geredet?"

„Doch, natürlich, die beiden haben mir auch erklärt, dass es vollkommen einfach wäre, wieder zu den Menschen zurückzukehren. Vielleicht könnte ich dabei das Problem mit Peters Spielschulden regeln."

„Hey, tu dir das nicht an! Ich rate dir gut, lass die Finger davon."

Susanne blickte Luzy neugierig an: „Hast du denn schon mal versucht zurückzukehren?"

„Nein, ich nicht, aber Sandro ist ganz verrückt danach. Ich habe keine Lust, wieder in einem dumpfen, kranken Körper zu sein. Ständig auf der Suche nach dem nächsten Joint, oder was auch immer."

„Also ist die Rückkehr auch keine Lösung für mich." Susanne beobachtete ihre Freundin Monika, die gerade den letzten Bissen ihres Frühstücksbrötchens aß und noch einen Schluck Kaffee nahm. „Vielleicht hast du recht, Luzy. Ich werde jedoch eine Möglichkeit finden, vielleicht mit euren Methoden."

„Susanne, bleib lieber bei den Engeln, und wenn du nicht anders kannst, halt bei den Guten. Lucian wird sicher immer wieder versuchen, dich auf die böse Seite zu ziehen."

„Schon sonderbar, ausgerechnet von dir solchen Gedanken zu hören."

„Lucian war mein Vater. Die Erinnerung an meine Kindheit hab ich durch meinen Tod zurückgelassen, aber ich glaube, als ich 12 wurde, hat er mir die erste Spritze verpasst. Eine Mutter habe ich nie kennengelernt, dafür eine Menge Männer, die ..." Luzy schüttelte den Kopf. „Ach, was soll's. Hier kann ich es ihnen heimzahlen. Das ist unsere Gerechtigkeit."

„Das ist ja schrecklich!" Susanne blickte den dunklen Engel mitfühlend an.

„Nein, es war mein Leben und ist, wie du weißt, kein Einzelfall auf der Erde."

„Das tut mir sehr leid, Luzy. Wenn ich irgendwas für dich tun könnte, würde ich mich freuen."

„Unsinn. Jetzt sollten wir zunächst diesen beiden unglücklichen Menschen helfen. Kurt wird seiner Frau niemals die Wahrheit sagen. Es sei denn, du hasst Monika doch so sehr ..."

„Nein! Ich hasse sie nicht", unterbrach Susanne sie. „Ich möchte aber verhindern, dass sie Martin unglücklich macht."

„Warten wir es ab." Luzy deutete auf Monika. „Wir sollten ihr zeigen, dass Kurt anders ist, als sie glaubt."

„Wie willst du das erreichen?"

Luzy stellte sich hinter Monika. „Kurt ist so lieb, aber er hat sich verändert, findest du nicht auch, Monika? Kennst du ihn noch?"

Seit dem kurzen Telefongespräch mit Martin war Monika wie verwandelt. Als hätten die wenigen Worte ihre Hoffnungslosigkeit weggefegt, kam ihr die Zukunft wieder hell und positiv vor. Wie nach einem langen kalten Winter kehrte ihre Energie zurück, dabei begann sie, ihre Umwelt mit verträumten Augen wahrzunehmen.

Kurt freute sich über ihre Veränderung, wenngleich er nicht ahnte, was die Ursache für ihre Glücksgefühle war. Zaghaft nahm er sich jeden Morgen beim gemeinsamen Frühstück vor, seiner Frau von seinen Wünschen zu berichten. Er hoffte, mit diesem Gespräch endlich die tief in seinem Innern verborgene Wahrheit aussprechen zu können.

Wie gut, dass Hunde nicht reden können, dachte er oft, wenn er morgens mit dem treuen Begleiter durch den nahen Wald lief, denn Buddy verstand seine Gedanken. Abwartend lag das Tier vor dem Frühstückstisch, die Hundeaugen schienen seinem Herrchen zu sagen: Los, trau dich endlich! Aber Kurt brachte es nicht über sich, seine Gefühle zu offenbaren.

Liebevoll arrangierte er ein paar besonders schöne Zweige in einer Vase auf dem Tisch und legte wie jeden Morgen den größten Teil der Tageszeitung auf Monikas Platz. Als seine Frau zum Frühstück kam, faltete er den gerade gelesenen Sportteil der Zeitung wieder zusammen und holte den fertigen Kaffee aus der Küche.

Dankbar küsste Monika Kurts Wange: „Du bist ein Schatz."

Voller Freude kam Buddy angetrabt und begrüßte schwanzwedelnd sein Frauchen.

„Ja, und du natürlich auch, Buddy!" Monika streichelte den weichen Bauch ihres Hundes. Ich werde Buddy vermissen, überlegte sie. Martin mochte zwar Hunde, aber Buddy würde bestimmt hier bei Kurt bleiben, wenn sie sich getrennt hätten.

Falls Martin dich wirklich liebt, dachte Susanne.

Über den Rand der Tageszeitung hinweg beobachtete Monika ihren Mann nachdenklich. Er sah wie immer blendend aus, groß, sportlich, die kurzen Haare waren von wenigen grauen Strähnen durchzogen und sein glattrasiertes Gesicht war leicht gebräunt. Die dunklen Augen auf die Zeitung gerichtet, warf er hin und wieder einen Blick auf Monika und lächelte sie an.

Kurt kleidet sich seit einer Weile anders, registrierte sie überrascht. Während er früher sportliche Shirts zu den Jeans bevorzugt hatte, trug er jetzt ein lockeres Freizeithemd und manchmal sogar einen schönen Blazer dazu. Auch sein Aftershave roch anders.

„Hast du ein anderes Parfum?", hatte sie ihn vor ein paar Wochen gefragt, aber Kurt hatte ausweichend geantwortet, dass er mal etwas Neues ausprobieren wollte.

Vielleicht gab es eine Freundin im Autohaus? Über diese Vorstellung musste Monika unwillkürlich lächeln, denn wäre dies nicht die perfekte Lösung? Nein, Kurt war einfach nur lieb, viel zu lieb und gutgläubig, warum hinterfragte er überhaupt nie etwas? Obwohl ... Monika überlegte, dass ihr Mann in letzter Zeit häufig länger arbeitete und auch sonst sehr oft in Gedanken zu sein schien. Was überlegte er nur? Und warum war er so aufmerksam, aber gleichzeitig distanziert? Gab es eine Erklärung für sein Verhalten, die vielleicht doch bei seiner Arbeitsstelle lag?

Nach einer Weile legte Monika entschlossen die Zeitung zur Seite: „Was hältst du davon, wenn ich dich heute Abend von deiner Arbeit abhole und wir gehen zusammen in ein gemütliches Restaurant?"

Erstaunt sah Kurt seine Frau an: „Ja, warum nicht? Das Wetter soll heute schön bleiben. Einer der Kollegen erzählte von einem neuen Restaurant am Mainufer. Soll ich uns dort einen Tisch reservieren?"

„Das wär gut. Ich habe heute sicher wieder viel zu tun."

„Ähm, Monika, du hast gestern erwähnt, dass du Martin mal wieder zum Essen einladen willst? Bist du sicher?"

„Ja, warum nicht? Ich habe ihn aber noch nicht erreicht." Monika sprang von ihrem Stuhl auf. Obwohl sie versuchte, ihre

Worte gleichgültig klingen zu lassen, vibrierte ihre Stimme.

Kurt bemerkte es sofort. „Das wäre das erste Treffen seit Susannes Tod. Deine Freundin fehlt dir sehr. Vielleicht solltest du dir mehr Zeit lassen, um ihren Tod zu überwinden? Es wird sicher keine angenehme Begegnung."

„Doch!", antwortete Monika spontan und fuhr sofort in einen ruhigeren Ton wechselnd fort: „Ich werde schon nicht wieder in ein Loch fallen. Wenn ich alles meide, was mich an sie erinnert, wird Susanne auch nicht wieder lebendig. Sie fehlt uns ja allen, und am meisten Martin und Sebastian."

„Kommt Basti auch? Ich könnte vorher mit ihm und Buddy laufen gehen." Kurt wunderte sich über die Nervosität seiner Frau.

„Ich glaube nicht, aber ich rufe ihn vielleicht später an. Muss jetzt los zur Apotheke. Bis heute Abend, Kurt."

Monika hatte es eilig, das Haus zu verlassen, und stolperte fast über Buddy, der wie immer wachsam vor der Eingangstür lag. Sie musste verhindern, dass Kurt ihre Gefühle für Martin bemerkte, denn sie wollte keine unangenehmen Diskussionen. Und vielleicht konnte der Besuch im Autohaus Klarheit über Kurts verändertes Verhalten schaffen.

Hin und wieder einen hoffnungsvollen Blick auf das Handy werfend, lenkte sie den Mini durch den dichten Berufsverkehr. „Oje, auch noch Messe, und ich bin jetzt schon zu spät", schimpfte sie laut an einem Ampelstau. Als sie ihr Ziel endlich erreicht hatte, öffnete Pia ihr die noch verschlossene Eingangstür der alten Apotheke: „Guten Morgen, Monika. Ich hab schon mal die Post hereingeholt und die PCs hochgefahren."

Dankbar begrüßte Monika ihre Praktikantin: „Guten Morgen,

Pia. In der Stadt war mal wieder Megastau. Gut, dass Sie mit dem Fahrrad kommen."

„Ich wohne ja auch nur fünf Minuten von hier." Pia sortierte die Medikamente der morgendlichen Lieferung. „Bei uns im Haus gab es gestern Abend noch große Aufregung. Sie kennen doch die alte Frau Sander – erinnern Sie sich, die Rheuma-Patientin?"

Monika schaute zu der jungen Praktikantin. „Ja natürlich, sie war ja kürzlich noch hier."

„Jetzt kommt sie nicht mehr ... sie ist gestorben." Pia schluckte und machte eine kleine Pause. „Ich mochte die Alte gerne, sie war so lieb und immer freundlich zu allen. Einer der Nachbarn hat die Polizei gerufen, weil der Fernseher Tag und Nacht lief, aber da war sie schon tot. Sie lebte alleine in der Wohnung und hat wohl abends alle Rheumatabletten auf einmal genommen. In der Nacht hatte sie einen Herzstillstand und niemand hat etwas bemerkt. Sie tut mir so leid."

Monika, die gerade Bestandslisten kontrollierte, schloss für einen Moment die Augen. Hatte sie sich wirklich gewünscht, dass die alte Dame starb? Wie waren ihr nur solche Gedanken in den Sinn gekommen? Beschämt nahm sie sich vor, ein Blumengesteck zu der Beerdigung zu senden.

„Komm, Monika, was soll das? Sie war nur eine Alte, die dir immer auf die Nerven gegangen ist. Sie ist dir doch vollkommen gleichgültig." Luzy war in der Apotheke aufgetaucht. „Außerdem wäre sie sowieso bald gestorben. Sicher ist sie jetzt bei den guten Engeln und braucht die Medikamente nicht mehr."

„Oh ja, aber ich frage garantiert nicht Jes nach ihr", nickte Susanne zustimmend. „Ich freue mich, dass Monika ihre

Einstellung bereut."

„Unsinn!", protestierte Luzy. „Monika ist verliebt, das ist alles. Liebe kann Menschen zum Guten verändern. Ich hoffe mal, dass das bei Monika nur kurzfristig anhält."

Der Tag verging wie gewohnt, wobei Monika es kaum erwarten konnte, zu ihrem Mann ins Autohaus zu kommen. Viele Kunden kauften bereits Grippemittel, und der bevorstehende Herbst und die Erkältungszeit bedeuteten viel Arbeit in der Apotheke. In der Mittagspause hatte sie schnell eine SMS an Sebastian gesendet.

„Hi Basti, alles ok? Brauchst du wieder Vitamine?", und bekam ein paar Minuten später die kurze Antwort: „OK – ja +/-. Vitamine nein. Hab Stress nächste Woche 3 Klausuren. CU"

Wenigstens nicht wieder Drogen, dachte Susanne erleichtert.

Luzy schaute sie nachdenklich an. „Ich glaube, du weißt wirklich nicht, ob du noch Mensch oder schon Engel bist. Das Zeug, das Basti nimmt, ist doch nicht gefährlich – solange er nicht zum Junkie wird."

„So wie du einer warst?", unterbrach Susanne sie.

„Hey, schon gut – ich tu deinem Sohn schon nichts an."

Als Monika am Abend das Autohaus in der Hanauer Landstraße erreichte, betrachteten nur noch wenige Kunden die glänzend polierten Wagen in den Verkaufsräumen. Eine junge Dame am Empfangsdesk schaute ihr freundlich entgegen.

„Guten Tag, kann ich etwas für Sie tun?"

Monika blickte sie prüfend an und antwortete, dass sie nur ihren Mann im Büro besuchen wolle. Sie überlegte, ob vielleicht diese Frau Kurts Freundin sein könnte.

Luzy war ihr ins Autohaus gefolgt. „Nein, zu jung, und nicht Kurts Geschmack."

Kurts Büro befand sich im dritten Stock über den weitläufigen Ausstellungsflächen. Als die Fahrstuhltür sich öffnete, stürmte Buddy ihr ohne Halsband und Leine entgegen. „Halt, Buddy, nicht weglaufen!", hörte Monika eine fremde Männerstimme. Sie streichelte ihren Hund und schaute dabei suchend den leeren Flur entlang. Ein Mann kam aus einem der Büros, hielt aber bei ihrem Anblick sofort inne. Er war etwas größer als sie, die endlosen Beine steckten in engen Jeans und zwei geöffnete Knöpfe seines schwarzen Hemds ließen eine unbehaarte Brust sehen.

Luzy grinste. „Monika, das ist der Grund für Kurts Veränderung."

Sein sympathisches, glattrasiertes Gesicht lächelte Monika an, wobei weiße ebenmäßige Zähne zwischen den schön geschwungenen Lippen zum Vorschein kamen.
„Hallo Monika, ich bin Marcel. Schön, dass wir uns endlich mal kennenlernen."
Monika wurde schwindlig. Zögernd und verwirrt richtete sie sich auf, wobei Marcels strahlend blaue Augen jede ihrer Bewegungen aufmerksam verfolgten. „Alles okay? Ich begleite Sie am besten zu Kurt. Er telefoniert noch. Möchten Sie etwas trinken?"
„Nein ... nein, danke, im Moment nicht – vielleicht später."
Monika beobachtete fasziniert die Bewegungen des Manns. Er ging nicht, nein Marcel schritt voraus mit den grazilen

Bewegungen eines Models auf dem Laufsteg. Buddy folgte ihm schwanzwedelnd, wobei die gesamte Aufmerksamkeit ihres Hundes auf ihn gerichtet zu sein schien.

Als Kurt seine Frau und Marcel kommen hörte, beendete er sofort das Telefonat, um Monika zu begrüßen.

„Hallo Liebes."

Er gab Monika einen flüchtigen Kuss auf die Wange.

Es gab keine Gesten oder Worte oder auch nur den leisesten Hinweis darauf, aber Monika hatte plötzlich die Gewissheit, dass ein fremder Mann vor ihr stand. Die beiden Männer hingegen waren wie durch ein unsichtbares Band verbunden.

Luzy kam dazu: „Los Kurt, sag ihr endlich die Wahrheit."

Monika erschien die Situation wie ein Traum – allerdings kein unangenehmer. Martin, dachte sie fast belustigt, die ganze Heimlichtuerei der letzten Jahre war überflüssig!

Kurt, verlegen wie ein Kind, das beim Naschen ertappt wurde, setzte sich wieder an den Schreibtisch und blickte hilfesuchend auf Marcel. Der verabschiedete sich errötend mit den Worten: „Ich lasse euch dann lieber mal alleine."

Luzy redete begeistert auf Monika ein: „Ist das nicht wunderbar? Die beiden lieben sich und du bist frei für Martin."

Kurt suchte verzweifelt nach Worten: „Schön, dass du mich abholst. Wie geht es dir?"

Monika schaute ihren Mann ungläubig an, doch sein Anblick war ihr mit einem Mal eigenartig und fremd. Langsam wurde ihr bewusst, dass sie die letzten Jahre mit einer unbekannten Person zusammengewohnt hatte. Kurt hatte in seiner eigenen Welt gelebt und sie hatte sich nie wirklich dafür interessiert. Vielleicht hatte er ihre Beziehung zu Martin ja auch bemerkt, aber geschwiegen, um sie nicht in Verlegenheit zu bringen oder die fragile Ruhe zu zerstören.

„Kurt, du fragst, wie es mir geht? Ja sag mal, wie geht es dir! Ich fasse es einfach nicht ... Marcel, du liebst ihn?"

Luzy nickte zustimmend: „Na, endlich hast du es bemerkt."

Kurt fiel in sich zusammen. Seine Augen bohrten sich in die Schreibtischplatte und seine gepflegten Hände umklammerten haltsuchend einen Stift. Schließlich atmete er tief ein: „Ja." Leise, fast unverständlich kam das kleine Wort aus seinem Mund und Monika erkannte sofort, wie schwer ihm dieses Geständnis gefallen war.

„Warum hast du mir das nicht schon früher gesagt? Kurt, ich weiß nicht, was ich sagen soll." Monika ergriff Kurts Hand. „Ich habe nie bemerkt, dass du ..."

Kurt unterbrach sie erleichtert „... verzaubert bist? Du warst so traurig wegen Susannes Tod – ich meine, du hast dich auch vorher schon rührend um Martin und Sebastian gekümmert. Ich wollte dir nicht zur Last fallen mit meinen Gefühlen. Es ist einfach so passiert."

Monika ging um den Schreibtisch herum und umarmte Kurt.

„Ich bin so blind. Wenn ich auch nur die leiseste Ahnung gehabt hätte."

„Ich konnte nicht mit dir reden." Kurt löste sich aus der Umarmung.

Monika schwamm in einem Wechselbad aus freudiger

Überraschung und Enttäuschung. „Kurt, ich fahre jetzt nach Hause. Den Restaurantbesuch sollten wir lieber verschieben."

„Du bist nicht böse, wenn ich noch ein paar Minuten im Büro bleibe und auch mit Marcel rede?"

„Nein, alles gut. Lass dir Zeit."

„Du bist wirklich ein Schatz, Monika. Ich komme später nach Hause und am Wochenende besprechen wir, wie es mit uns allen weitergeht."

Luzy freute sich: „Martin bekommt Monika und ich kann dafür sorgen, dass aus dem Liebesglück rechtzeitig ein schönes Unglück wird. Monika, am besten rufst du Martin gleich an und in ein paar Tagen seid ihr beide zusammen."

Weit weg, jedoch nah genug, jeden Gedanken zu hören, beobachteten Lucian und Sandro das Geschehen.

„Ich glaube, Monika baut Luftschlösser und Luzy ebnet gerade den Weg dorthin", begann Lucian nach einer Weile nachdenklich.

Sandro grinste ihn an.

„Nein, sie hat bereits einen Möbelwagen bestellt, um dort einzuziehen. Ob Martin das gefällt?"

„Keine Ahnung. Wir sollten Claire mal wieder herholen. Ich glaube, sie langweilt sich sowieso in Monaco. Was hältst du davon, mein Freund?"

„Viel, und ich weiß auch schon, wer ihr begegnen wird."

„Das wird unseren lieben Engel Susanne sicher freuen. Sie

wollte doch ihre Rache."

„Ha! Und wir unseren Spaß."

„Apropos Spaß – wir müssen uns um Benedikt kümmern. Er ist noch immer viel zu brav."

„Lass mal – den bekommen wir auch noch hin. Hat bei Susanne ja auch funktioniert. Ich hab sie bald auf unserer Seite."

„Benedikt ist schon ein größeres Problem als Susanne. Er liebt die Menschen noch immer."

„Und Susanne leider noch ihre Familie, aber das gewöhnen wir ihr ab."

Lucian wurde wütend. „Ich hasse sie alle!"

„Schon gut, alter Freund", beruhigte Sandro ihn. „Wir arbeiten daran."

14. Kapitel

„Tut mir leid, Kira", murmelte Martin. „Das sind nur sechs sehr wohlwollende Punkte für deinen Erdkundetest. Du hättest dein strass-geschmücktes Näschen besser tiefer in deine Lehrbücher gesteckt."

Er legte das in violetter Schrift spärlich ausgefüllte Arbeitsblatt auf den letzten Stapel der Klassenarbeiten, die auf seinem Schreibtisch entsprechend der Benotung sortiert waren.

Die tiefer stehende Sonne signalisierte den Beginn der Herbstzeit und ein kühler Wind fing sich in den leichten Gardinen seines Arbeitszimmers. Martin zog die Lesebrille ab und rieb sich müde die Augen. Während er den vom langen Sitzen schmerzenden Rücken streckte, schweifte sein Blick auf den bunten Kalender an der Wand zwischen zwei großen Bücherregalen. Es war eigentlich eine dünne Metallplatte, die Sebastian als Kind mit Bäumen bemalt hatte, der jeweiligen Jahreszeit entsprechend. Ein kleiner Maikäfer-Magnet krabbelte über die mit den Kalendertagen versehenen Zweige und Blätter der Bäume. Anna musste den Maikäfer auf das richtige Datum gestellt haben, registrierte Martin und lächelte bei der Erinnerung an Sebastians mit Farben bekleckertes, stolzes Gesicht.

Die deckenhohen Holzregale schienen mit Fachordnern und Länderliteratur bedrohlich überladen. Martins Blick wurde jedoch auf die vielen Souvenirs gelenkt, die vor und zwischen den Büchern lagen. Ein Tennisball mit dem Autogramm eines bekannten Spielers aus Paris, ein besonders schöner Stein neben einem Bildband über die Alpen und weiter oben im Regal ein großes Glas mit seltenen Muscheln vor etlichen farbenfrohen Karibik-Büchern.

Wie eine Reise durch die Erinnerungen, dachte Martin. Überrascht bemerkte er, wie seine Müdigkeit verschwand und eine lange vergessene Unternehmungslust wach wurde.

Vielleicht sollte ich wirklich mal wieder in Urlaub fahren. In drei Wochen beginnen die Herbstferien, also was hält mich auf?, dachte er.

Nur die Stille des Arbeitszimmers beantwortete seine Frage.

Seine Augen glitten suchend über die zahlreichen Erdkundebücher, in der Hoffnung, dort in den Regalen ein verheißungsvolles Ziel zu entdecken. Ich könnte eine Stadt erkunden oder an einem ruhigen Strand ausspannen und jeden Tag ein anderes Buch lesen, überlegte Martin. Aber alleine? Dieser Gedanke minderte seine Vorfreude sofort.

Er war auch früher oft alleine oder mit Sebastian in Urlaub gefahren. Susanne hatte sich, wenn überhaupt, höchstens eine Woche Ferien gegönnt, und selbst dann standen die Beantwortung ihrer E-Mails oder stundenlange Telefonate auf der Tagesordnung.

Monika, überlegte er kurz und griff zum Handy.

Sie meldete sich sofort: „Martin, das war Gedankenübertragung. Ich wollte dich längst anrufen." Mit nervöser Stimme fuhr sie fort: „Aber hier in der Apotheke ist den ganzen Tag so viel los."

„Ich muss dich unbedingt sehen, Monika. Wir müssen endlich reden. Außerdem wollte ich dich fragen ob du ..."

„Liebster, momentan ist es sehr schlecht", unterbrach Monika. „Ich kann jetzt nicht telefonieren, aber ich vermisse dich und hab eine wundervolle Überraschung für dich."

„Wann hast du denn endlich Zeit für mich?"

„Sehr bald, Martin. Sei nicht böse. Ich melde mich – okay?"

„Okay. – Ich wollte nur fragen, ob du mit mir in den Herbstferien verreisen kannst", fügte Martin hinzu, aber Monika hatte das Gespräch bereits beendet.

„Also eher nicht." Martins Worte hallten laut in der Einsamkeit des leeren Hauses. „Vielleicht möchte sie Kurt doch nicht verlassen oder sie kann es aus welchen Gründen auch immer nicht." Die Enttäuschung über das kurze Telefongespräch dämpfte Martins Freude. Er hatte nach Susannes Unfall auf eine liebevolle Umarmung von Monika zwar gehofft, aber gleichzeitig das Wiedersehen auch gefürchtet. Der Tod der tief in seinem Herzen doch geliebten Ehefrau hatte seine Gefühle für Monika in Frage gestellt und Zweifel an dieser Beziehung wachsen lassen. Martin fühlte sich zerrissen zwischen seinem Wunsch nach gefühlvoller Nähe und strafender Distanz.

„Wir brauchen eben alle Zeit, um wieder auf die Beine zu kommen, und ich sollte meine Beine mal etwas bewegen. Außerdem hab ich Durst." Entschlossen schob Martin die Arbeitsblätter in die Aktentasche und ging mit etwas steifen Schritten die alte Holztreppe hinab zur Küche.

Mit einem krümeligen Rest von Helgas Kuchen in der einen und einem großen Glas Apfelschorle in der anderen Hand wanderte er ins Wohnzimmer.

Es hat sich nichts verändert, nur dass Susanne nie mehr nach Hause kommt, dachte er missmutig. Jedes Möbelstück und jedes kleine Bild an der Wand beinhaltete ihre gemeinsame Vergangenheit.

Sebastian blieb nach der Uni meistens bei Carolin oder übernachtete in seinem WG Zimmer. Anna sorgte für die Blumen und hielt das große Haus sauber und ordentlich. Etwas wehmütig erinnerte er sich an die gemütliche Wohnung in Sachsenhausen, in der sie zunächst gelebt hatten, bis Susanne dieses Haus in Götzenhain kaufen wollte. Einen traurigen Moment lang versank Martin wieder in unwiederbringlichen Erinnerungen. Betrübt wischte er ein paar Tränen fort und sah sich ratlos um. Im Grunde genommen erinnerte ihn alles hier an Susanne.

Ich muss schnellstmöglich etwas hier drin verändern, dachte Martin. Ich könnte ein paar Möbel umräumen oder die Wände neu streichen. Entschlossen nahm er ein paar juristische Fachzeitungen aus dem Regal, um sie mit dem Papiermüll zu entsorgen. Doch nach wenigen Schritten hielt er vor den Müllbehältern inne, blickte auf den Zeitungsstapel in seinen Händen und dann zurück zum Haus. Das hier war doch unvernünftiger Aktionismus, schoss es ihm in den Sinn. Im Grunde genommen bedeutete dieses Papier nur einen lächerlich kleinen Anfang. Er musste die größeren Dinge in seinem Umfeld verändern, um Ruhe zu finden, erkannte Martin.

Nach der kurzen Flucht durch eine Urlaubsreise würde er wieder zurückkehren müssen. Zurück in die Vergangenheit?

Mit jeder Minute seiner vom Streben nach Veränderung getragenen Aufbruchstimmung formte sich ein deutlicheres Bild. Die Zeitungen hatten ein Feuer in seinen Wünschen entfacht, das nunmehr verlockend hell vor seinen Augen zu brennen begann. Erfüllt von einer fast kindlichen Ungeduld und zugleich begeistert von seinen Plänen, konnte er es kaum abwarten, mit Basti darüber zu reden. Wie würde der reagieren? Sebastian, würde der schon bereit für diese Entscheidung sein?

Schnell schrieb er eine SMS an Basti: „Ich komme noch mal in die Stadt. Hab etwas Wichtiges mit dir zu besprechen und würde gern eine Kleinigkeit essen. Hast du Zeit?" Kurze Zeit später zeigte das Display die Antwort seines Sohnes: „Klar. Komme + Carolin sofort nach der Uni zum Bitburger. 6 Uhr? Was gibts denn? CU"

Basti hat sicher nichts dagegen, wenn das Haus verkauft wird, überlegte Martin, während er auf die Landstraße nach Sachsenhausen einbog. Er würde hier im Stadtgebiet eine schöne Wohnung suchen und hätte nicht mehr so weit bis zu seiner Schule. Dann könnte er mit Monika ein vollkommen neues Leben beginnen.

Monika – an einer roten Ampel schloss Martin einen Augenblick die Augen und sofort entstand das Bild der geliebten Person. Sie war so verletzlich, mit einer schüchternen, selbstlosen Zuneigung hatte sie Susanne fast angebetet und dabei Martins Liebe gewonnen.

Das auffordernde Hupen der nachfolgenden Autos riss Martin aus dem kurzen Wunschtraum. Seine eigenen Zweifel bekämpfend fügte er laut hinzu: „Wir werden ganz sicher den Rest unseres Lebens zusammenbleiben."

Sandro, der Martin den ganzen Nachmittag begleitet hatte, lachte höhnisch.

„Wie langweilig, du einfältiger Mensch! Martin, vorher machst du Urlaub und amüsierst dich. Du wirst sehen, wie schnell du Susanne und Monika vergessen wirst."

„Monika schon, aber mich wird er niemals vergessen." Susanne erschien plötzlich und sah Sandro fragend an. „Was hast du Böses für Martin geplant?"

„Nichts Schlimmes, du wirst erfreut sein", beruhigte Sandro sie. „Du wolltest dich doch an den beiden rächen, weil sie dich belogen haben – schon vergessen?"

Susanne zögerte.

„Nein ... ich wollte sagen ja, aber ich möchte ihnen nicht schaden. Eigentlich habe ich Martin schon verziehen."

„Ach Unsinn. Vergeben ist Sache der guten Engel", unterbrach Sandro ihre Gedanken. „Du kannst Martin vergeben und zusehen, wie er glücklich wird. Was glaubst du, wie schnell er dich dann vergessen hat. Wenn du einer von uns dunklen Engeln sein willst, musst du lernen, Monika zu hassen. Wir sorgen dafür, dass sie leidet." Fröhlich schlenderte Sandro davon.

Aber ich kann sie nicht hassen, dachte Susanne. Und ich will es eigentlich auch nicht mehr.

Getragen von einer Welle euphorischer Zuversicht stürmte Martin die enge Wendeltreppe aus dem Parkhaus an der Alten Oper empor. Die kleinen bunten Einkaufstüten einiger Damen erinnerten Martin erneut an Monika. Verliebt überlegte er, ein kleines Geschenk für sie zu kaufen, und ging in Richtung Goethestraße.

Susanne begleitete ihn. Froh, von keinem der anderen Engel beachtet zu werden, verfolgte sie ihren Mann zu den schönen Geschäften. Martins Gedanken drehen sich nur noch um Monika und den Verkauf unseres Hauses, registrierte sie frustriert. Neugierig beobachtete sie Martin, der sich in einem Geschäft gerade einen schönen Seidenschal ansah.

„Mach dir keine Sorgen, vertraue uns einfach", hörte sie Sandro plötzlich in der Nähe. Er stand wie immer lässig an einen Baum gelehnt und schaute sie vergnügt an. „Wir regeln das für dich, liebe Susanne." Aber bevor sie reagieren konnte, war der böse Engel schon wieder verschwunden.

Glücklich über seinen Einkauf verstaute Martin seine Geldbörse in der Hosentasche. Den kleinen Beutel mit dem Emblem des Geschäfts in der Hand, drehte er sich beschwingt um – und prallte gegen eine Dame, die hinter ihm auf eine Verkäuferin gewartet hatte.

„Oh là là, Pardon. Sie sind aber stürmisch!" Dunkle, fast schwarze Augen lächelten ihn an und volle Lippen fügten verständnisvoll hinzu: „Ich glaube, Sie haben etwas verloren."

Martin kniff die Augen zu, heißes und kaltes Blut schoss in schwindelerregendem Tempo durch seine Schläfen.

Nein, dachte er, ich träume. So etwas Schönes gibt es gar nicht. Doch als er vorsichtig wieder seine Augen öffnete, stand sie noch immer vor ihm: schlank, fast genauso groß wie er, in einem kurzen roten Kleid. Ihr schmales Gesicht wurde umrahmt von dunkelblonden, kräftigen Haaren, die bis weit über ihre gebräunten Schultern reichten.

Eine der Verkäuferinnen eilte herbei und drückte ihm die Einkaufstüte wieder in seine kalte Hand, aber Martin beachtete es nicht. Seine Sinne waren gefangen von dem Anblick dieser wundervollen Person.

„Entschuldigung ...", versuchte er zu sprechen, seine Stimme war tonlos und er unfähig, weitere Wörter zu finden.

„Vous êtes bien? Ich meine, es geht Ihnen gut?" Die geheimnisvollen Augen waren noch immer auf ihn gerichtet und eine gepflegte Hand tastete fürsorglich nach seinem Arm.

Eine der Angestellten hatte bereits einen Stuhl herbeigerückt. Erst jetzt bemerkte Martin den leichten französischen Akzent in ihrer Aussprache und schüttelte den Kopf: „Vielen Dank. Ich war nur etwas verwirrt."

Langsam kehrte sein Bewusstsein zurück, aber Martin dachte nicht daran, das Geschäft zu verlassen. Fasziniert beobachtete er die junge Frau, die mit einer lockeren Vertrautheit ein paar Handtaschen kurz begutachtete und ihn mit jedem zufälligen Blick in seine Richtung erneut fesselte.

Selbstbewusst bewegte sie sich durch den Laden, ihr Gang und die kleine energische Geste, mit der sie ihre langen Haare aus dem Gesicht strich, offenbarten pure Lebensfreude. Wie ein Spiel, schoss es Martin in den Sinn, als sich ihre Blicke trafen.

„Sprich sie endlich an, du Langweiler", forderte Sandro den verblüfften Menschen auf.

Unsicher ging Martin zu der jungen Frau: „Ich heiße Martin und Sie haben recht. Ich habe wirklich etwas verloren, oder besser gesagt – ich bin gerade dabei, es zu verlieren."

Mit dem Ausdruck unschuldiger Verlegenheit hob die Schöne überrascht den Kopf: „Oh, das ist sicher meine Schuld. Ich bin Claire, aber wie kann ich Ihnen helfen?"

„Sie könnten mich beispielsweise auf einen Kaffee begleiten. Dort drüben an der Alten Oper gibt es ein nettes Restaurant."

Die Worte fühlten sich für Martin ungewohnt an und fast erschrocken über seinen Mut wich er ein Stück zurück. Ein Lächeln huschte über ihr Gesicht, aber ihre dunklen Augen blickten Martin betrübt an.

„Avec plaisir ... ich meine, natürlich würde ich sehr gern, aber ... es ist nur momentan nicht gut."

Martin hatte das Gefühl, von einer eiskalten Dusche überströmt zu werden. Der mutige Traum fiel in sich zusammen und verlegen versuchte er eine kleine Verbeugung.

„Aber Sie sind schon verabredet. Bitte entschuldigen Sie mein Verhalten."

„Nein!" Claire ergriff seine Hand.

„Es ist nicht, wie Sie denken. Ich bin verabredet – allerdings nur mit einem Flugzeug. Ich fliege heute Abend wieder nach Hause und muss in zwei Stunden am Flughafen sein."

Martin spürte die angenehme Berührung ihrer Hand, zart und zugleich elektrisierend, ein Kreislauf, der durch ihre Blicke entstanden war und sich im Augenblick des Hautkontakts schloss.

„Dann bleibt mir nur, Ihnen eine gute Heimreise zu wünschen – oder?"

Wieder ruhten ihre schönen Augen fragend auf Martin: „Eine gute Heimreise wünschen wir uns doch alle, nicht wahr?"

Martin fühlte sich ertappt, wie von einer überirdischen Macht gefangen, deren verlockendem Zauber er nicht entkommen konnte und auch nicht wollte. Mit einer unschuldigen Vertrautheit durchschaute Claire seine Gedanken und erkannte selbst vergessene Wünsche.

„Ja, Sie haben recht, aber vor meiner Heimreise muss ich zunächst lernen loszulassen, um überhaupt fortzufahren."

Martin wand sich unter ihren liebevollen Blicken.

Claire hielt nicht nur seine Hand fest in der ihren.

„Gibt es etwas, das Sie daran hindert?"

Martin schüttelte den Kopf. „Nein, im Grunde genommen

nichts – oder besser gesagt: nichts mehr."

„Nun", lächelte Claire und gab seine Hand frei. „Loslassen ist nicht so schwer, wie Sie bisher geglaubt haben. Eine Reise ist es noch weniger. Ich wohne in Monaco und es ist angenehm dort im Herbst."

„Ja, vielleicht", antwortete Martin langsam. In seiner Fantasie tauchten einladende Bilder von Südfrankreich auf. Eine bunte Mischung aus genussvollem Treiben und sonnendurchtränktem Luxus, palmengesäumte Straßen mit prachtvollen Hotels, aber auch enge schattige Straßen mit alten Häusern, vor denen afrikanische Händler lautstark ihre Waren anboten. Sonnengebräunte Haut an abgelegenen Stränden und das leise Klimpern der Takelage im Wind.

Nachdenklich sagte er: „Warum eigentlich nicht?"

„Dann gebe ich Ihnen jetzt sozusagen eine Fahrkarte für Ihre Reise?"

Claire zog eine Visitenkarte aus ihrer Handtasche und reichte sie Martin. Wieder berührten sich ihre Hände nur kurz, aber Martin hatte das Gefühl, von einer Welle sinnlicher Lebensfreude durchströmt zu werden. Wie verdurstet, tauchte er darin ein.

„Ich rufe Sie an, versprochen, und vielleicht komme ich schon bald in Ihre Gegend."

Claire blickte ihn prüfend an: „Ich glaube, dort werden Sie finden, was Sie fast verloren haben."

Sie küsste ihn sanft auf die Wange. „Wir sehen uns sicher, Martin."

Seltsam, dachte er, als er wieder auf die Straße trat und den Kopf zum wolkenlosen Himmel hob, dieses bezaubernde Wesen musste ein Engel geschickt haben. Eine euphorische Zuversicht, die nun in der Begegnung mit Claire gipfelte, hatte seit diesem Nachmittag das triste Vakuum in seinem Kopf mehr und mehr mit Lebensfreude erfüllt.

Martin lächelte glücklich den durch die Straßen eilenden Menschen zu und beeilte sich, um zur Verabredung mit seinem Sohn zu kommen.

Susanne begleitete ihn.

„Na, meine Liebe, haben wir das nicht gut hinbekommen?", fragte Sandro plötzlich neben ihr.

„Ich weiß noch nicht", Susanne zögerte. „Was ist jetzt mit Monika?"

Sandro lachte: „Sie leidet, so wie du es wolltest. Martin wird sich ein paar Wochen mit Claire amüsieren und dann ziemlich enttäuscht zurückkehren. Alles so, wie du dir das gewünscht hast."

Susanne verdrängte den Gedanken, dass sie Martin und Monika eigentlich nicht unglücklich machen wollte. „Ja, Sandro. Du hast vollkommen recht. Ich danke dir für deine Hilfe."

Aber irgendetwas schien der dunkle Engel zu spüren, denn er sah sie prüfend an. „Na, endlich hast du begriffen, dass wir durch unseren Einfluss niemandem schaden."

„Ja sicher, aber ihr freut euch noch mehr, wenn durch eure Taten Unglück entsteht."

„Aber Susanne, Claire ist doch kein Unglück für Martin! Du wolltest Rache, die hast du bekommen. Also wo liegt dein Problem?"

„Willst du damit sagen, dass ich nunmehr selbst ein dunkler Engel bin?"

„Möglicherweise – du kannst deinen wahren Charakter eben nicht verleugnen. Schau, die Sache ist doch ganz einfach: Wir helfen dir am Anfang, damit du lernst, die Menschen so zu sehen, wie sie in Wirklichkeit sind, nämlich böse. Irgendwann wirst du mir dankbar sein."

Susanne fühlte, wie seine Worte sie hinabzogen in einen grausamen dämonischen Sumpf.

„Alle dunklen Engel sind von ihrem Hass auf die Menschheit besessen."

„Kann sein, Lucian ist für mich der Extremste von uns."

„Er ist zugleich Jes' größter Feind?"

„Nein ... Jes hat keine Feinde, der liebt alle Engel. Leider. Gegen seine Liebe sind wir machtlos." Sandro sah sich vorsichtig um, etwas schien seine Unbekümmertheit zu stören. „Ich glaube, Jes hat dich schon durchschaut."

„Das stimmt, Sandro." Gabriel erschien vor den beiden Engeln. Sein besorgter Blick war auf Susanne gerichtet und besagte nichts Angenehmes.

„Susanne, Jes möchte sich gerne mit dir unterhalten."

„Ich habe nichts getan", rechtfertigte Susanne sich sofort.

„Das stimmt nicht ganz." Gabriel bedeutete Sandro durch einen Blick, dass der sich entfernen sollte.

„Gabriel, ich muss dir etwas erklären ..."

„Das kannst du gleich bei Jes tun. Überlege dir gut, was du ihm erklären willst."

Sandro grinste schadenfroh: „Viel Spaß, ihr beiden!"

„Hör auf, Sandro, du hast schon genug Schaden angerichtet." Gabriel wandte sich wieder an Susanne: „Komm, er wartet sicher schon."

15. Kapitel

Gabriel geleitete Susanne in den großen Raum, wo sie Jes vor einiger Zeit zum ersten Mal getroffen hatte.

„Der Herr ist gleich da", nickte Gabriel ihr zu und verschwand sofort wieder. Susanne setzte sich unsicher auf eines der Kissen. Ich habe nichts Unmoralisches getan, dachte sie, aber ihre Nervosität ließ sich durch diese Ausrede nicht beruhigen. Ob Jes wieder ärgerlich sein wird? Wenn ja, was passiert mit mir? Ob ich nun zu den bösen Engeln gehöre?

„Die Antwort auf deine Fragen lautet Ja und Nein."

Jes stand plötzlich vor ihr.

„Ich habe völlig vergessen, dass du unsere Gedanken hörst", entschuldigte sich Susanne verlegen.

„Hm, das hast du schon eine ganze Weile verdrängt, oder wie konntest du glauben, dass wir deine Unterhaltungen mit Sandro und Lucian nicht mitbekommen?"

„Es ist nicht verboten, mit den beiden zu reden", entgegnete Susanne unbeeindruckt.

„Natürlich nicht, aber du solltest ihnen keineswegs vertrauen. Besonders Lucians Einfluss schadet dir." Der Herr schaute sorgenvoll auf Susanne herab.

„Aber Jes, es ist nicht so, wie du denkst. Sandro und Lucian können auch hilfreich für die Menschen sein, indem sie Situationen verändern", rechtfertigte Susanne sich.

„Nein!" Entsetzt setzte Jes sich hin. „Sie setzen dir Flausen in den Kopf! Wir können den Tod eines Menschen eben nicht ungeschehen machen. Ebenso wenig können wir Roulettekugeln manipulieren oder sonst einen Unfug, den sie dir vorgespielt haben."

„Aber sie können zurückkehren zu den Menschen und ..."
Erschrocken hielt Susanne inne, da Jes heftig mit dem Kopf
schüttelte.

„Ja, Susanne, mitunter kann ein böser Engel wieder
zurückkehren und unter den Menschen noch mehr Schaden
anrichten. Das stimmt – leider. Aber wenn er nach seinem
erneuten Tod wieder bei uns auftaucht, habe ich umso mehr
Arbeit mit ihm."

Susanne schwieg verlegen. Gabriel hatte sie doch gebeten,
darüber keinesfalls mit Jes zu reden! Im nächsten Moment wusste
sie auch warum. Jes' Blick war starr geworden.

„Nicht genug, dass ich mich um die Millionen durchgeknallter
Individuen auf der Erde kümmern muss, nein, es gibt eine
wachsende Anzahl Engel, die Spaß daran haben, die Menschheit
endgültig ins Verderben zu führen." Jes sprang wieder auf und
lief aufgebracht umher.

„Entschuldige, Jes, ich bin kein dunkler Engel und möchte
wirklich niemandem schaden", versuchte Susanne ihn zu
beruhigen.

„Du wolltest dich nicht mehr entschuldigen, denk doch einfach
mal vorher daran." Jes blieb vor Susanne stehen. „Lernt ihr denn
alle nichts aus der Vergangenheit? Es gibt rund zwei Millionen
Arten auf der Welt. Jeden Tag sterben einige aus. Es ist also nur
eine Frage der Zeit, bis die Menschen ebenfalls aussterben
werden. Wie soll ich das verhindern, wenn alle nur an ihr
persönliches Vergnügen denken und die dunklen Engel auch
noch ihren Spaß am Untergang haben."

Susanne wünschte sich, sie hätte die Rückkehr in ein
menschliches Dasein nicht angesprochen und suchte nach einem

Ausweg, um Jes wieder zu besänftigen.

„Jes, wie können wir dir helfen?"

„Lieber Himmel – indem ihr nicht zusätzliche Probleme schafft. Ich liebe alle Engel und muss verhindern, dass die Menschen wie eine Schar von Lemmingen auf die Klippe und in ihren Tod laufen. Es ist wenig hilfreich, wenn Lucian und Sandro Gier oder Neid bei den irdischen Lebewesen hervorrufen und dir erzählen, dass sie sogar über Leben und Tod junger Menschen entscheiden können."

Jes ließ sich erneut zurück auf die Kissen sinken und Susanne erinnerte sich traurig an den jungen Motorradfahrer.

„Ich konnte Benedikt nicht abholen. Lucian war einfach ..."

„Ja, ich weiß. Lucian kann sehr überzeugend sein", unterbrach Jes. „Aber Benedikt sah, wen er vor sich hatte, und hat sich an mich gewandt."

„Ich hatte keine Chance gegen Lucian. Benedikt erkannte seine Boshaftigkeit sofort, und ich habe gehofft, dass er den richtigen Weg findet."

„Das hat er auch."

„Wie habt ihr das geschafft, ohne dass Lucian euch in die Quere gekommen ist?"

„Gegen die Liebe eines guten Engels ist Lucian machtlos."

Susanne nickte. „Ja, Liebe ist das stärkste aller Gefühle, auch wenn sie manchmal ungewöhnliche Wege erfordert."

„Was meinst du mit ungewöhnlichen Wegen?" Jes' Blick verfinsterte sich wieder.

„Herr, ich möchte niemandem schaden. Aber ich muss eventuell einigen Menschen Weisungen erteilen, die du nicht für richtig erachtest."

„Susanne, was hast du vor? Ich sehe vor allem, dass Sandro und

Lucian dir interessante Angebote gemacht haben."

„Könntest du mir trotzdem vertrauen?"

„Ja sicher, wir müssen Geduld mit unseren Neulingen haben. Manchmal erkennt man den wirklichen Engel erst sehr viel später." Jes sah Susanne prüfend an. „Ich hatte dir bei unserem ersten Treffen bereits deutlich gemacht, dass gute und böse Eigenschaften sich in den Menschen vereinen. Unsere Aufgabe ist es, die positiven Gedanken zu fördern und den schädlichen Einfluss zu verhindern, zumindest zu verringern. Vollkommen vermeiden können wir diese Verlockungen meist nicht, denn jedes Lebewesen und sogar die Erde selbst hat Licht- und Schattenseiten."

Susanne rutschte auf ihrem Kissen herum.

„Warum erklärst du mir das nochmals?"

Jes beobachtete sie aufmerksam.

„Weil ich weiß, dass du – sagen wir mal – ungute Dinge in Erwägung ziehst, um deinen Lieben zu helfen. Daran sind deine Unterredungen mit Lucian schuld."

„Jes, ich werde nichts unternehmen, was den Menschen in irgendeiner Form schadet."

Der Herr lachte.

„Nur ein wenig die Methoden der bösen Engel anwenden. Hab ich recht?"

„Du hast doch selbst gesagt, dass jeder eine eigene Wahrheit hat."

„Die je nach Standpunkt richtig oder falsch sein kann. Allerdings, und da stimme ich dir zu, kann eine falsche Entscheidung sich manchmal auch als richtig erweisen."

Susanne zögerte. „Peter zum Beispiel hatte nicht die Kraft, seiner Spielsucht zu entsagen, und er hat weiterhin das Glück am

Roulette-Tisch gesucht. Dadurch ist er in große Schwierigkeiten geraten."

„Für die er büßen muss", unterbrach Jes.

„Herr, wenn er aber zum Beispiel noch *eine* Entscheidung treffen würde, die den Verlust mindert und niemanden schmerzt, so könnte sich dieses Tun auch im Nachhinein als gut und richtig erweisen."

„Susanne, du denkst noch immer wie eine Anwältin. Überlege gut, was du beabsichtigst. Du kannst nicht als Engel für Gerechtigkeit sorgen. Deine Macht ist leider begrenzt, selbst wenn Lucian das Gegenteil behauptet."

Susannes helle Sneakers klopften ungeduldig auf den weichen Untergrund.

„Ich würde niemals Lucians Hilfe in Anspruch nehmen."

„Denn dadurch wärst du für uns endgültig verloren", vollendete Jes.

„Ja ich weiß. Sandro gab mir im Spielcasino zu verstehen, dass er Peters Unglück abwenden könnte, wenn ich mich zu den bösen Engeln bekenne."

„Verlockend, nicht wahr? Du könntest deinem Freund dadurch einen Gefallen erweisen."

„Indem ich andere Menschen ins Unglück stürze? Genau das ist es doch, was ich von ihnen fernhalten möchte."

„Aber du möchtest dich sehr gerne der bösen Praktiken Lucians bedienen, um einigen wenigen zu helfen."

Susanne fühlte sich endgültig durchschaut.

„Es ist nicht so, wie du denkst, Jes."

„Doch, das trifft es sogar auf den Punkt genau." Jes schwieg bedrückt. „Ich weiß bald wirklich nicht mehr, wie ich es euch noch erklären soll", fuhr er nach einer Weile fort. „Die Menschen müssen lernen, für ihre Vergehen geradezustehen. Nur ein aufrechter Geist kann endgültige Ruhe finden. Die vielen selbst ernannten Götter auf der Erde erzeugen nur weitere Lügen und Hass. In den Religionen erwarten sie die Rückkehr eines Messias. Aber wohin sollte der denn zurückkehren können, wenn alle auf der Flucht vor irgendwem oder auf der Suche nach irgendetwas sind."

Susanne blickte mitfühlend auf den Herrn.

„Jes, ich verspreche dir, mich liebevoll um Monika zu kümmern. Aber vorher muss ich eine Lösung für Peters Spielschulden finden. Und Sebastian hat demnächst eine wichtige Abschlussklausur."

Der Herr lächelte verständnisvoll.

„Monika ist sehr einsam und du solltest für sie da sein, jetzt, wo du ein Engel bist. Peter kannst du nicht helfen. Er hat viel Geld verspielt und anstelle rechtzeitig irdische Hilfe zu suchen, hat er sich weiterhin von Sandros Versuchungen leiten lassen. Friedrich muss besser auf seinen alten Freund aufpassen. Sebastian hingegen wird die Klausur nur bestehen, wenn er sich von seinem Freund Felix fernhält und fleißig lernt."

„Jes, bitte vertrau mir. Ich werde ihnen nicht schaden."

„Das hoffe ich, Susanne! Denk daran, wie willst du Peter begegnen? Oder Monika? Sie werden über kurz oder lang hier bei uns ankommen. Möchtest du sie den dunklen Engeln überlassen, weil sie zu Lebzeiten auf diese gehört haben?"

„Nein! Natürlich nicht. Ich möchte, dass sie genauso ihren Frieden finden wie Gabriel oder ...", Susanne machte eine kleine Pause, „oder auch ich irgendwann."

„Schön, und wie sollen sie das erreichen, wenn du oder Sandro sie vorher zu Lügen oder Unrecht verleiten?"

Susanne wand sich unter Jes' Blicken.

„Ich leite sie hinterher wieder auf den richtigen Weg. Jes, ich möchte ihnen doch nur helfen."

Jes erhob sich. Seine Worte klangen scharf.

„Lügen ziehen weitere Lügen nach sich und böse Taten haben noch niemandem geholfen. Bedenke gut, was du tust, Susanne. Noch ist es Zeit." Plötzlich war er fort.

Susanne blieb zerknirscht sitzen. Jes hatte sie längst durchschaut. Warum war es nur so schwierig, den Menschen zu helfen und dabei trotzdem ein guter Engel zu bleiben? Selbst Monate nach ihrem Tod hatte Susanne noch immer den Eindruck, am Anfang eines langen Weges zu stehen; mittlerweile war sie selbst nicht mehr sicher, wohin sie gehörte. Sie musste es schaffen, zumindest Peters Spielschulden zu regeln, und erkannte, dass dafür Schritte erforderlich waren, die nicht der Handlungsweise eines guten Engels entsprachen. Dabei könnte sie sich jedoch die Vergehen ihres irdischen Lebens zunutze machen. Liebe brauchte eben Zeit und zusätzliche Mühen, dachte Suanne und hoffte, dass Jes ihr am Ende vergeben würde.

„Keine Angst, das wird er bestimmt tun." Benedikt erschien und lächelte Susanne verständnisvoll an. „Jes meinte, du brauchst Unterstützung, und hat mich gerufen."

„Benedikt, ich brauche wirklich einen Rückhalt. Ich muss so tun, als ob ich Lucian folge, aber er darf den wahren Grund nicht bemerken."

„Da hast du in der Tat ein großes Problem, aber du wirst es schaffen. Lucian ist eitel und herrschsüchtig, was ihn glücklicherweise auch sehr anfällig für Schmeicheleien macht.

Sandro, sein liebster Freund, hat ganz andere Interessen und träumt davon, zu den Menschen zurückzukehren. In seinen Augen bist du bereits bei den dunklen Schatten, aber nicht so wichtig für seine eigenen Pläne."

Susanne blickte ungläubig auf den jungen Engel.

„Woher weißt du das alles?"

„Weil ich die beiden kennengelernt habe – du erinnerst dich? Eigentlich wolltest du mich zu den Guten geleiten, aber Lucians Macht war überwältigend. Deine Liebe zu den Menschen war noch nicht stark genug und daher konntest du ihm nicht widerstehen."

„Es tut mir leid."

„Keine Bange, ich habe Lucian sofort durchschaut. Ich musste ihm zunächst folgen, aber dann erschien Jes. Er ist der Einzige, dem ich vertraue, weil er alle Menschen und auch die bösen Engel liebt."

„Soll das heißen, du bist überzeugt, dass er Lucian noch retten kann?"

„Ich weiß es nicht, aber Sandro ist eigentlich gar nicht so gnadenlos, wie er selbst gerne den Anschein erweckt. Der arme Teufel tut mir richtig leid."

Susanne lachte: „Na, zumindest die Frauen liebt er zweifellos."

„Das stimmt! Sandro könnte ganz nützlich für deine Pläne sein. Schließlich hat er dafür gesorgt, dass Claire Martin über den Weg läuft."

„Wird Claire etwa von Sandro beeinflusst?"

„Nein, keine Angst. Claire ist eine teuflisch schöne Frau mit einer herzensguten Seele. Sie tut niemandem etwas Böses. Martin brauchte Abstand von Monika und das hat Sandro veranlasst. Du hättest immer zwischen ihnen gestanden."

„Ich werde mich mehr um Monika kümmern, damit Luzy sie nicht noch unglücklicher macht."

„Ja, Susanne. Das solltest du tun. So lautete auch Jes' Anweisung an dich."

„Aber vorher müssen wir Basti und Peter helfen – ohne dass Lucian etwas merkt."

„Deren Probleme beruhen ebenfalls auf einem Versäumnis in deinem irdischen Leben, nicht wahr?"

„Ja, leider. Ich war so egoistisch und hab noch nicht einmal erkannt, dass mein eigener Sohn in Schwierigkeiten steckte."

„Jetzt kannst du alles wiedergutmachen – als Engel. Ich glaube, auf deinem Weg zum ewigen Frieden bist du schon ein großes Stück weitergekommen."

16. Kapitel

„WAS hast du vor? Unser Haus verkaufen?"

Carolin boxte Sebastian in die Seite, da dessen Stimme den Lärmpegel der Bierkneipe deutlich übertraf. Sebastians schmale Wangen waren vor Aufregung gerötet.

„Ja, exakt." Martin bemühte sich, leise zu antworten, denn er konnte die Empörung seines Sohnes gut verstehen. „Ich ziehe wieder in die Stadt zurück und hab nicht mehr so weite Wege zu meiner Schule – und zu dir", fügte er lächelnd hinzu.

„Also ich finde das gut", besänftigte Carolin nach einer kurzen, angespannten Pause. „Basti, sieh's doch mal realistisch, warum sollte dein Vater das große Haus behalten? Du hast dein WG-Zimmer und studierst noch maximal zwei Jahre hier in Frankfurt. Es ist doch schön, wenn dein Vater einen Neubeginn starten möchte."

Langsam beruhigte sich Basti, er leerte den Rest seines Bieres in einem Zug und blickte nachdenklich auf seinen Vater. „Du wirst sicher nicht alle Gegenstände und Möbel mitnehmen – oder?"

„Nein, vermutlich nicht. Aber das Wichtigste tragen wir in unserem Herzen: die Erinnerung an Susanne." Martins Augen füllten sich kurz mit Tränen.

„Mum hing so sehr an dem Haus." Sebastian ergriff Trost suchend Carolins Hand.

„Genau daher sollten wir uns davon trennen."

„Weiß Opa Peter schon davon?"

„Nein, aber er wollte sowieso etwas mit mir besprechen und kann uns vielleicht mit dem Verkauf helfen. Peter kennt so viele

Makler, das ist sicher kein Problem für ihn."
„Bin gespannt, was er dazu sagt."

Im Verlauf der harmonischen, aber zum Teil auch ungestümen Unterhaltung wich Sebastians emotionsgeladene Skepsis mehr und mehr der Vorfreude. Gemeinsam diskutierten sie über Größe und Lage des neuen Zuhauses und Martin nahm sich vor, so bald wie möglich mit Peter und einem Makler zu reden. Außerdem wollte er noch den Flug nach Nizza buchen, denn er musste Claire unbedingt wiedersehen. Nach den Herbstferien würde er zurückkehren in einen neuen Lebensabschnitt, mit oder ohne Monika.

Aufgewühlt fuhr Martin durch die nächtlichen Straßen nach Hause. Wie sehr ihn die beiden jungen Menschen an seine eigene Studentenzeit erinnerten, als Susanne und er in der kleinen Wohnung in der Diesterwegstraße zusammenlebten!

Sie hatten sich bei der Klausurfeier kennengelernt. Martin lächelte bei der Erinnerung an das kleine und nur von wenigen Kerzen beleuchtete Zimmer im Studentenwohnheim. Der Raum war so voll wie die überquellenden Aschenbecher auf den wackligen Tischen gewesen und in den leeren Bier- und Apfelkornflaschen hatten die Bässe einer alten Stereoanlage vibriert. Erfüllt von dem Wunsch, der Enge zu entfliehen, hatten sie sich aus dem Haus geschlichen und waren bis zum Morgengrauen durch das nächtliche Frankfurt gewandert. Zwei junge Menschen am Beginn eines langen gemeinsamen Weges, der so plötzlich geendet hatte.

Zuhause angekommen nahm er sich einen großen Whisky und

setzte sich in den nur vom Sternenlicht erhellten Wintergarten. Zweifel trommelten in seinem schmerzenden Kopf. Er schloss die Augen und lauschte in die Stille. Im Nebel der Fantasie tauchten Bilder von Susanne auf: Sie standen eng umschlungen in ihrer alten Wohnung in der Diesterwegstraße.

„Susanne, ist das richtig, was ich hier tue?" Noch immer zermarterten Schuldgefühle Martins Kopf.

„Es ist gut so", antwortete Susanne lautlos.

„Du willst mich nur beruhigen."

„Nein, Martin. Es ist die unabänderliche Vorsehung."

„Ich habe plötzlich den Eindruck, du bist hier." Martin öffnete die Augen und sah sich suchend um.

„Ich bin immer in deiner Nähe, wenn du an mich denkst."

„Susanne, redest du wirklich mit mir?"

„Mit wem denn sonst, du Lieber?"

„Es ist total verrückt. Ich verstehe dich."

„Du hast nur meinen toten Körper beerdigt. Es ist schön, wenn du mich nun mit deinem Herzen hörst. Das haben wir im Laufe unserer gemeinsamen Zeit – verlernt."

„Susanne, es tut mir so leid. Kannst du mir jemals verzeihen? Ich war so blind und dumm."

„Ich habe dir schon vergeben, Martin."

„Ich werde dich immer in meinem Herz behalten."

„Das weiß ich, denn ich liebe dich. Aber was ist mit Monika?"

„Ich weiß es nicht ... ich glaube, ich habe mich in Claire verliebt."

„Du darfst Monika nicht verletzen. Sie braucht dich."

„Wenn ich aus Südfrankreich zurückkomme, werden wir alle weitersehen."

„Ich werde auf euch aufpassen."

Martin schüttelte den Kopf und schaute verblüfft auf sein Whiskyglas.

„Susanne?", flüsterte er in den leeren, dunkeln Wintergarten. Ungläubig rieb er die pochenden Schläfen. Hatte er soeben mit seiner verstorbenen Frau geredet, oder war das nur ein surrealer Traum? Erfüllt von einer undefinierbaren, tiefen Zufriedenheit wanderte er ins Schlafzimmer und ließ sich mit dem Gefühl vollkommener Seelenruhe auf das Bett fallen. Sofort überkam ihn ein erholsamer, traumloser Schlaf.

Lange Zeit blieb Susanne bei dem schlafenden Menschen, bis sie mitten in der Nacht plötzlich das dumpfe Gefühl einer entstehenden Gefahr verspürte. Sie erkannte das Gefühl sofort und wusste, dass Lucian in der Nähe war.

„Ist es nicht entsetzlich für dich, ihn so alleine zu sehen?" Lucian deutete auf den schlafenden Martin.

„Nein, er ist ja nie alleine – wir sind doch auch da." Susanne blickte misstrauisch auf den bösen Engel.

„Offensichtlich hast du ihm schon verziehen, dass er dich betrogen hat. Aber du willst sicher nicht, dass er mit Monika glücklich wird? Oder etwa doch?"

„Lucian, ich kann nichts mehr ändern. Warum fragst du mich das überhaupt?"

„Nun, ich habe gemerkt, dass du gerne zu den Menschen zurückgehen würdest. Sandro sagte mir etwas in dieser Richtung." Lucians Stimme wurde weich und schmeichelnd. „Wie würde dir das gefallen, an Monikas Stelle wieder mit Martin zusammenzuleben?"

Susanne zuckte kurz. „Das klingt wirklich verlockend. Aber

ich weiß, dass es nicht möglich ist."

Lucian lachte: „Ha, wer sagt denn so etwas? Jes etwa? Natürlich würdest du das schaffen. Monikas Seele ist schon fast auf der bösen Seite. Noch ein klein wenig Hilfe von dir und du könntest zurück – aber natürlich nur, wenn deine guten Freunde hier nichts davon erfahren."

Susanne verdrängte mühevoll ihren Schreck. „Das wäre wirklich eine gute Möglichkeit, ebenfalls auf Martin einzuwirken. Ich könnte in Monikas Körper weiterleben und ihn dazu bringen, ein paar richtig böse Dinge für euch zu tun."

„Ich merke, wir verstehen uns jetzt schon besser."

„Lucian, du bist wirklich genial. Aber lassen wir doch Martin zuerst nach Südfrankreich fahren. Vielleicht bleibt er ja auch bei Claire, wer weiß?"

„Claire ist viel zu lieb für ihn. Das ganze Vermögen, das sie durch unsere Hilfe aufgebaut hat, hat sie überhaupt nicht verändert. Sie genießt das Leben und freut sich, wenn sie einem armen Menschen helfen kann."

„Ja, manchmal sind selbst die bösesten aller bösen Engel erfolglos, nicht wahr, Lucian? Ich werde Martin sicher auch hin und wieder im Urlaub begleiten. Dann werde ich sehen, was ich für uns erreichen kann."

„Wenn du Claire endlich dazu überreden könntest, richtig gemein zu sein, wäre ich dir sehr verbunden."

Susanne schüttelte sich vor Unbehagen. „Lucian, lass Martin einfach in Ruhe. Ich kümmere mich schon um ihn. Du hast sicher so viel wichtigere Menschen, die du zum Bösen führen musst."

„Das stimmt zweifellos. Kann ich mich auf dich verlassen?"

„Ganz sicher, Lucian, ich werde ihnen helfen – aber auf meine Weise."

Lucian schaute sie verwundert an. „Deine Weise? Du meinst jetzt aber nicht die Methoden von Jes und diesen hoffnungslosen Versagern?"

„Nein, meine ich nicht. Mach dir keine Sorgen. Ich werde die richtigen Entscheidungen treffen."

Susanne warf noch einen letzten Blick auf den schlafenden Martin und verschwand.

Am nächsten Morgen wachte Martin wie immer lange vor dem Weckerklingeln auf. Aus der großen Kastanie vor seinem Schlafzimmerfenster drang bereits aufgeregtes Vogelgezwitscher und die Sonne schien warm in den Raum. Energisch sprang er aus dem Bett und ging in die Küche. Im Gegensatz zu den vergangenen Wochen fühlte Martin sich unbeschreiblich frisch und ausgeruht von der angenehmen Nacht. Selbst das dumpfe Brummen der Espressomaschine klang plötzlich nicht mehr bedrohlich, sondern verheißungsvoll und melodisch. Noch im Pyjama und mit einer Tasse Espresso in der Hand, wanderte Martin in den Flur und blickte eine Weile nachdenklich auf die orangefarbene Einkaufstüte mit dem Geschenk für Monika. Er wollte Claire unbedingt wiedersehen, aber wie sollte er die Situation Monika erklären? Entschlossen griff er zum Handy und wählte Monikas Nummer.

„Martin, wie schön, dass du dich meldest." Ihre Stimme klang irgendwie sonderbar.

„Störe ich dich gerade?", fragte Martin, um den Grund für die Veränderung herauszufinden.

„Nein, mein Lieber. Du störst nicht. Ich muss dir so vieles erzählen, aber ich bin heute schon sehr früh in die Apotheke gefahren und war in Gedanken bei einer alten Kundin, die vor mehreren Tagen verstorben ist."

Martin hielt inne. Er konnte doch Monika nicht so einfach mitteilen, dass er sie im Augenblick nicht wiedersehen wollte, wenngleich dies die ehrlichste aller Erklärungen wäre.

„Das tut mir leid. Diese Kundin kam bestimmt oft zu euch." Er zögerte kurz, um Monika die Gelegenheit zu einer Antwort zu geben. Als sie schwieg, fragte er: „Wie geht's Kurt? Alles okay im Autohaus?"

„Martin, ich freue mich, deine Stimme zu hören, aber du rufst doch nicht an, um dich nach Kurts Befinden zu erkundigen?", fragte Monika verunsichert und fügte dann leise hinzu: „Er ist viel unterwegs mit einem Kollegen."

Martin biss sich verlegen auf die Lippe. Er musste ihr ja nicht die ganze Wahrheit sagen.

„Monika, die Herbstferien beginnen in einer Woche und ich muss einfach mal raus. Ich wollte damit sagen, ich brauche Urlaub und muss über vieles nachdenken. Es geht nicht so weiter mit dir und mir und Susanne immer noch zwischen uns. Verstehst du das? Kurt liebt dich und du solltest zuerst mit ihm reden."

Sekundenlang hörte er nichts.

„Monika, bist du noch dran?" Verwundert blickte er auf das Display.

„Ja, Martin." Monikas Stimme war leise und klang entsetzlich traurig. Martin fühlte sich plötzlich wie ein Schuft.

„Du solltest wirklich verreisen und ich rede mit Kurt", fügte sie in festerem Ton hinzu. „Wir müssen uns Zeit lassen. Du hast schlimme Erlebnisse hinter dir und Susanne fehlt uns allen sehr."

Martin atmete erleichtert auf.

„Ich fliege sofort zu Beginn der Herbstferien los und bleibe zwei Wochen weg. Aber dann freue ich mich umso mehr, dich wiederzusehen."

Seltsam, überlegte er sofort, wie leicht ihm diese Aussage gefallen war.

„Ich freue mich auch." Monika machte eine kleine Pause. „Nach deiner Rückkehr haben wir uns bestimmt vieles zu sagen."

„Du bist sicher nicht böse?", hakte Martin nach.

„Nein, mein Lieber, natürlich nicht."

„Ich melde mich bestimmt, und liebe Grüße an Kurt."

„Danke. Das werde ich ihm gerne ausrichten. Schönen Urlaub für dich."

Als Martins Stimme verklungen war, behielt Monika das Handy am Ohr, bis der Summton sie schmerzhaft darauf aufmerksam machte, dass nicht nur das Telefongespräch beendet war. Mit dem Ärmel wischte sie ein paar Tränen aus den Augen und schüttelte ihren blonden Lockenkopf. Schließlich hatte sie schon ihr ganzes Leben gewartet, sie würde ein paar Wochen auch noch überstehen.

17. Kapitel

Am nächsten Morgen traf Sebastian mit den ersten Studenten in der Unibibliothek ein. Die Bibliothekarin am Eingang schmunzelte, als er den Studienausweis vorlegte.

„Guten Morgen, Herr Heinsius, heute aus dem Bett gefallen oder im Lernstress?"

„Guten Morgen, eher Letzteres. Hab morgen die Abschlussklausur für Konzerncontrolling und muss mein Hirn noch randvoll mit entsprechendem Wissen auffüllen."

„Na dann viel Erfolg, junger Mann. Hier sind Ihre Vorbestellungen. Sie schaffen das bestimmt."

Mit einem verständnisvollen Lächeln übergab die Dame ihm mehrere Fachbücher und widmete sich wieder ihrem Kaffee. Sebastian setzte sich an einen der freien Fensterplätze, schaltete seinen Laptop an und versuchte, die wichtigen Infos aus den Fachgebieten in Kurzform zusammenzufassen. Konzentrierte Ruhe erfüllte den Raum, nur vereinzelt hörte man das leise Klicken der Laptoptastaturen oder ein geflüstertes Gespräch.

Sebastians Aufmerksamkeit wurde durch einen harten Schlag auf seinen Rücken jäh unterbrochen. Felix stand schwankend hinter ihm, das fleckige Hemd hing ihm unordentlich aus der Hose und die geweiteten Pupillen waren verständnislos auf Bastis Bücher gerichtet.

„He, alter Freund, was machst du denn hier?"

„Still, Felix! Bis du verrückt?" Vom vorwurfsvollen Raunen der übrigen Anwesenden begleitet, sprang Sebastian auf und zog seinen Freund fort.

„Komm mit nach draußen. Wir reden vor der Bibliothek." Draußen packte er Felix am Arm und schüttelte ihn.

„Was ist denn mit dir los? Hast du was genommen?" Felix entwand sich dem Griff des Freundes.

„Nein, wie kommst du darauf? Wir haben gestern Abend schon unsere bestandene Prüfung gefeiert. Viele Drinks und noch mehr Bierchen. Hab nicht geschlafen seither, aber irgendwie waren die Pillen, die du uns letztes Mal gebracht hast, nicht so gut wie sonst."

„Lieber Himmel, du bist ja noch immer betrunken." Sebastian sah sich ängstlich um und hoffte, dass keine Dozenten den Zwischenfall bemerkt hatten. „Felix, du setzt dich hier hin und rührst dich nicht von der Stelle, bis ich wieder zurück bin."

„Geht klar", stammelte der und ließ sich auf eine der Bänke vor der Bibliothek fallen.

Sebastian eilte zurück zu seinem Fensterplatz und räumte schnell alle Bücher in eins der Ablagefächer für die Benutzer der Bibliothek. Als er am Kaffeeautomaten vorbeikam, blieb er kurz stehen und kaufte zwei große Becher vierfachen Espresso. Vor dem Gebäude hatte Felix die Beine auf der Bank ausgestreckt und döste vor sich hin. Verwundert öffnete er die Augen, als Bastian mit dem Kaffee kam. Dankbar nahm er einen Becher entgegen.

„Ich bringe dich jetzt nach Hause, aber vorher erklärst du mir bitte, warum ihr eine bestandene Prüfung bereits vorab feiert. Die Klausur ist doch erst morgen."

Sebastians sorgenvoller, aber neugieriger Blick ruhte auf seinem Freund.

Felix trank gierig den starken Kaffee und grinste Basti dabei mit glasigen Augen an. Dann zog er umständlich einen USB-Stick aus der Hosentasche.

„Das hier ist der Anlass zur Freude, mein Lieber." Triumphierend hielt er den Stick in die Höhe. „Ich habe jemand beauftragt, für mich zu lernen."

Sebastian verstand immer weniger.

„Ich glaube, du fantasierst. Jemand hat für dich vielleicht ein paar Infos auf den Stick gezogen, aber lernen musst du schon selbst, und zwar schleunigst. Die Klausur morgen wird nicht einfach, und wenn du nicht ganz schnell nüchtern wirst, hast du umsonst gefeiert."

„Basti, so betrunken bin ich nicht – oder vielleicht nicht mehr nach diesem Kaffee. Ich habe die Klausur bereits bestanden." Felix grinste stolz und hielt bedeutungsvoll inne. „Auf diesem Stick ist die komplette Abschlussklausur, mit Antworten und Lösungsbogen."

„Felix! Wo hast du die denn her? Aber du darfst nichts mit in den Prüfungsraum nehmen, außer Taschenrechner und so." Erschrocken wich Bastian zurück.

„Schon gut, bleib ruhig. Wir wissen jetzt genau, wie die Themen und Fragestellungen der Klausur lauten. Die Antworten zu lernen und in der Klausur aufs Papier zu bringen ist ein Kinderspiel. Das schaffe ich auch noch mit 2 Promille. Aber weißt du was? Ich schenke dir den Stick, hab die Daten sowieso nochmals auf dem PC."

Sebastian schaute unsicher auf den kleinen schwarzen Datenspeicher.

„Ich weiß nicht – wie seid ihr überhaupt an die Fragen gekommen?"

Felix schaute sich schwankend um und strich seine strähnigen Haare zurück.

„Der Bruder unseres Freundes Max studiert IT. Nebenbei ist er ein äußerst begabter Hacker, aber das sagst du niemand – okay? Er hat sich in die Druckersoftware des Prüfungsamtes gehackt und einen virtuellen Freund installiert, der ihm alles zeigt, was dort gedruckt wird."

„Aber das ist ja kriminell", entrüstete sich Basti.

„Na ja, er hat unter dem Namen und mit dem Logo der Herstellerfirma eine Mail mit einem Software-Update an das Prüfungsamt gesendet. Schon war er drin und mit ihm sein Virus."

„Was? Hat das denn keiner gemerkt?"

„Nein. Offensichtlich nicht. Wir konnten auch die Prüfungen der anderen Fachbereiche sehen. Max war so nett, schon einen Teil der Lösungen unserer Klausur einzutragen."

Sebastian schüttelte den Kopf. „Felix, damit will ich nichts zu tun haben. Das alles ist illegal und unrecht."

„Ich schenke ihn dir trotzdem, mach, was du für richtig hältst."

Zögerlich nahm Sebastian den USB-Stick entgegen. „Soll ich dich nach Hause fahren?"

Felix leerte den zweiten Kaffeebecher und erhob sich, noch immer unsicher auf den Beinen. „Nein, geht schon wieder. Vielleicht nehm ich auch ein Taxi. Gut, dass meine Eltern mal wieder verreist sind. Bis morgen, alter Freund."

Verwirrt blieb Sebastian zurück. Er schaute Felix hinterher, dann zurück auf das Plastikteil in seiner Hand. Es fühlte sich genauso an wie der Radiergummi, den er in der zweiten Grundschulklasse einem Mitschüler entwendet hatte: verboten und falsch. Trotzdem war er neugierig und öffnete seinen Laptop. Vorsichtig installierte er den Stick. Der Bildschirm zeigte tatsächlich ein Dokument mit dem Aufgaben- und dem Lösungsbogen für die

Klausur seiner Studiengruppe unter dem morgigen Datum. Hastig klappte Sebastian den Laptop wieder zu, doch der schien plötzlich auf seinen Beinen zu brennen. Sebastian fühlte die Verlockung des Betrugs. Aber es ist und bleibt unrecht, rief er sich in Erinnerung. Voller Skrupel wog er den PC in den Händen.

Es war fast Mittagszeit und Studentinnen und Studenten eilten vorbei, um einen Platz in der Cafeteria zu ergattern, andere saßen in Gespräche vertieft zusammen auf den alten Holzbänken in der Sonne. Unsicher beobachtete Sebastian die jungen Menschen. Mum, dachte er, was soll ich nur tun? Die Themen weiter lernen oder einfach abschreiben? Er fühlte sich zerrissen zwischen Ehre und möglichem Betrug.

Gerufen von den Gedanken ihres Sohnes erschien Susanne. „Du weißt, was du zu tun hast, Basti."

„Ach Susanne, lass ihn doch abschreiben", hörte sie plötzlich den Gedanken eines anderen Engels. Sandro stand – lässig wie immer – vor einer Gruppe Studenten.

„Schon klar, dass du das befürwortest, Sandro. Basti macht sich dadurch mitschuldig an diesem Betrug und kann von der Uni verwiesen werden."

„Mach mal halblang. Was ist denn schon dabei, ein bisschen zu betrügen? Das bekommt doch sowieso niemand mit. Ich habe Felix und Maxis Bruder geholfen und jetzt kann Basti ebenfalls von dem kleinen Schwindel profitieren."

„Sandro, du hast sie dazu angestiftet, und das nicht, um ihnen zu helfen."

„Felix ist schon so gut wie auf der dunklen Seite angekommen, ich musste ihn nicht erst überzeugen."

„Ja sicher, und wer steckt dahinter? Suchst du dir wirklich

einen so schwachen Jungen aus, den du ins Verderben führen kannst? Sandro – das ist doch viel zu leicht für dich und deine Fähigkeiten."

„Findest du?" Der böse Engel ließ sich zufrieden auf eine Bank fallen. „Felix ist schon ein attraktiver Junge, dazu mit einem reichen Elternhaus. Ich muss seine Seele ganz besitzen."

Susanne schüttelte nur den Kopf. „Warum nur, Sandro?"

Statt einer Antwort sogen die Augen des bösen Engels sich an einer Gruppe junger Studentinnen fest. Ihre hellen Engelsbegleiter blickten abwehrend in Sandros Richtung.

„Wartet nur, ihr Hübschen, wenn ich wieder unter den Lebenden bin, mache ich euch das Leben nicht so leicht", rief Sandro ihnen zu und seufzte. „Diese Frauen sind einfach zu schön."

„Du bist und bleibst ein böser Engel. Was hast du nur davon, ständig darauf zu hoffen, wieder zu den Menschen zurückzukehren?"

Sandro grinste verlegen.

„Lucian war schon zurück, aber der ist extrem gefährlich."

„Hat ihm das so viel Vergnügen bereitet? Und war es die Anstrengung wert?"

„Er ist für den Tod einer Menge Menschen verantwortlich und hat viele in Leid und Verzweiflung gestürzt. Aber das will ich ja überhaupt nicht."

„Sondern?"

„Ist das denn so schwer zu erraten? Meinen Körper will ich endlich zurück und den Spaß, der damit verbunden ist. Ich habe es gründlich satt, immer unsichtbar zu sein. Ich möchte wieder essen, einen guten Wein schmecken und schöne Frauen umarmen, am liebsten Dutzende."

Susanne lachte.

„Dafür suchst du dir jetzt einen Menschen aus, dessen Seele du Lucian präsentieren kannst? Und ich vermute, es soll Felix' Seele sein?"

„Susanne, es ist so langweilig, ein Engel zu sein! Ihr liebt die Menschen und freut euch, wenn eure guten Gedanken sie erreichen. Daran arbeiten die guten Engel andauernd, aber was nützt es? Nichts! Wir brauchen sie nur mit Macht oder Geld zu locken und schon rennen sie Lucian hinterher. Diese Aufgabe ist nicht mehr das, was sie früher mal war, als die Leute noch an Gott und die Kirchen geglaubt haben."

„Hast du schon mal überlegt, selbst ein guter Engel zu sein?" Susanne blickte fast mitleidig auf ihn hinab. „Du könntest doch versuchen, die Menschen zu lieben und das Gute ihn ihnen zu sehen."

„Nein! Niemals." Sandro schüttelte energisch den Kopf. „Wenn ich die Lebewesen auf der Erde anschaue, sehe ich nur Bosheit und Verderben. Außerdem will ich Spaß mit ihnen haben und keine Arbeit."

„Du machst es dir wirklich leicht", grübelte Susanne. „Aber wir beide könnten eine Art Waffenstillstand vereinbaren, in dem du versprichst, den Menschen nicht zu schaden. Falls du es schaffst, in Felix wieder weiterzuleben, könntest du essen, trinken und lieben, was oder wen auch immer du willst, solange du anderen Menschen kein Leid zufügst."

„Hab ich das denn bisher nicht genau so gemacht? Ich habe weder Martin noch sonst jemandem geschadet. Im Grunde sind die Menschen mir so was von egal. Ich muss nur Lucian zufriedenstellen, damit ich zurückkann."

„Okay, dann tun wir beide jetzt so, als hättest du dafür gesorgt, dass Sebastian die gestohlene Prüfung verwendet. Du kannst Lucian dann stolz berichten, es wäre unser – oder besser gesagt dein böses Verdienst."

„Wie denn? Susanne, Sebastian soll jetzt doch abschreiben?"

„Es ist Unrecht, aber ..."

„... aber eine gute Lösung", unterbrach Sandro und erhob sich.

„Ja, schon okay. Vielleicht muss man hin und wieder ein böser Engel sein, um den Menschen zu helfen. Es gibt wohl nicht nur viele Wege, sondern auch ein riesiges Labyrinth in die Ewigkeit."

„Endlich erkennst die Wahrheit", erwiderte er zustimmend.

„Sandro, ich habe mich für die gute Seite entschieden, aber ich werde dich hin und wieder treffen."

„Daran habe ich keine Zweifel, Susanne."

„Ich muss noch ein paar Dinge regeln, und die werden Jes nicht gefallen."

Sandro grinste wieder böse. „Von mir erfährt er nichts. Hauptsache, ich komme zu meinem Ziel."

„Dein Ziel könnte dich als Mensch auch auf einen guten Weg führen."

„Mal sehen." Sandro verschwand wieder. „Hauptsache Spaß, und keine Langeweile mehr."

Bastian saß noch immer unschlüssig auf der Bank vor der Unibibliothek. Susanne musste über seinen hilflosen Ausdruck lächeln.

„Basti, es ist in Ordnung, wenn du diese Klausurkopie zum Lernen benutzt. Du weißt, dass diese Informationen im Grunde genommen erschwindelt sind. Lies dir die Fragen genau durch und überprüfe die Antworten von Max. Du wirst diese Klausur bestehen, da du die Themengebiete auch ohne die Hilfe bereits kennst."

Was ist, wenn die Dozenten den Betrug bemerkt und die Prüfungsfragen geändert haben, überlegte Basti.

„Das ist ein sehr geringes Risiko, die Klausuren liegen ja schon beim Prüfungsamt. Es wird daher keine Änderungen mehr geben. Also nimm die Vorlage, Basti", beruhigte Susanne den zögerlichen jungen Mann.

Wie von einer überirdischen Macht gesteuert, klappte Sebastian den Laptop wieder auf und öffnete die Datei von Felix. Erleichtert registrierte er, dass es nur wenige Fachgebiete waren, die er noch ausführlicher bearbeiten musste. Sein Herz tat einen Freudensprung, als er die Klausurfragen ganz durchgelesen hatte. Beruhigt und zufrieden ging er zurück in die Bibliothek, während Susanne lächelnd entschwand.

18. Kapitel

An diesem Tag war die Klasse 9 B besonders lebhaft und Martin hatte Mühe, die Schüler zu konzentriertem Arbeiten zu bewegen. Die in fünf Tagen beginnenden Herbstferien lenkten das Interesse der Jugendlichen mehr auf die bevorstehenden Freizeitpläne als auf den Erdkundeunterricht. Martin erklärte daher ausführlicher als sonst die Fragen der letzten Klassenarbeit und versuchte, die allgemeine Nervosität in Grenzen zu halten, indem er Zwischenrufe oder das versteckte Vibrieren eines Handys einfach ignorierte. Er zählte selbst die Tage bis zum Ferienbeginn. Eine lang vergessene und seltsam überwältigende Vorfreude erfüllte ihn, seitdem er den Flug nach Nizza gebucht hatte. Sebastian, der sich genauso für die Urlaubsreise seines Vaters zu begeistern schien, hatte die Abschlussklausur mit nahezu voller Punktzahl bestanden und suchte bereits im Internet nach Wohnungsangeboten.

„Aber nicht gleich einen Kaufvertrag unterschreiben", versuchte Martin den Enthusiasmus seines Sohnes zu bremsen. „Warte wenigstens, bis ich wieder zurück bin."

Basti hatte ihn in die Seite geboxt und lachend geantwortet: „Nö, warum denn?"

Nach dem anstrengenden Schultag wieder zu Hause, rief Martin Peters Handynummer an. Die Stimme des alten Anwalts klang verwundert und wie immer viel zu laut durch das Telefon.

„Martin! Wie gut, dass du anrufst. Ich habe gerade an dich gedacht, wir haben hier noch ein paar persönliche Akten in

Susannes Büro entdeckt. Bankunterlagen oder so, keine Ahnung – aber sicher nichts Dringendes. Ich kann sie dir bei Gelegenheit mitbringen."

„Das war bestimmt Gedankenübertragung, ich muss mit dir reden. Hast du Zeit heute Abend?" Martin fügte mit leiser Stimme hinzu: „Aber bei dieser Gelegenheit solltest du die Akten lieber noch im Büro lassen. Ich schaue sie mir in ein paar Wochen direkt in deiner Kanzlei an. Vermutlich kann das meiste sowieso in den Schredder."

„Du weißt, mein Junge, ich habe fast immer Zeit für dich und für ein Glas guten Weines", antwortete Peter sofort. „Gibt es etwas Besonderes?"

„Nur ein paar besonders alte Flaschen Rotwein, die du mal anschauen solltest." Martin lachte. „Oder auch trinken könntest. Ich muss meinen Weinkeller aufräumen."

„Hört sich nach einem vergnüglichen Abend an. Ich komme gern."

Peter plauderte noch eine Weile über seine Arbeit in der Kanzlei, die ihm aufgrund ständig neuer Verordnungen und schwieriger Mandanten immer schwerer fiel. Martin hörte ihm ruhig zu, aber er bemerkte sehr wohl, dass sein alter Freund müde schien und seine Stimme trotz der polternden Heiterkeit niedergeschlagen klang.

Er sollte wirklich einen Schlussstrich unter seine Anwaltstätigkeit ziehen und sich um Helga und seine Hobbys kümmern. Irgendetwas schien Peter sehr zu belasten. Nach dem zweiten Glas Wein wird er sicher den Grund für seine Missstimmung verraten, überlegte Martin, während er sorglos pfeifend in der Küche ein kleines Essen vorbereitete.

Peter kam pünktlich zur vereinbarten Zeit. Der aromatische Duft von Lammbraten und Rosmarin strömte durch die Räume und ein kräftiger Rotwein wartete im Dekanter auf dem Esstisch.

„Das ist ein 2010 Château Monbrison aus dem Margaux", beantwortete Martin Peters fragenden Blick.

„Hm, passt perfekt zum Lammkarree, mein Junge." Peter setzte sich an den langen Holztisch, der die Mitte des Esszimmers dominierte.

„Ja, und ich habe noch einige Flaschen davon im Keller, also koste ihn schon mal. Bedien dich ruhig, ein Brotkorb steht daneben," lachte Martin und verschwand wieder in der Küche. Kurze Zeit später kam er zurück mit dem Lammbraten, kleinen Kartoffelstückchen und Bohnen, alles geschmackvoll auf zwei vorgewärmten Tellern angerichtet.

„Herrlich, wie das duftet", schwärmte Peter. „Dazu dieser wundervolle Rotwein. Das ist Cabernet Sauvignon und Merlot?"

„Ja, jeweils etwas mehr als 30 Prozent plus Cabernet Franc. Ein sehr harmonischer Wein."

„So etwas Edles willst du aus deinem Keller werfen? Den kannst du sehr gut noch ein bis zwei Jahre aufheben." Peter tupfte sich mit der Serviette den Mund und hielt sein Glas vor die Nase.

„Ein köstlicher, vielseitiger Duft, schwarze Kirschen, Cassis und Kräuter mit feinen Tanninen, da ist noch richtig Kraft drin."

Martin, der sich gerade ein Stückchen Lammfleisch in den Mund gesteckt hatte, murmelte zustimmend: „Ja, im Wein schon."

Sofort stellte Peter das Glas auf den Tisch zurück.

„Martin? Was heißt, im Wein schon? Wie geht's mit Monika weiter? Oder möchtest du mir etwas mitteilen?"

Martin legte seinerseits das Besteck zur Seite und schaute auf

Peters faltiges Gesicht. Trotz der vielen Lachfältchen sah es müde und sorgenvoll aus. War es unpassend, dem alten Freund die Wahrheit zu sagen, wo der offensichtlich selbst tief in eigenen Problemen steckte? Vielleicht würde er ja noch darüber reden. Er nahm einen kleinen Schluck.

„Peter, ich plane eine große Veränderung."

„Mensch, Martin, ich freue mich, dass es dir wieder besser geht, und ich wette, diese Veränderung heißt Monika?", unterbrach ihn Peters laute Stimme.

Martin lächelte. „Diese Wette hättest du im Augenblick verloren. Nein ..."

Wieder machte er eine kleine Pause.

„Du, ich möchte das Haus verkaufen. Es ist einfach zu groß für mich alleine – und zu leer. Ich will wieder zurück in die Stadt ziehen. Näher zur Schule und zu Basti. Irgendwo dort eine nette Wohnung suchen. Aber vor dem Umzug werde ich noch ein paar Tage Urlaub machen, denn ich brauche dringend Abstand von allem, was mich hier umgibt."

Ungläubig schaute der alte Anwalt auf seinen jüngeren Freund, doch als hätte Martins Aussage einen Monsun-Regen ausgelöst, der seine eigenen Probleme hinwegspülen könnte, analysierte er für einen Sekundenbruchteil die Möglichkeit, diesen Regen für sein ausgetrocknetes Bankkonto zu nutzen.

„Das ist wirklich eine große Überraschung und ich beglückwünsche dich zu dieser Entscheidung, wobei – vielleicht könntest du mir damit noch zusätzlich helfen."

Peter blickte seinem Freund hinterher, der in der Küche eine weitere Platte von dem köstlichen Lammkarree holte. Martin legte Peter eine große Portion auf den Teller.

„Inwiefern könnte ich dir helfen?"

Peter kämpfte mit sich. Sollte er Martin wirklich von seinen Spielschulden erzählen? Es wäre für Martin eine unglaubliche Enttäuschung, und was würde er dann von ihm halten? Traurig schüttelte er den Kopf.

„Ach, im Grunde genommen nichts, Martin." Er schaute auf das Essen vor sich, und plötzlich war sein Hals wie zugeschnürt. Ich kann es nicht, dachte er niedergeschlagen. Dann hob er den Blick und schaute geradewegs in Martins verständnislose Augen. „Ich wollte sagen, ich verstehe deine Entscheidung. Hier in diesem Haus hast du mit Susanne lange gelebt. Alles hier drin erinnert dich an sie und für eine Person ist es sowieso viel zu groß."

Susanne, die in dieser Sekunde bei den beiden geliebten Menschen erschien, bemerkte sofort, dass auch Friedrich anwesend war, wohlwollend, aber mit einem bedauernden Blick auf Essen und Wein.

„Los, Peter, frag ihn doch! Nach dem Hausverkauf kann er dir bestimmt etwas Geld borgen und den Rest schuldest du bei deiner Bank um", ermunterte Friedrich seinen irdischen Schützling.

Susanne stand zwischen Peter und Martin.

„Nein, Friedrich. Ich halte das für keine gute Lösung. Martin wird das Geld benötigen, um sich ein neues Zuhause zu kaufen und einzurichten."

„Susanne! Wie soll Peter denn seine Spielschulden zurückzahlen? Bist du jetzt vollkommen zu den bösen Engeln gewechselt? Wie kannst du so gemein sein? Das ist die einzige Chance, die er noch hat. In zwei Wochen sind die Rückzahlungen fällig."

„Beruhige dich, Friedrich. Ich bin kein dunkler Engel und

werde Peter helfen."

„Ja, aber wie denn? Siehst du nicht, wie verzweifelt er ist?"

„Das sehe ich schon, und ich sehe auch, wer ihn zu der Spielsucht verleitet hat. Ich habe eine Lösung, aber du musst mir vertrauen."

„Kennt Jes deine Pläne? Oder hat Lucian dich angestiftet, Peter in den Ruin zu treiben?"

„Friedrich, weder noch. Jes wird es noch erfahren und mir hoffentlich verzeihen. Lucian wird annehmen, dass ich auf der bösen Seite bin, aber das stimmt nicht."

„Ich erkenne dich nicht wieder." Traurig wandte Friedrich sich von Susanne ab und blickte ratlos auf seinen Sohn.

„Lass ihn, Friedrich, ich weiß, wie wir ihm helfen können, und ich werde ihn leiten", beruhigte Susanne den Engel nochmals und verschwand.

Peters Idee, seinen Pflegesohn um finanzielle Unterstützung zu bitten, war wie eine Seifenblase geplatzt.

Martin bemerkte die Veränderung in Peters Stimmung sofort.

„Also, du hast doch irgendetwas im Kopf, das dich sehr bedrückt. Jetzt rück schon raus mit der Sprache. Was ist los?"

Peter trank einen großen Schluck Wein. „Ach nichts, mein Junge – absolut nichts. Vielleicht mache ich mir nur so meine Gedanken, mit wem ich meine vielen Flaschen Rotwein trinken soll, wenn du nicht mehr da bist."

„Ich bin doch nicht aus der Welt! Wir werden noch oft Gelegenheit für einen solchen Abend haben."

„Ja, das hoffe ich auch, aber ..." Peter brach den angefangenen Satz ab.

„Aber was?" Martin ließ seinen Freund nicht aus den Augen.

„Martin, mach dir keine Sorgen. Ich bin momentan etwas überarbeitet. Susanne hat uns auch gefehlt in der Kanzlei. Wir hatten eine Menge aufzuarbeiten durch ihren Tod."

„Das kann ich mir vorstellen, wenn einer ausfällt, bleibt vieles liegen."

„Die Erinnerung an sie ist so gegenwärtig. Im Büro habe ich manchmal den Eindruck, sie steht hinter mir. Wir haben kürzlich noch ein paar alte Unterlagen von ihr entdeckt. Die Kollegen konnten sie keinem Mandanten zuordnen, du solltest dir die Dokumente ansehen nach deinem Urlaub. Aber wo geht's eigentlich hin?"

Martin vergaß für einen Augenblick seine Umgebung und sein verträumter Blick schweifte in die Ferne.

„Nach Südfrankreich. Eventuell besuche ich jemanden in Monte Carlo."

„Einen Kollegen?", erkundigte sich Peter. „Ihr könntet dort zusammen in die Spielbank gehen.".

„Nein." Martin hielt kurz inne, dann fuhr er fort: „Sie heißt Claire. Ich habe sie nur kurz in Frankfurt in einem Laden kennengelernt, aber ich möchte sie unbedingt wiedersehen."

„Claire?" Peter fiel fast das Glas aus der Hand. Sollte es wirklich dieser Engel sein, der ihm in Wiesbaden begegnet war? Sofort erinnerte er sich an die zauberhafte Begegnung mit der schönen Frau. Das konnte nur ein Zufall sein, aber er musste sichergehen.

„Ich glaube es nicht. Du hast dich Hals über Kopf verliebt? Wie sieht sie aus?"

Martin strahlte seinen Freund an. „Ich weiß noch nicht, ob ich mich in sie verliebt habe, sie ist wunderschön und etwas ganz Besonderes. Es ist nicht nur ihr Aussehen; ihre Ausstrahlung hat mich verändert und komplett gefangen. Sie hat mit mir geredet, als ob sie in mich hineinschauen und verstehen könnte."

„... sie ist blond mit dunklen, geheimnisvollen Augen und schlank?", unterbrach Peter den schwärmenden Freund. Martin schaute ihn überrascht an.

„Du kennst sie?"

Peter überlegte kurz, ob er Martin die Wahrheit über ihr Treffen in der Spielbank erzählen sollte. Es konnte sich nur um dieselbe Person handeln.

„Nein, mein Freund", antwortete er jedoch niedergeschlagen. „War nur so dahingesagt. Ich kenne Claire nicht."

Peter fühlte sich elend. Es widerstrebte ihm, seinem jungen Freund nicht die Wahrheit zu sagen, aber er wollte ihn mit seinen Problemen nicht noch mehr belasten.

„Ich könnte dir beim Verkauf des Hauses helfen", lenkte er das Gespräch auf ein anderes Thema. „Im Golfclub gibt es mehrere Immobilienmakler."

„Das wäre sehr gut. Sebastian sucht auch schon im Internet. Zunächst muss ich ja eine andere Wohnung haben, bevor wir mit dem Verkauf beginnen. Er kommt regelmäßig her in meiner Abwesenheit und ruft dich sicher an."

Prüfend blickte Martin in Peters sorgenvolles Gesicht. Die ganze Zeit über wurde er den Eindruck nicht los, dass sein Freund ihm etwas verheimlichte. Hinter seiner weinseligen Heiterkeit verbarg er offensichtlich ein ungeheures Problem, über das er noch nicht bereit war zu reden. Und warum hatte er bei dem Namen Claire so reagiert? Kannte Peter sie wirklich nicht?

„Wenn ich zurück bin, öffnen wir mal eine Flasche Problemlöser für dich, mein Lieber. Versprochen?"

„Ganz sicher, Martin. Aber ich sollte jetzt wirklich nach Hause gehen. Helga ist bestimmt schon vor dem Fernseher eingeschlafen."

Martin sah dem alten Anwalt, der, etwas unsicher auf den Beinen, in der Nacht verschwand, lange hinterher.

Mit gesenktem Kopf schleppte sich Peter den kurzen Weg nach Hause. An der schmiedeeisernen Gartenpforte hielt er kurz an und betrachtete das schöne Einfamilienhaus, in dem er seit mehr als dreißig Jahren mit Helga lebte. Die Hecken müssten unbedingt geschnitten werden, registrierte er, aber wovon sollte er die Gartenbaufirma bezahlen? War alles im Grunde genommen nicht vollkommen egal, wenn das Haus sowieso in die Zwangsversteigerung ging? Niedergeschlagen schloss er die hölzerne Eingangstür auf und deponierte den Schlüssel wie immer in dem kleinen Schlüsselkästchen, das Sebastian ihnen vor ein paar Jahren gebastelt hatte.

Im Fernseher lief die Berichterstattung über irgendein Politikertreffen in den USA, aber Helga war auf dem Sofa eingeschlafen. Peter schaltete den Ton aus und blickte mit tränenerfüllten Augen auf seine Frau. Sie würde ihm nie verzeihen, dass er ihr gemeinsames Vermögen verspielt hatte und sie beide in den Ruin stürzen würde. Sein privates Konto war bereits bis zur Schmerzgrenze der Banken überzogen, damit die regelmäßigen Verpflichtungen bedient werden konnten. Im nächsten Monat war er zahlungsunfähig und würde somit auch die Zulassung als Anwalt verlieren. Verzweifelt überlegte er, zu den nahe gelegenen Bahngleisen zu gehen. Ein leiser Abschied ohne persönliche Schande, aber auch ohne Vergebung und ohne Helga Lebewohl zu sagen.

In diesem Augenblick wachte sie auf und sah verwundert auf ihren Mann.

„Hallo, mein Schatz, das war ja ein langer Abend für dich. Das Programm war so langweilig, dass ich wohl irgendwann eingeschlafen bin." Helga gähnte müde, doch dann sah sie die Tränen in seinen Augen.

„Peter, was ist mit dir?"

Statt einer Antwort umarmte der alte Anwalt seine Frau und hielt sie minutenlang innig fest.

„Helga, ich liebe dich so sehr."

Liebevoll strich Helga über Peters kurze Haare.

„Ich liebe dich noch mehr. Aber jetzt bin ich so müde, komm lass uns schlafen gehen."

In der Hoffnung, dort auf Gabriel zu treffen, erschien Susanne in dieser Nacht auf dem Dach des Eurotowers, aber der Freund war nicht da.

„Gabriel, ich brauche deine Hilfe", sagte Susanne, entschlossen, ihre Pläne umzusetzen. Sekunden später stand der helle Engel neben ihr.

„Du hast mich gerufen, Susanne?"

„Gabriel, du weißt, dass ich als Mensch ein paar unschöne Dinge gemacht habe."

„Oh ja, das stimmt allerdings, aber du kannst sie nicht ungeschehen machen", lächelte Gabriel verständnisvoll. „Es rehabilitiert dich jedoch etwas, dass du es mittlerweile als Unrecht erkannt hast."

Susanne helle Sneakers klopften auf den harten Betonboden.

„Gabriel, wenn ich nun dafür Sorge tragen würde, dass dieses Unrecht jemandem zugutekommt, ohne einem anderen Schaden zuzufügen, wäre das Unrecht dann wieder ausgeglichen?"

„Susanne! Was hast du vor?"

„Ich verspreche dir, nichts Böses zu tun."

„Wofür brauchtest du dann meine Hilfe?"

„Im Grunde genommen wollte ich dich nur nach deiner Meinung fragen."

„Meine Meinung kennst du, nur gute Taten bringen dich weiter."

Susanne lachte.

„Siehst du, genau das wollte ich hören."

Unschlüssig blieb Gabriel auf dem Eurotower und Susanne verschwand eilig.

19. Kapitel

Peter fand keine Ruhe in dieser Nacht. Während Helga ahnungslos neben ihm träumte, fühlte er das Damoklesschwert seines Ruins über sich. Wieder und wieder ging er im Geist die Liste seiner Kreditgeber durch und überlegte fieberhaft, wie er die Rückzahlungstermine noch weiter hinauszögern konnte. Er hatte mit einigen Geldgebern mehrfach telefoniert und sie dabei fast angefleht, ihm einen weiteren Zahlungsaufschub zu gewähren – jedoch vergebens. In den nächsten Tagen musste er mindestens hunderttausend Euro beschaffen, um zumindest einen Teil der privaten Kreditschurken zu besänftigen. Selbst sein Bankbetreuer hatte ihm bedauernd mitgeteilt, dass eine Erhöhung des Kreditrahmens bei der Bank schon aus Altersgründen nicht genehmigt würde. Seine Lebensversicherung war vor einigen Jahren komplett in die Rückzahlung geflossen, aber trotzdem stiegen seine Schulden in der folgenden Zeit erneut unaufhörlich und mit ihnen seine Verzweiflung.

In der Dunkelheit seines Schlafzimmers hörte er nur Helgas ruhige Atemgeräusche und das Ticken einer Uhr. Wie ein großes schwarzes Loch, oder die Gefängniszelle, in der ich bald sitzen werde, überlegte Peter. Die Uhr tickte erbarmungslos weiter und ihre grünen Leuchtzeiger schossen wie giftige Pfeile in sein Bewusstsein.

„Ich muss noch einmal versuchen, auf der Gewinnerseite sein", hämmerte es in seinem Kopf. Panik stieg in ihm auf und Peter suchte nach einer glaubwürdigen Begründung, um Martin doch hinsichtlich einer kleinen Summe anzusprechen. Dieses Mal musste er doch gewinnen beim Poker! Dann würde er seine

Anwaltstätigkeit beenden und nie wieder spielen. Er nahm sich vor, gleich am nächsten Morgen mit seinen Anwaltskollegen über den Verkauf seiner Kanzleianteile zu sprechen. Er brauchte eine Menge Geld, und zwar so schnell wie möglich. Aber – wie sollte er dies den Kollegen erklären, ohne den wahren Grund für seinen kurzfristigen Entschluss zu offenbaren?

Irgendwann schlief Peter schließlich erschöpft ein und träumte: Er drehte sich wie eine Kugel in einem Roulettekessel, in dessen Zentrum sich ein schwarzer Abgrund befand. Mit jeder Runde kam er diesem Schlund näher und wurde wehrlos hineingezogen – bis er immer tiefer fiel.

Ein leises Summen der Uhr weckte ihn am nächsten Morgen. Peters Schlafanzug klebte an seinem Körper und sein Kopf schmerzte entsetzlich.

Ich lebe noch und werde einen Ausweg finden, versuchte er sich zu ermutigen, als er sich ins Badezimmer schleppte. Unten in der Küche hantierte Helga bereits mit dem Frühstücksgeschirr und beruhigende Töne eines Klassikstückes drangen zu ihm auf. Die vertraute Umgebung seines Zuhauses – er durfte es einfach nicht verlieren! Nach einer ausgiebigen Dusche fühlte er, wie die Energie langsam in seinen müden alten Körper zurückkehrte, doch sein Spiegelbild ermahnte ihn, dass er so keinesfalls weiterleben konnte. Sorgfältig bürstete er seinen grauen Schnauzbart, zog ein weißes Hemd und seinen dunkelgrauen Anzug an. Dazu suchte er eine lilafarbene Fliege aus, die Susanne ihm vor ein paar Jahren geschenkt hatte. Auf dem Weg zum Esszimmer kam er an dem großen Flurspiegel vorbei, Peter straffte seine Haltung und versuchte, seinen gewohnten „Mir-geht's-gut"-Gesichtsausdruck aufzusetzen, aber Helga sah ihn besorgt an, als er sich an den Frühstückstisch setzte.

„Schatz, du siehst wirklich müde aus." Sie füllte Kaffee in seine Tasse und blickte fragend ihren Mann an.

„Ach Helga, das bildest du dir nur ein. Mir geht's blendend. Vielleicht habe ich heute Nacht nicht so gut geschlafen, aber das lag bestimmt nur an Martins Wein. Du kennst ihn ja, er hat wieder viel zu lecker gekocht. Es gab Lamm und ich konnte einfach nicht widerstehen."

„Peter, ich habe trotzdem ein komisches Gefühl. Zum ersten Mal hab ich den Eindruck, du verschweigst mir etwas sehr Schlimmes. Gibt es ganz sicher nichts, was du mir erzählen musst?"

„Aber nein, du kannst wirklich beruhigt sein. Es gibt nichts, worüber du dir Sorgen machen müsstest. Ich werde heute mit meinen Kollegen mal besprechen, wie ich mich am besten aus der Kanzleiarbeit verabschieden kann. Möglicherweise wird mir die Arbeit einfach zu viel und ich brauche mehr Ruhe. Ach – apropos Ruhe, Martin will sein Haus verkaufen und in den Herbstferien in Urlaub fahren."

„Das ist ja wunderbar für ihn. Ich glaube, er ist auf einem guten Weg, zurück ins Leben zu finden. Du weißt, dass ich dich schon mehrfach an deinen Ruhestand erinnert habe. Je schneller, desto besser für deine Gesundheit. Ich sorge schon dafür, dass es dir nicht langweilig wird." Helga lachte schon wieder und tupfte genüsslich einen Klecks Marmelade auf ihr Croissant.

Peter öffnete die Tageszeitung. Seine Frau sollte glauben, er würde einen interessanten Artikel lesen, aber in seiner Vorstellung bahnte sich bereits ein Ausweg. Das Wort Urlaub hatte eine Idee in seinem verzweifelten Geist entstehen lassen – er blickte auf Helga.

„Schatz, was hältst du davon, wenn wir ebenfalls ein paar Wochen Urlaub machen?"

Helga legte ihre Serviette zur Seite: „Aber Peter, was für eine Frage! Ich würde mich freuen! Wir könnten zu Daniele in die Toskana fahren. Die Weinlese müsste bald beendet sein und wir könnten testen, welche Kostbarkeiten er noch in seinem Keller hat."

Peter überlegte kurz, dass er dem Weinfreund ebenfalls Geld schuldete. Aber Daniele würde sicher keine Probleme bereiten, sondern sie bestimmt gerne für ein paar Tage oder sogar Wochen aufnehmen. Durch diese Flucht würden seine Geldsorgen zwar nicht gelöst, aber er hätte einen weiteren Zahlungsaufschub und vielleicht sogar Gelegenheit, ein dortiges Spielcasino zu besuchen. Daniele würde ihm helfen, davon ging er aus. Irgendwann würde er Helga dann nach mehreren Gläsern Wein gestehen, dass ihr Vermögen so gut wie weg war. Wenn sie nur das schöne Haus noch behalten könnten! Helga liebte dieses Anwesen. Sie verbrachte Stunden im Garten und erfreute sich an ihren Blumen und seltenen Pflanzen, für deren Gedeihen sie viel Zeit investierte.

Peter erhob sich und gab seiner Frau einen liebevollen Kuss.

„Dann werde ich gleich ein paar Telefonate führen, und wir beide fahren in zwei Tagen los."

Helga blickte ihm hinterher, als er zur Tür hinauseilte. Sie freute sich auf die bevorstehende Reise, aber ihr Gefühl sagte ihr, dass bei dem Plan irgendetwas nicht stimmte.

Eine halbe Stunde später parkte Peter seinen Wagen auf seinem Parkplatz vor der Frankfurter Kanzlei. Zögerlich nahm er von Frau Wiemer die Post entgegen und schob die Tür zu seinem Büro wieder zu.

Die Mandantenschreiben legte er achtlos zur Seite und öffnete mit zittrigen Fingern einen dicken Brief, der an ihn persönlich adressiert war. Peter kannte den Absender, und als er das formelle Dokument langsam aus dem Umschlag zog, hatte er den Eindruck, die verhängnisvolle Schlinge um seinen Hals hätte sich in diesem Moment noch fester gezogen. Als ob der verzierte Messingbrieföffner in seiner Hand ihm einen tödlichen Stoß zugefügt hätte, fiel Peter in sich zusammen und der Brief aus seiner Hand.

Nein, dachte er entsetzt. Das durfte, nein, das konnte doch gar nicht sein! Er hatte nur noch zehn Tage, seine Schulden an den privaten Kreditvermittler zurückzuzahlen. Sein Darlehen war gekündigt worden und die Zwangsvollstreckung sollte in wenigen Tagen beantragt werden. Peter schlug die Hände vors Gesicht. Das war der Untergang und das Ende seiner anwaltlichen Tätigkeit. Wie die Inschrift auf seinem eigenen Grab sah er bereits die Schlagzeile in der Frankfurter Zeitung. „Bekannter Frankfurter Anwalt durch Spielsucht in Privatinsolvenz geraten".

Nein, das durfte nicht geschehen, fieberhaft suchte er nach der Telefonnummer des Absenders.

Friedrich stand hilflos hinter seinem Schützling, als Susanne erschien. Entschlossen ging sie zu Peter: „Keine Angst. Es wird nicht geschehen. Hör auf mich. Ich weiß, wie du alle Probleme lösen kannst."

Friedrich blickte ihr fast feindselig entgegen: „Was hast du schon wieder Böses geplant, Susanne? Wir können ihm nicht helfen. Das Beste wäre, wenn Peter zunächst seinen

Anwaltskollegen und dann Helga die Wahrheit erzählte. Es ist keine Schande, arm zu sein, aber Peter muss seine Schulden zurückzahlen, sonst geschieht ein Unglück, in das er die Kanzlei und seine Frau mit hineinzieht."

Susanne lächelte vielsagend. „Friedrich, es ist besser, wenn du uns alleine lässt. Ich verspreche dir, ich kann Peter helfen."

„Du freust dich über seine Notsituation, nicht wahr?"

„Nein! Ich freue mich nicht darüber, dass du ihn schon als jungen Mann zum Spielen verleitet hast. Diese Situation können wir nur regeln, indem wir Peter helfen, und zwar auf meine Weise."

Friedrich war betroffen. „Ich konnte ja nicht ahnen, dass er spielsüchtig wird. Es war doch nur ein Spaß unter jungen Männern."

„Ja, ich weiß, Sandro hat euch beide zum Zocken gebracht. Selbst als du hier bei den Engeln ankamst, konntest du Peter nicht davon abbringen."

„Sandro kann sehr dominant sein. Wie willst du Neuling denn gegen ihn bestehen – oder bist du doch schon auf der dunklen Seite?"

„Nein, Friedrich, ganz sicher nicht! Ich muss allerdings noch ein paar Dinge in Ordnung bringen."

„Du musst aufpassen, dass Peter sich nicht tötet. Die Verzweiflung bringt ihn fast um, sogar ohne Waffe."

„Mach dir keine Sorgen. Ich habe eine Lösung. Lass uns ruhig."

Zögernd verließ Friedrich den Raum und Susanne wandte sich an Peter:

„Komm in mein altes Büro."

Peter rieb sich die schmerzenden Schläfen und drückte die Taste

1 auf seiner Telefonanlage. Sofort steckte Frau Wiemer den Kopf zur Tür herein.

„Kann ich etwas für Sie tun?" Besorgt kam sie näher. „Mein Gott, Herr Unger, Sie sehen wirklich nicht gut aus. Soll ich einen Arzt rufen?"

„Nein, Frau Wiemer. Es geht mir gut und einen Arzt benötige ich zur Zeit am allerwenigsten. Ich wollte Sie nur kurz sprechen." Peter räusperte sich und richtete sich mühsam von seinem Schreibtischstuhl auf.

„Frau Wiemer, ich möchte Ihnen eigentlich nur mal Danke sagen. Danke für alles, Ihre aufmerksame Hilfe, Ihre Geduld mit mir und Ihren Kaffee mit den leckeren Keksen. Bestimmt gibt es noch tausend Dinge, für die ich Ihnen ewig dankbar sein müsste, aber die fallen mir momentan nicht ein. Ich hoffe, dass ich irgendwann Gelegenheit finde, Ihnen einen riesigen Blumenstrauß mitzubringen, aber den habe ich jetzt vergessen."

Die blauen Augen seiner Mitarbeiterin füllten sich mit Tränen.

„Herr Unger! Was ist denn nur mit Ihnen los? Das klingt ja wie ein Abschied."

Peter musste über den erschrockenen Gesichtsausdruck der älteren Dame lächeln.

„Nein – kein Abschied. Ich fahre nur für ein paar Tage weg. Alles gut, Frau Wiemer. Ich muss noch ein paar Telefonate erledigen und heute Nachmittag möchte ich gerne ein längeres Gespräch mit den Kollegen führen. Vielleicht könnten Sie in den Terminkalendern der beiden einen entsprechenden Eintrag vornehmen."

„Wird sofort erledigt." Kopfschüttelnd verließ die Mitarbeiterin das Büro, aber offensichtlich machte sie sich große Sorgen um ihren Chef, denn fünf Minuten später stellte sie eine

Tasse heißen Kamillentee sowie ein Glas Wasser mit einer Kopfschmerztablette auf seinen Schreibtisch.

Susanne verfolgte lächelnd die sorgenvollen Gedanken der Dame, bevor sie sich erneut an Peter richtete.
„Peter, komm in mein altes Büro und sieh dir den Karton an."

Peter nippte kurz am Tee und ging in den dämmrigen Flur. Wie von einer unsichtbaren Macht geleitet stand er plötzlich in Susannes Büro. Die Regale waren schon lange ausgeräumt, die aktuellen Mandantenakten auf die Assessoren verteilt worden. Susannes Schreibtisch in der Ecke wirkte verlassen und leer. Peter schaute sich in dem trostlosen Zimmer um. Durch die staubige Luft bahnten sich ein paar vereinzelte Sonnenstrahlen ihren Weg auf den dunklen Parkettboden und auf einen braunen Umzugskarton. Peter hatte Martin bereits auf den Inhalt angesprochen, da die Mitarbeiter nichts mit den darin enthaltenen Papieren anzufangen wussten. Offensichtlich handelte es sich um persönliche Unterlagen von Susanne.

Susanne verharrte ruhig neben ihrem Freund und Mentor.
„Öffne die Kiste und sieh dir die Unterlagen an."

Peters Herz pochte laut in der Stille des Raumes, als er den schweren Karton auf Susannes Schreibtisch hob.
Er enthielt einige Akten, in denen Kontobewegungen und handschriftliche Notizen Susannes säuberlich abgelegt waren. Peters Hände zitterten vor Aufregung und auf seiner Stirn bildeten sich kleine Schweißperlen. Was um Himmels willen hatte Susanne denn hier aufbewahrt? Er legte alle Mappen der Reihe

nach auf den staubigen Boden, setzte sich dazu und fing an, die Dokumente chronologisch durchzulesen. Sie enthielten alte, zum Teil vergilbte Auflistungen über Zahlungsein- und -ausgänge eines von Susanne verwalteten Treuhandkontos, über das sie in ihrer Aufgabe als Testamentsvollstreckerin ein beachtliches Vermögen verwaltet hatte. Eine Sterbeurkunde des Treuhandgebers zusammen mit dem umfangreichen Testament datierten aus Susannes Anfangszeit in der Kanzlei.

Mehrere Briefe und Kopien von Überweisungen führten zu einer Bank in Monte Carlo. Peters Lesebrille rutschte ihm vor Überraschung fast von der Nase, als er dazwischen immer wieder Rücküberweisungen der monegassischen Bank fand. Im Betreff war jedes Mal angegeben, dass der Zahlungsempfänger nicht ermittelt werden konnte. Anschließend erfolgten kleinere Zahlungen auf Susannes Privatkonto.

„Das ist ja unglaublich." Peter überschlug schnell die verzeichneten Summen. „1,8 Millionen Euro!", flüsterte er fassungslos. Auf diesem längst vergessenen Konto lag ein Vermögen, das offensichtlich kein Mensch mehr haben wollte!

Susanne lächelte über den verständnislosen Ausdruck auf Peters Gesicht.

„Nimm es und genieße deinen Lebensabend."

Peter legte die Akten zurück in den Karton. Sollte es wirklich einen so einfachen Ausweg aus dem Labyrinth seiner finanziellen Probleme geben? Susanne hatte tatsächlich ein Vermögen unterschlagen, und keiner hatte auch nur die leiseste Ahnung davon gehabt. Wem gehörte dieses Konto überhaupt? Offensichtlich konnte ja schon seit vielen Jahren kein berechtigter

Zahlungsempfänger mehr ermittelt werden. Aber es ist und bleibt Betrug, überlegte Peter. Fieberhaft analysierte er, ob die Unterschlagung irgendwann aufgedeckt werden könnte. Niemand wusste etwas von diesen Akten, selbst die Assessoren dachten, dass es sich um persönliche Bankunterlagen von Susanne handelte, und hatten glücklicherweise nicht weiter nachgeprüft. Es blieb allerdings noch ein weiteres Problem: Wenn er wirklich über das Konto verfügen wollte, brauchte er zwei Unterschriften, nämlich die von Susanne und seine eigene.

„Du kennst meine Unterschrift und du kannst die Bankaufträge zurückvalutieren lassen", ermunterte Susanne ihn. „Also los. Du wirst alle Schulden zurückzahlen, Helga und dein Haus behalten und endlich mit der Arbeit aufhören. Aber falls du jemals wieder ein Spielcasino betreten solltest, werde ich dafür sorgen, dass du in der Hölle landest, und zwar ohne Umwege. Falls der Betrug jemals an die Öffentlichkeit kommen sollte, steht auf der Überweisung mein Name als Verursacher der Zahlungen. Du hast zwar Kenntnis von der Transaktion gehabt, aber mir vertraut, und bist von der Korrektheit der Sache überzeugt gewesen. Also hast du selbst nichts Illegales getan."

Ich kann doch nicht ... Unwissenheit schützt nicht vor juristischen Konsequenzen. Peter schloss für einen Moment die Augen.
„Doch, du kannst, du musst sogar!", drängte Susanne erneut.

Peter schüttelte den Kopf. Was war das nur? Eine Stimme in seinem Herzen forderte ihn geradezu auf, diesen Betrug zu begehen. Er hatte eigentlich nur die Wahl zwischen der Schmach einer Insolvenz, bei der er nicht nur seine Zulassung, sondern auch Helga verlieren würde, oder diesem verlockenden Angebot. Entschlossen ergriff er die Akten und ging in sein Büro. Susannes Unterschrift war ihm wohl bekannt und außerdem überall auf den Dokumenten zu finden. Seine Hand zitterte und immer wieder schossen Skrupel durch seinen Kopf, als er Susannes Unterschrift probte.

Wenn das jemals rauskommt, bin ich erledigt. Aber wenn ich diese Möglichkeit nicht nutze, bin ich es ebenfalls, beruhigte er sich.

Nach kurzer Zeit füllte er mehrere Überweisungen an den Kreditvermittler aus und schrieb ein paar erklärende Worte an die beauftragte Bank dazu. Beides steckte er einen Briefumschlag und legte ihn in den Postausgangskorb seiner Mitarbeiterin.

„Nicht vergessen, der muss heute noch zur Bank, Frau Wiemer."

Die ältere Dame strahlte ihn an.

„Na, Sie sehen ja wieder viel besser aus, Herr Unger. Den Brief kann ich persönlich abgeben. Ich komme sowieso an der Bankfiliale vorbei."

„Vielen Dank, Frau Wiemer. Ich fühle mich wirklich besser. Daher werde ich jetzt nach Hause fahren, bitte verschieben Sie den Termin mit den Kollegen auf morgen. Sagen Sie ihnen, Sie hätten sich vertan."

„Herr Herborn hätte heute Nachmittag sowieso keine Zeit gehabt, er ist ab 14 Uhr am Gericht. Ich trage den Termin dann für morgen bei den Herren ein."

„Das ist gut, aber hat jetzt auch keine Eile mehr. Bitte vergessen Sie den Bankbrief nur nicht!"

„Herr Unger, ich kann auch schon in der Mittagspause hingehen, wenn das so wichtig ist." Frau Wiemer schaute ihren Vorgesetzten ernst an.

„Es ist nicht nur wichtig, sondern sogar lebensnotwendig, meine Beste. Aber ich weiß, dass diese Aufgabe in Ihren Händen sicher ist. Bis morgen."

Beschwingt schritt Peter die Marmorstufen hinab in den Hof der alten Villa. Es war im Grunde nur eine kleine Lüge, versuchte er sich zu beruhigen.

Die Sonne umfing ihn warm und der Wind blies sanft in sein Gesicht. Peter fühlte sich so sehr erleichtert, dass er fast zu schweben glaubte. Sein Blick fiel auf die glänzenden Hochhäuser der Großstadt, und in diesem Augenblick hatte er den Eindruck, dass er nicht alleine war.

„Danke, Susanne", flüsterte er aus tiefstem Herzen.

Susanne saß auf dem Dach des Eurotowers und blickte auf die Menschen herab.

„Na, bist du jetzt zufrieden?" Benedikt war neben ihr erschienen.

„Ja, ich glaube, jetzt ist alles geregelt und ich kann meine Ruhe finden. Ich habe Peter geholfen, seine Spielschulden zu begleichen, Sebastian hat auch ohne Drogen die Abschlussklausur geschafft und Martin gewinnt hoffentlich seine Lebensfreude in Südfrankreich zurück. Ob er wieder zu Monika zurückkehrt, ist vollkommen offen. Ich werde ihn in Monte Carlo besuchen, um herauszufinden, ob er glücklich ist. Nur auf Monika werde ich jetzt noch intensiver aufpassen, ich verspreche dir, sie wird nie wieder traurig und einsam sein."

„Willkommen im Himmel, Susanne!"

Zeitfracht Medien GmbH
Ferdinand-Jühlke-Straße 7
99095 Erfurt, Deutschland
produktsicherheit@kolibri360.de